もろびとの空

三木城合戦記

天野純希

集英社文庫

目次

主な登場人物

加代　三木城からほど近い小林村に暮らす、十六歳の娘。
蔭山伊織　別所家家臣。「死に損ない」の異名を持つ。
波　別所吉親の正室。武芸や兵法に長ける。
室田弥四郎　加代の父。元・別所家剣術指南役。
奈津　加代の妹。十二歳。
弥一　加代の弟。十歳。
咲　小林村の百姓娘。加代の親友。
別所長治　三木城城主。東播磨の大名、別所家当主。
別所吉親　波の夫で、長治の叔父。別所家筆頭家老。
藍　別所家家臣の娘。波の侍女頭。
櫛田伝蔵　別所家家臣。吉親に重用される。

もろびとの空

三木城合戦記

第一章　加代の戦場

一

普段から往来の多い城下の目抜き通りが、今日は一段と賑わっていた。

加代《かよ》は空を仰ぎ、大きく息を吸い込んだ。

この季節にしては日射しは柔らかく、山から吹き下ろす風もいつもより優しく感じる。

初春の澄んだ空には、小さな雲がぽつりぽつりと浮かんでいるだけだ。

東播磨《ひがしはりま》の雄、別所《べっしょ》家が本城とする三木《みき》城は、三木川南岸の小高い山に築かれていた。

その城下は大きな街道が何本も貫き、何千人もの武家や商人、職人が暮らしている。

城の北側、有馬《ありま》を経て京へ至る街道沿いでは多くの店が軒を連ね、物売りの声がひっきりなしに飛び交っている。

加代の暮らす小林《こばやし》村は、城から南へ十五町（約一・六キロ）ほどのところにある。

城下へは月に一度買い物に出かけるが、今日は今年最初の市だけあって、見世棚には目移りするほど様々な品が並んでいた。

華やかな柄を染め抜いた反物に、いかにも高価そうな化粧道具。茶器に陶磁器に刀剣類。珍しい干物や昆布に、目にすることもめったにない、砂糖でできた菓子。

眺めているだけで、加代は心が浮き立ってくるのを感じた。集まった男女の表情も、どことなく晴れやかだ。

「ほんま、えらい人やねえ」

隣を歩く咲《さき》が、感嘆の声を上げた。

「加代ちゃん、はぐれたらあかんで」

菊《きく》が市女笠《いちめがさ》を上げ、こちらを向いて釘を刺す。

「うん、わかっとうよ」

「頼むで。加代ちゃん、目ぇ離すとすぐおらんくなってまうんやから。去年の正月だって……」

「あ、菊ちゃん、咲ちゃん、見て見て！」

目に入った色とりどりの櫛《くし》に惹かれ、加代は小物屋の軒先に駆けた。鼈甲《べっこう》の櫛を手に取り、じっと見つめる。

「へえ。ええなあ、それ」

追いついてきた菊と咲が顔を輝かせるが、加代は溜め息を一つ吐《つ》き、櫛を置いた。

「あかんわ。うち、こんなの買える銭、持ってえへん」

「娘さん、こっちなら安うしとくで」

店の主《あるじ》が別の櫛を薦めてくるが、値を聞いて加代は腕組みした。

この櫛を買う銭で、妹と弟に何食食べさせてやれるだろう。考えて、やはり断念した。

菊と咲も、口をへの字にして首を振っている。

「ほうかい。ほな、どっか去《い》ねや。商いの邪魔やで」

「何や、おっちゃん。ごうわく（腹が立つ）なあ」

「ほれ、さっさと去ね。しっ、しっ」

犬でも追い払うように手を振られ、三人は憤然と踵《きびす》を返す。

とはいえ、加代たちが裕福でないことは、身なりを見れば明らかだった。地味な麻の小袖に、まるで飾り気のない細い帯。しかも、小袖の色はずいぶんと抜け落ち、あちこちに継ぎが入っている。どこからどう見ても、貧しい百姓の娘だ。

「ああ、嫌や嫌や」

菊がつまらなそうに愚痴をこぼす。

「どっかの裕福なお侍さんが、うちに言い寄ってくれへんかなあ」

「何言うとーのん。菊ちゃんには市蔵《いちぞう》さんがおるやないの」

市蔵は村の若衆で、菊のもとにしばしば通っていた。

独り身の若衆は、気に入った娘があれば、夜な夜なその娘の家に忍び通いする。娘の家の者も、それを咎《とが》めることはない。見目のいい娘になれば、毎晩のように違う男が通ってくることもあった。

そして、もしも娘が身籠もれば、その娘が子の父親を決めることになっていた。父親だと指名された男は、その娘を必ず娶《めと》らなければならない決まりになっている。

「市蔵さんか。まあ、悪い人やないんやけどなあ」

「あの人は長男坊やし、家は田んぼも持っとうし、贅沢言うたらあかんよ」

「それでも、嫁に行ったら朝から晩までこき使われるのは一緒やもん。うち、もう毎日泥だらけになって働くのはうんざりや」

菊は野良仕事で荒れた手を見つめ、盛大に溜め息を吐く。

加代と菊は、この正月で十六歳、咲は十五歳になっていた。

この歳になれば、嫁に行くのも珍しいことではない。同じ年頃の娘の中には、もう子を産んでいる者も少なくはなかった。

「加代ちゃんこそ、誰かええ人おらへんのん？」

咲の問いに、加代は「ううん」と首を傾げる。

「加代ちゃんのおっ父は、いちおうお侍やったんやろ？　他のお武家から縁談とかあれへんのん?」

加代は首を振った。

父が城勤めの侍だったのは、もう九年も前の話だ。戦で傷を負って禄《ろく》を返上してからは、他の侍衆との付き合いもない。加えて、一家四人がようやく食べていける程度の家だ。縁談など、どこからも来たことがない。

だがそれ以前に、加代は侍が嫌いだった。米の一粒も作らず、苦労して得た収穫を年貢として取り上げ、戦になれば田畑を踏み荒らす。父が侍をやめてくれて、加代は心からよかったと思っていた。

「ほな、伊助《いすけ》さんなんかどうや。三男坊やけどめっぽう強いし、もうすぐお城勤めのお武家様に奉公するって言うてたで。戦で手柄でも立てたら、土地持ちになれるかも」

「うちは、嫁入りはまだええわ。家は女手がうち一人やし、妹も弟も小さいし、おっ父一人残して行けへんわ」

「そんなん言うてたら、行き遅れになってまうで。せっかくの器量よしが台無しや」

菊はからかうように言うが、加代は自分が嫁に行くということがうまく想像できない。今は、日々の暮らしと妹弟《きょうだい》の世話で手一杯だった。

不意に、神社の方角から歓声が上がった。鳥居の向こうに人だかりができている。

「何やろ。行ってみよう!」

鳥居をぐるぐると、猿曳《さるひ》きの謡《うた》いが聞こえてきた。唄声に合わせて、羽織を着た小さな猿がくるくると宙返りしている。三度、四度と繰り返すと、猿は「ああ、くたびれた」と言わんばかりに仰向けに寝転ぶ。

「これ、見物の衆がおられるのだぞ。もそっと気張らぬか」

猿曳きは手にした棒で地面をぴしぴしと叩くが、猿は不貞腐《ふてくさ》れるように肘枕までしている。見物人から笑い声が上がり、加代たちも小物屋で邪険にされたことなど忘れてころころと笑った。

「ええい、何とものぐさな猿よ。ならば、わしが手本をば」

そう言うと、今度は猿曳きが見事な宙返りをしてみせる。客がどっと沸き、投げ銭が飛んだ。

「ほな、また後でな」

猿曳きの人だかりを離れると、三人は別れてそれぞれの目当ての店へ向かった。

城下までやってきたのは、父が呑む酒を買うのが目的だった。普段は自分で造ったひどい酒ばかり呑んでいる父の、めったにない贅沢だ。菊は研ぎに出していた鎌を受け取りに鍛冶屋へ、咲は針と糸を求めて小間物屋へ向かった。

目指す酒屋は、三木川沿いの船着場近くにある。

荷揚げ人足の威勢のいい掛け声が飛び交い、昼日中から遊女たちが客を引く。場所柄、このあたりは女郎屋も多かった。酒の臭いを振りまきながら、遊女にしなだれかかっている者までいる。

一升入りの大徳利を購《あがな》い、余った銭で肴《さかな》でも買っていってやろうかと思案していると、いきなり後ろからぶつかられた。その拍子に徳利が落ち、がしゃんと音を立てて割れてしまう。

「ああっ！」

父が爪に火を点《とも》すようにして貯めた、なけなしの銭で買った酒が、見る見る地面に吸い込まれていく。

ぶつかってきたのは、中間《ちゅうげん》二人を従えた若い侍だった。上等な袴と小袖、派手な色遣いの羽織。身なりからすると、それなりに地位のある武家だろう。そして、明らかに泥酔している。

加代は憤懣《ふんまん》のあまり、何事もなかったかのように通り過ぎようとする侍に向かって怒鳴った。

「ちょっと、何ちゅうことしてくれるんや！」

「何じゃ。娘、何か用か？」

中間の一人がこちらを睨みつけた。中間たちも、相当に酔っているらしい。

「何じゃ、やないわ。うちの買《こ》うたお酒、どないしてくれんねん！」

「そのようなこと、我らの知ったことではないわ」

「あんたらがぶつかってきたから、こんなことになってしもたんやろ。一言くらい詫びたらどないや?」

「きゃんきゃんと、よう喚く女子《おなご》よ」

若い侍が、酔いで濁った目を向けてきた。色白細面の美男だが、その目つきから、こちらを見下しているのがはっきりとわかる。

「銭が欲しいのならば、くれてやる」

侍は懐から巾着を取り出すと、地面に放り投げた。

「どうした、拾わんのか。その安酒が、一斗は買えるぞ」

「若がお優しい方でよかったのう、娘」

「ほれ、犬のように跪《ひざまず》いて拾わぬか」

口々にはやし立て、三人は下卑た笑い声を上げる。加代は、自分のこめかみが引き攣《つ》るのを感じた。

「ほう。よくよく見れば、それなりの見目をしておるな。娘、伽《とぎ》を命じる。我が屋敷へまいれ」

加代は口をぽかんと開けた。こいつはいったい、何を言っているのだろう。一言も詫びないばかりか、なぜ伽など命じられなければならないのか。

「何をしておる。若のお召しじゃ、まいるぞ」

無遠慮に腕を摑んできた中間の手を、加代は力任せに振り払った。

「おのれ、無礼者！」

「無礼はどっちゃ。誰が、銭を恵んでくれなんて言うた。うちは謝れって言うとんのや。あんたらについとう耳は飾り物か！」

「何じゃと？」

「どこのどなた様か知らんけど、うちの言うてることがわからへんの？　主従揃って阿呆なん？」

騒ぎに、人が集まりはじめてきた。加代と三人のやり取りに、声を上げて笑う者もいる。

「おのれ、数々の無礼。この御方を、櫛田伝蔵《くしだでんぞう》様と知っての狼藉《ろうぜき》か！」

「今すぐ立ち去れ。さもなくば」

二人の中間が、腰の脇差に手をかけた。背筋がびくりと震えたが、それよりも怒りの方が大きい。

「嫌や。うちの十歳の弟だって、悪いことしたらちゃんとごめんなさいって言えるで。あんたら、そんなこともできへんの。謝ったら死ぬんか？」

「一つ教えてやろう。我ら武人は、たかが百姓娘に下げる頭は持ち合わせておらんのだ」

櫛田とかいう侍が二人の前に出て、刀の鞘を払った。

加代は目を疑った。往来の真ん中で、こんな些細な理由で、人を斬るのか。ぎらりと光る白刃に、膝が震える。

それでも加代は、櫛田から目を逸らさなかった。

この侍が無造作に投げた銭は元々、百姓が必死に働いて納めた年貢ではないのか。刀を差した武士たちは、田畑で土にまみれることもなく、客に頭を下げて物を売ることもしない。そんな連中が、それほど偉いのか。

「ほう、意地を貫いて死ぬか。見上げた度胸だが、容赦はせぬぞ」

櫛田が一歩前に踏み出した。取り巻く群衆が息を呑む気配が伝わってくる。

「ああ、もったいない」

不意に、背後から声がした。

「買ったばかりの酒を台無しにされては、怒るのも無理はない」

見ると、一人の男が割れた徳利の前にしゃがみ込んでいる。小袖や羽織袴はずいぶんとくたびれているが、腰に大小を差しているところを見ると、この男も侍のようだ。

男はしゃがんだまま、櫛田に顔を向けた。

「そのへんにしておいた方がいいのではないか、櫛田殿。往来で若い娘に言い負かされ

ておけ。誰にでも、理不尽に奪われた物は奪い返す資格がある」

「はあ、では……」

酒代だけを巾着から抜き取り、残りは蔭山に返した。

「よし、これは櫛田殿から俺への迷惑料ということにしておこう」

蔭山は悪びれることなく巾着を懐にねじ込み、悪戯《いたずら》っぽく笑う。

「しかし、あの連中に腹を立てるのはわかるが、あまり無茶な真似はしない方がいい。そなたを産んだ母上も、娘がこんなつまらんことで斬り捨てられたとあっては、泣くに泣けまい」

「うちには、母はおりません」

「そうか」

口元にわずかに残った笑みを消し、蔭山は何かを確かめるような口ぶりで言葉を継いだ。

「こんな世だ、死はどこにでも転がっている。だが、せっかくここまで繋いだ命だ。つまらんことで無駄にするな」

そう語る蔭山の横顔に、かすかな翳《かげ》が差しているような気がした。脳裏を、櫛田が口にした〝死に損ない〟という言葉がよぎる。

「そうだ、酒を買いに来たんだ。危うく忘れるところだった」

「あの、あなた様のお名前は……」

「別所家家臣、蔭山伊織《いおり》。死に損ないの蔭山などと、ありがたくもない二つ名を頂戴している」

再び笑みを見せ、蔭山が踵を返して歩き出す。

摑まれた二の腕に、うっすらと温もりが残っている。なぜか心の臓が高鳴るのを感じながら、加代はしばらくその場に立ち尽くし、蔭山の背中を見送った。

二

鶏の声に目を覚まし、加代は一つ身震いした。

両隣では、十二歳になる妹の奈津《なつ》と、十歳の弟、弥一《やいち》が穏やかな寝息を立てている。少し離れた寝床では、今年不惑を迎えた父の室田弥四郎《むろたやしろう》が、大きな鼾《いびき》を搔いていた。

二間《けん》（約三・六メートル）四方の板間と、同じくらいの土間があるだけの、何の変哲もない家だった。他の百姓家と違うのは、板間の隅に置かれた刀架《とうか》に、立派な拵《こしら》えの太刀が架けられていることくらいだろう。

村に数軒しかない名字持ちの家で、自前の田畑をこそ持ってはいるが、小作人を雇うほどの広さはない。年貢を納めてしまえば、一家四人が食べていくのがやっとだった。

二人を起こさないようそっと起き上がり、弥一が撥《は》ね除《の》けた小袖をかけ直してやる。寝床を抜け出し、小袖を重ね着して土間に下りた。手水鉢《ちょうずばち》の冷たい水で顔を洗い、眠気を吹き飛ばす。

外に出ると、空を見上げて大きく伸びをした。

東の彼方、有馬の山々から日輪が顔を出していた。斜めに降り注ぐ朝の光を、播州《ばんしゅう》平野のあちこちに掘られた溜池が照り返している。この光景を見るのが加代は好きだった。

播磨は、気候は温暖で地味もよく、実りは多い。加えて、水が豊富で多くの溜池があるため、日照りや飢饉にも縁がない。暮らしは楽ではないが、この数年、村に餓死者が出ていないのは播磨の肥沃な土地のおかげだった。

一月も半ばを過ぎ、山々から吹き下ろす風はまだ冷たいが、日の光は次第に柔らかさを増している。

井戸で水を汲んで土間に戻ると、奈津も起き出してきた。

「加代姉、お早《はよ》う」

「お早う。ほれ、顔洗っといで」

加代はかまどに火を起こし、鍋に湯を沸かした。

稗《ひえ》と粟《あわ》、水汲みのついでに摘んできたナズナとハコベの葉を刻んで鍋に放り込み、粥にして味噌で味をつける。出来上がるのを待つ間、塩漬けした大根を壺から取り出し、刻んで器に盛った。

ろくに具の無い粥と漬物。朝餉《あさげ》はこれだけだった。弥一の不満顔が目に浮かぶが、農閑期のこの時期では、これが精いっぱいだ。

「ほれ、二人ともいつまで寝とんの！」

「嫌や、加代姉。寒い～」

「ぐずぐずせんと起きる。ほら、父上も！」

いつまでも夜具にしがみつく弥一と父を叩き起こし、四人分の膳を並べる。

「では、いただくとするか」

弥四郎が欠伸《あくび》を堪《こら》えながら言い、全員で手を合わせた。

以前は厳しい顔つきをしていることが多かったが、九年前に武士をやめてからは、声も表情もずっと柔らかくなっている。頭髪にも髭にも、ずいぶんと白いものが増えていた。

かつては別所家中でも指折りの遣い手として知られ、剣術指南役を務めていた。戦場では幾度も手柄を挙げ、殿様から何度も感状を貰うほどだったという。

だが、指南役を辞してすべての禄を返上してからは、戦場の勇士の面影はすっかり消えている。今の父は、寝る前の一杯の濁り酒を楽しみにする、どこにでもいる農夫だった。

「そうや、父上」

あっという間に粥を平らげ、弥一が言った。加代が以前の名残で弥四郎を父上と呼んでいるので、弥一も奈津もそれを真似している。

「近いうちに戦になるって、本当？」

「誰から聞いた？」

「寺の和尚さんと佐吉《さきち》のおっ父が話してるのを聞いたんや。もうすぐ戦がはじまるから、また村の若衆を兵に出さなあかん。難儀なこっちゃって、佐吉のおっ父が言うとった」

佐吉の父親は、村の政《まつりごと》を決める大人衆の一人だった。そこには、父も名を連ねている。

「本当なの、父上？」

奈津が不安げな顔で訊ねると、父は「まことのことだ」と頷いた。

「戦って、どことどこの？」

加代が言うと、父は箸を置いて答えた。

「三日前に、城からお触れがあってな。近く、織田《おだ》家の羽柴筑前守《はしばちくぜんのかみ》が毛利《もうり》家を討つため、再び播磨に入国する。別所家は、その与力として、毛利家と戦うとのことだ」

織田信長《のぶなが》という名は、加代も聞き知っていた。十年ほど前に尾張《おわり》、美濃《みの》から京に上り、周辺の大名家を次々と平らげているという。

羽柴筑前守秀吉《ひでよし》は、その織田家の有力武将だった。噂では、氏素性も知れず、信長の草履取りから実力で成り上がった人物らしい。

織田家が台頭する以前から、播磨では三木城の別所家をはじめ、小寺《こでら》、赤松《あかまつ》、浦上《うらがみ》といった中小の大名家が割拠し、和戦を繰り返してきた。別所家は上洛した信長にいち早く誼《よしみ》を通じ、播磨や畿内の反織田勢力との戦にしばしば兵を出している。

秀吉がはじめて播磨に入国したのは、昨年冬のことだった。その際に、播磨のほとんどの武家は、織田家に恭順を誓っている。

そして、秀吉は国境《くにざかい》を越えて但馬《たじま》まで攻め入った後、恭順を拒んだ西播磨の上月《こうづき》、福原《ふくはら》の両城を攻め落とし、京へ引き上げていった。

上月、福原での戦は、凄惨なものだったという。秀吉は城に籠もった兵を撫で斬りにした上、捕らえた女子供まで殺戮《さつりく》した。童《わらべ》は串刺しに、女は磔《はりつけ》にして、西の毛利家に見せつけるように、国境に骸《むくろ》を晒《さら》したのだ。

「うち、羽柴ゆうお人は好かんわ。別所のお殿様は、あんな恐ろしい人のために戦うの？」

「致し方あるまい。別所家中にも、織田家に与《くみ》することへの反発はあるらしい。だが、殿は織田に付くことを選ばれた。旭日昇天《きょくじつしょうてん》の勢いにある織田家に逆らえば、今度はこの三木が攻められることになるからな」

父の言葉に、重い蓋をしていた記憶がまざまざと蘇った。手足が震え、息が詰まる。

「いやや、怖い」

奈津が俯き、身を震わせた。

「だいじょうぶや、奈津姉。もしこの村が襲われたら、奈津姉も加代姉も、俺が守ったる！」

弥一が自信たっぷりに胸を張る。弥一は父が侍だったことが自慢で、毎日のように木の棒を振って剣術の真似事をしていた。相撲を取っても、同じ年頃の相手には負けたことがないらしい。

「ああ、俺も早う戦に出たいなあ。そしたら手柄を立てて、でっかい田んぼをもらうんや！」

弥一に、加代は思わず「阿呆！」と声を荒らげた。

「童のあんたに何ができるの。あんたは戦の怖さを知らんから、そんなことが言えるんや！」

いきなり怒鳴られた弥一は、わけもわからず顔を強張らせている。奈津も何かを思い出したように、蒼褪《あおざ》めた顔をしていた。

「……ごめんな、言いすぎた」

加代はそれだけ言うと立ち上がり、土間へ下りた。

背中が、汗で濡れていた。息が苦しい。膝が震える。

脳裏に浮かぶのは、九年前の戦の光景だった。


割れんばかりに打ち鳴らされる半鐘。月明かりの中を蠢《うごめ》く軍兵たちの喊声《かんせい》と、逃げ惑う村人たちの悲鳴。精魂込めて手入れした田畑は踏み荒らされ、刈り入れ間近の稲が、鎌を手にした敵兵に刈り取られていく。

加代は混乱の中、必死に走っていた。

片方の手で幼い奈津の手を引き、もう片方の手で、乳飲み子の弥一を抱いた母の手を握った。母は病弱だったが、その手には痛いほどの力が籠もっている。

「ほら、早う。急いで!」

はじめて耳にする母の怒鳴り声。

父は戦に出ていて、ここにはいない。敵がこの村まで攻め寄せてきたということは、戦は敗《ま》けたのだろうか。父は無事だろうか。恐怖と不安で泣きじゃくりながら、加代は母や他の村人たちとともに城を目指して走る。

母は時折足を止め、ひどく咳き込んだ。風邪をこじらせ、数日前から床に就いていたのだ。それでも母は、咳がやめばすぐに、加代の手を引いて走り出す。

父がここにいてくれれば。何度も浮かぶ思いを、加代はその都度振り払った。

戦が間近に迫れば、近隣の村人は家財道具を持って城へ逃げ込むことになっている。だが、その暇《いとま》は与えられなかった。ほとんど何の前触れもなく、百人近い軍勢が村に押し寄せてきたのだ。

後になって知ったことだが、村を襲ったのは、別所家と敵対する浦上という家の軍勢だった。その当時は、西播磨から備前《びぜん》にかけて領地を持つ、大きな大名だったらしい。

振り返ると、何軒もの家から火の手が上がっていた。加代の家も真っ赤な炎に包まれ、火の粉を噴き上げている。

田畑を守ろうと武器を取った若衆が、何人も槍《やり》で突き殺された。綾取りを教えてくれた隣家の年上の娘は、屈強な足軽たちに抱え上げられ、どこかへ連れていかれた。それでも加代には、母に手を引かれて逃げることしかできない。

不意に、母の手から力が抜けた。

顔を上げる。母のうなじのあたりから、何かが生えていた。矢。その先端は喉を突き破り、鏃《やじり》からは血が滴り落ちている。

数拍の間、母は呆然と立ち尽くすと、前のめりに頽《くずお》れた。

叫び出したいが、声を出すこともかなわない。膝をつき、這うようにして母に近づく。

まだ、かすかに息があった。口から夥《おびただ》しい血を吐きながら、母は加代に、目で訴えかける。
ごめんね。奈津と弥一をお願い。震える唇で、声にならない声で、母はそう言ってい
る。
何度も頷き、母の手を握る。ついさっきまで、強い力で加代の手を握っていた、母の
手。握り返す力が次第に弱まり、消えた。

「加代」

父の声に、我に返った。

「大丈夫か？」

頷き、大きく息を吸い、吐き出す。何度か繰り返すと、何とか落ち着きを取り戻せた。

「案ずるな。この村が戦に巻き込まれることはない。別所の殿は、播磨を戦場とせぬた
め、織田に与すると決めたのだ」

「そうやね、お殿様には感謝せな」

「弥一をあまり叱ってやるな。あれも、少しでもお前に楽をさせてやりたいと考えてい
るんだろう」

「そうやね。後でちゃんと謝っとくわ」

笑顔を作り、父の顔を見つめた。

「もう、戦に出ようなんて思ってへんよね？」

「何度も言っただろう。俺はとうに、武士など捨てた。それにこの歳だ、戦に出たところで大した役には立たん」

そう言って笑う父に、加代も笑みを返した。

母の死の数日後、浦上の軍は反撃に出た別所軍に敗れ、呆気なく引き上げていった。父が禄を返上したのは、それからすぐのことだった。

あの時なぜ、病の母を置いて戦に行ってしまったのか。なぜ、一緒にいてくれなかったのか。

その問いを、加代は今も、口に出すことができずにいる。

三

「エイ、ヤアッ、エイッ！」

三木城内の馬場に、女たちの掛け声が響いていた。

領内各地から集まった女たちは、二十人ほど。年頃は十四、五歳の娘から、四十路《よそじ》をとうに過ぎていそうな者までと様々だが、いずれも小袖に袴を着け、額には鉢巻きを巻いていた。

加代は全身を汗で濡らしながら、打ち鳴らされる太鼓の音に合わせて木槍を振り下ろす。

素振りはもう、四半刻《しはんとき》（約三十分）近くも続いていた。両隣の菊と咲はすっかり息が上がり、太鼓の拍子にまるで付いていけていない。他の女たちも、身の丈よりずっと長い木槍を扱いかね、膝をついてへたり込んでいる者も少なくなかった。

「これ、そこ。もっと脇を締めぬか！」

一同の前に立って声を張り上げるのは、艶《あで》やかな花柄の小袖を襷《たすき》がけにし、藍色の袴を着けた二十歳過ぎくらいの女性だった。

別所家現当主、長治《ながはる》の叔父に当たる吉親《よしちか》の妻、波《なみ》の方だ。

長身ではっとするほどの美人だが、切れ長の目は厳しく、眼光は思わず身が強張るほど鋭い。その後ろには、世話役らしき武士や侍女たちが十人ほど、片膝をついて控えている。

「何じゃ、もうこれだけしか残っておらぬではないか。そのようなことで、別所の御家を守れると思うておるのか！」

見ると、立って槍を振っているのは加代も入れてほんの数人だ。

だがそれも無理はない。ほとんどの女たちは、木槍を握るのもはじめてで、つい先刻、握り方や振り方を教わったばかりなのだ。

野良仕事で鋤《すき》や鍬《くわ》には慣れている加代の掌も、ところどころ擦り剝け、槍を振るたびに痛みが走る。

幼い頃は武家の娘として薙刀《なぎなた》の稽古をやらされたものだが、それももう十年近く昔のことだ。薙刀は納戸の奥にしまったまま、ずっと埃をかぶっている。

「それまで！」

波の声が響いた。加代はその場に座り込み、荒い息を吐く。

「すごいねえ、加代ちゃんは」

「うちはあかんわ。もう、掌が痛《いと》うて痛うて……」

菊と咲が感嘆の声を上げる。

「そこ、私語は禁じておるぞ！」

波の叱声に、二人は肩を竦めた。

「よいか。殿方の留守中、家を守るは女子の務め。古くは巴御前《ともえごぜん》、板額御前《はんがく》。近くは備中常山城《びっちゅうつねやま》の常山御前と、女武者は古今を問わず多くおる。そなたたちも、播州女の気概を持ち、別所の御家を守《も》り立ててゆくのじゃ！」

別所領内の村々に女の兵を募る高札が掲げられたのは、半月ほど前のことだった。

織田家の毛利攻めがはじまれば、別所家の侍たちは三木城を空けることになる。その間、手薄な城を守るため、女たちを集めて武芸を覚えさせようというのだ。その多くは武家の娘だが、波の意向で村々から身分を問わず、見込みのある者を集めようということになったのだという。

今日は、その最初の試し稽古の日だった。これから数日にわたって、百人近い領内の女たちを試し、女武者組に取り立てる者を選んでいくのだ。

加代たちが募集に応じたのは、別所の家を守るためでも、播州女の気概を示すためでもない。女武者組に取り立てられれば、手当てとして年に十俵与えられるという米が目当てだった。

今日ここに集まった女たちも、多かれ少なかれ似たようなものだろう。加代の母が命を落としたあの戦以来、別所領内が戦場になったことはなく、田畑が焼かれるようなこともない。それでも、多くの領民は自分の作った米を食べることもできないのだ。

年に十俵の米があれば、どれほど暮らしが楽になることか。食事のたびに、弥一の不満顔を見なくてすむ。新しい櫛も、綺麗な柄の小袖も買える。女武者組の役目は、男たちが戦に出ている間、城を守ることだ。選ばれたとしても、実際に戦場に立たされることはないだろう。

「よし、休みはそこまでじゃ。そこの者、前へ！」

波が指したのは、加代だった。

「え、うち？」と、慌てて槍を手に前へ出る。

「そなたには、この者と戦ってもらう。蔭山！」

「はっ」

一人の若い侍が、木槍を手に立ち上がる。その名と顔に、加代は思わず「あっ」と声を上げた。

正月に城下で出会った、蔭山伊織という侍だ。あの時と違い無精髭を剃り落とし、しっかりと折り目のついた小袖を着ているのでわからなかった。

「この者は蔭山伊織。殿より直々に、この女武者組の世話役を仰せつかっておる」

蔭山はこちらに気づいていたのだろう。口元に一瞬だけ微笑を浮かべ、軽く頭を下げる。

「娘、名は？」

波が訊ねた。

「は、はい。小林村の住人、室田弥四郎の娘、加代と申します」

「ほう、室田弥四郎とな。その名は耳にしたことがあるぞ。かつては剣術指南役を務め、先代安治《やすはる》公より幾度も感状を与えられたとか」

「はい、そのように聞いています」

「では加代、この蔭山と一勝負いたせ。勝てとは言わん。だが、それなりに見込みのあるところを見せれば、女武者組として取り立てよう」

戸惑う加代を意に介さず、蔭山は足を前後に開いて構えを取る。

ぞわりと、全身に悪寒のようなものが走った。

蔭山の発する気配が、つい先刻までとまるで違う。こちらを圧倒しようという、剝き出しの気魄《きはく》ではない。気づいた時には喉元に白刃を突きつけられていたような、冷ややかな恐怖。

「何をしておる。構えぬか！」

波の声に弾かれるように、構えを取った。だがそれきり、何かに全身を搦《から》め捕られたかのように手足が動かない。

顎の先から、汗が滴り落ちた。怖い。逃げ出したい。だが、ここで引くわけにはいかない。歯を食い縛り、蔭山の顔を見据える。

能面のような表情からは、何の感情も読み取れない。何より、その両の目からは、まったく生気が感じられない。まるで、死人と向かい合っているようだった。櫛田という侍が、斬り合いを避けて逃げ出したのもよくわかる。

ふと、蔭山の体がゆらりと揺れたような気がした。次の刹那《せつな》、両手に痺れが走り、加代は木槍を取り落としている。

何が起きたのか理解できずにいると、波から「それまで」と声がかかった。

蔭山は、何事もなかったかのように数歩下がり、一礼した。

「もうよい、下がれ。次！」

波に指名された若い娘と入れ替わりに、加代は下がって菊の隣に腰を下ろした。

「加代ちゃん、ひどい汗やで」

「うん、べっちょない（大丈夫）」

そう答えたものの、まだ手の痺れが治まらない。

蔭山と向き合った若い娘は、槍を構えることもできずへたり込み、声を上げて泣きはじめた。それを無言で見下ろす蔭山の目にはやはり、生気の欠片《かけら》も見えない。

加代は、蔭山が自ら口にした「死に損ない」という言葉を思い起こしていた。


それから数日後、加代は思いがけず、女武者組に取り立てられることになった。何でも、蔭山と向かい合って槍を構えられた者は、加代の他にほとんどいなかったのだという。

理由はともかく、これで暮らしはずいぶんと楽になる。選ばれなかった菊や咲には悪いが、加代はひとまず胸を撫で下ろした。

それから、仕事の合間を縫って三木城へ通い、稽古に励む日々がはじまった。

女武者組は、大将の波以下、総勢五十人。これに、蔭山伊織ら数人の世話役が付く。

主な得物は薙刀で、これに刀と弓矢の稽古まである。

稽古は厳しく、毎日城まで通うのも難儀だったが、米十俵のためだ、文句は言えない。それに、思いきり体を動かすのは性に合っている。新しい技を覚えるのも楽しい。だがあれ以来蔭山は、市で酒を買っているところを見かけることはあっても、稽古場に顔を見せることはなかった。

城内の空気がにわかに張り詰めはじめたのは、二月も終わりに差しかかった頃だった。その数日前には、羽柴秀吉が再び播磨に入国し、加古川《かこがわ》城に入っている。秀吉は近隣の大名や国人に呼びかけ、毛利攻めのための軍議を開いた。

加古川での軍議に、別所家からは波の夫、別所吉親が参加していた。別所家当主の長治はまだ二十一歳と若く、政は事実上、叔父の吉親と重宗《しげむね》が舵取りをしている。ただ、噂によれば吉親と重宗の兄弟は、昔からひどく仲が悪いらしい。

「その軍議の席で、何かあったんですか？」

稽古を終えた後で、加代は波の侍女頭を務める藍《あい》に訊ねてみた。

「はい。羽柴筑前めは氏素性も知れぬ成り上がり者の分際で、こともあろうに我が別所家を見下し、居丈高に先鋒を命じてきたのです」

稽古だけでは足りないのか、藍は薙刀の素振りをしながら答えた。

「重臣方の間では、筑前は信用ならぬ、毛利を滅ぼした暁には三木城を取り上げられるのでは、という声が上がっております」

藍はそれなりに身分のある別所家家臣の娘で、歳は加代より一つか二つ上だろう。長い睫《まつげ》と薄い紅を引いた形のいい唇。薙刀を振るたび、艶のある黒髪が揺れている。

「では……」

「吉親様もこの際、毛利と結んで織田に叛旗《はんき》を翻《ひるがえ》すのがよいとお考えのようです」

「近く、織田家と戦になるやもしれませぬ」

事もなげに、藍は言った。

「そんな」

「今、ご城内では織田に付くか、離反するかの評定《ひょうじょう》が開かれておるとのこと。重宗様は織田に与するべきとお考えのようですが、それに賛同なさる方は少ないと、波の方様は仰せでした」

「お殿様は、いかがお考えなんですか？」

「当主がいかな考えを持とうと、評定で決したことには従う。それが、大名家というものです」

「そういうものなんでしょうか」

「そういうものです。少なくとも、この別所の御家では」

別所の殿様は、この地が戦場にならないよう、織田家に付いたのだと父は言っていた。それが、相手に見下されたというだけの理由で覆ってしまうのか。

「もしも戦になれば、我ら女武者組も戦の場に立つことになるやもしれません。加代殿も、播州女の名に恥じぬよう、しかと稽古に励まれませ」

戦場に立つ。その言葉に、肌が粟立った。女武者組の募集に応じたのは、この地が戦場にならず、自分が戦に出ることもないと思ったからだ。

「織田家は尾張、美濃をはじめ十数ヶ国を領し、何万もの軍勢がおると聞いています。そんな相手と戦《たたこ》うて、勝てるんでしょうか」

加代が率直な疑問を口にすると、藍は素振りをやめ、こちらに向き直った。

「織田家など所詮、成り上がりの烏合《うごう》の衆。しかも羽柴筑前は、元はただの水呑み百姓。名門たる我が別所家とは、おのずから格が違うのです。そのような相手に、我らが敗けると言うのですか！」

常は温和な藍の豹変ぶりに、加代は困惑した。両のまなじりを吊り上げ、夜叉《やしゃ》のような顔つきでこちらを睨みつける。

「この三木城は、幾度も敵の大軍を退けてきた難攻不落の要害。加えて、しばし敵を食い止めれば、必ずや毛利の援軍が現れます。戦う前から勝てぬと考えるような心根で、御家が守れましょうや！」

言うだけ言って、藍は憤然と立ち去っていく。

評定で織田家からの離反が決したのは、その日の夕刻のことだった。

四

鶏の声で目を覚まし、いつものように土間で顔を洗った。

外に出て、空を見上げる。小さな雲がぽつりぽつりと浮かぶだけで、日射しは柔らかい。今日も、いい天気になりそうだ。

織田家からの離反が決定して一月《ひとつき》が過ぎ、三月も終わろうとしているが、本格的な戦はいまだはじまってはいない。

加代は相変わらず小林村と三木城を往復する日々だったが、それでも戦の気配が近づいていることは肌で感じられる。

城へは領内各地から武具と兵糧《ひょうろう》が運び込まれ、塀や土塁の補強が行われている。物見櫓《やぐら》も、新しいものがいくつも建てられた。城へ頻繁に出入りする騎馬武者は、周辺の国人衆や毛利家への使者だろう。

また、評定であくまで織田に付くべきだと主張した別所重宗が出奔《しゅっぽん》し、織田家に寝返るという事件も起こっている。今から六日前の三月二十三日には、加古川の織田軍が赤穂《あこう》方面へ兵を出し、八幡山《はちまんやま》、奈波表《なばおもて》の村々を焼き払ったらしい。

それでも村へ戻れば、戦などどこか遠いところの出来事に感じられた。

田植えのはじまるこの時季は、どこの家も忙しい。苗を育て、田の土を起こして水を張り、それをさらに均《なら》していかなければならない。戦が起ころうと起こるまいと、田植えをしなければ生きてはいけないのだ。

だが、普段通り野良仕事に精を出しながらも、人々の表情にはかすかな翳が差している。やはり村人たちの中には、九年前の戦の記憶が今も深く刻み込まれているのだ。あの戦では、大勢の村人が殺され、奴隷として連れ去られ、家財のほとんども奪われた。家は焼かれ、田畑は荒れ果て、元の暮らしに戻るまで何年もかかった。

そして、心の奥底に不安や恐怖を抱えているのは、加代も同じだった。女武者組に加わったのは早計だっただろうか。もしもまたこの三木が戦場になれば、再び村が焼かれ、身近な人が命を落とすかもしれない。いや、加代自身が殺されるかもしれないのだ。

その不安を一笑に付したのは、波の方だった。

「羽柴筑前は今、四面楚歌に陥っている」

稽古の場で、波は女武者組に向かって語る。

東播磨の国人、土豪の多くは、織田から離反した別所家に追随している。その結果、加古川の秀吉は敵中で孤立するような形になっていた。この状況で毛利の援軍が現れれば、全滅の恐れさえある。

秀吉としては、まずは加古川周辺の別所方を討って足元を固め、毛利の援軍に備える態勢を整えておきたいのだという。

「東播磨を制する我が別所家には、三十を超える支城がある。筑前めがどれほどの大軍を集めようと、この三木城に近づくことさえかなうまい。されど、戦では何が起こるかわからぬ。ゆめゆめ、気を抜くまいぞ」

戦のことなどわからないが、別所家の侍たちは皆、波と同じ考えのようだった。

敵が三木へ攻め寄せてこないのであれば、ありがたい話だ。願わくは、このまま田植えを終え、刈り入れるまで何事も起こらなければいい。早く毛利の援軍が来て、秀吉を追い払ってくれないだろうか。

そんなことを考えながら大きく伸びをしたところで、ふと違和を覚えた。

村の南側に位置する、雑木林に覆われた小さな丘。その木々の合間に、いくつかの影が蠢いている。

何だろう。獣か。いや、それにしては数が多すぎる。目を凝らした刹那、林の中から人影が湧き出した。

軍兵。それも、十や二十ではない。数十人の足軽が槍や刀を振りかざし、喊声を上げながら村へ向かってくる。中には、火の点いた松明《たいまつ》を手にしている者もいた。

何が起きようとしているのか、理解が追いつかない。

敵は、三木城に近づくことすらできない。波はそう言っていた。だが足軽たちの旗指物には、木瓜《もっこう》の紋が描かれている。あれは確か、織田家の旗印のはずだ。

足軽のうち数人が、村外れの家に押し入っていく。あれは、若衆の伊助さんの家だ。家の中で上がった悲鳴が、加代の耳にまで届く。足軽たちは他の家にも雪崩《なだ》れ込み、松明を投げ込んでいく。

家から引きずり出された伊助が、喚きながら足軽の一人に飛びかかった。その背後で、別の足軽が刀を振り上げる。

声を上げることさえ、加代はできなかった。伊助の首が鞠《まり》のように転がり、残された胴から流れた血が地面を濡らす。伊助の幼い弟や妹を、別の足軽が抱え上げてどこかへ連れていく。

加代はその光景を見つめたまま、一歩も動くことができない。これは本当に、この村で起こっている出来事なのだろうか。目が覚めたら寝床の中で、またいつもと同じ一日がはじまるのではないか。

だが、耳朶《じだ》を打つ悲鳴はあまりに生々しい。心の臓が早鐘を打ち、足が竦む。母の死に顔が脳裏をよぎる。

「加代！」

父の声。奈津も、弥一の手を引いて飛び出してくる。

「何で……敵はここまで来られへんって……」

「話は後だ。城まで走れ！」

「父上は？」

「しばし敵を食い止めた後で、城へ向かう」

「でも……」

言いかけた刹那、家の陰から一人の足軽が現れた。

「いたぞ、若い女だ。こっちに……！」

足軽が言い終わる前に、加代の脇を弥四郎が駆け抜けた。

言葉を途切れさせた足軽の口から、血が溢れ出す。その喉元を、抜き身の刀が貫いている。

弥四郎の手に刀が握られていることに、加代はようやく気づいた。

切っ先を引き抜かれ、足軽が音を立てて倒れた。奈津と弥一が短い悲鳴を上げ、加代にしがみついてくる。その両腕に籠められた力が、加代を夢うつつから引き戻した。

そうだ。母上と約束したんや。奈津と弥一を守らなあかん。

「ぼんやりするな、急げ！」

「待って！」

叫んで、加代は家の中へ駆け込んだ。土間の隅に立てかけた薙刀を摑み、再び外に出る。束の間、弥四郎と目が合った。

「約束して。絶対に死なへんって」

「案ずるな。たかが雑兵《ぞうひょう》ふぜいに、俺は倒せん」

弥四郎は微笑し、再び現れた数人の足軽の前に立ち塞がった。

「二人とも、行くで！」

加代は弥一の手を握り、奈津を促す。大丈夫だ。家中でも指折りの遣い手だった父が、こんなところで死ぬはずがない。自分に言い聞かせ、加代は走り出した。

村は、すでに戦場と化していた。

あちこちで村人が逃げ惑い、足軽たちは家々から金目の物を運び出しては火をかけていく。見知った顔の若衆が槍や刀を手に足軽に襲いかかるが、寄ってたかって突き伏せられ、倒れていく。

それでも多くの村人は家から飛び出し、三木城へ続く街道へと向かっている。加代は奈津と弥一を連れ、その列に加わった。

「加代ちゃん！」

後ろから、咲が声をかけてきた。

「無事やったんやね、よかった」

咲の父と母、まだ幼い妹のりつも一緒だ。加代はひとまず、胸を撫で下ろした。

村外れまで来た時、不意に叫び声が響いた。

「おっ父、おっ母！」

聞き慣れた声。加代は足を止め、咲と顔を見合わせる。何が起きているのか思い至ったのだろう。咲の顔が蒼褪めている。

声が聞こえたのは、この近くにある菊の家からだった。束の間そちらを見つめ、咲に向き直る。

「咲ちゃん、この子らをお願い」

「ちょっと加代ちゃん、何する気？」

「二人とも、咲ちゃんの側から離れたらあかんで！」

返事も待たず走り出し、菊の家に飛び込む。

土間にできた血溜まりの中に、菊の父と母、そしてなぜか、市蔵が倒れていた。三人とも、生気の失せた目を虚空に向けている。

一目見ただけで、死んでいるのがわかった。市蔵の手には、鎌が握られている。恋仲の菊を助けようと駆けつけて、逆に斬られたのだろう。

立ち竦む加代の目に、菊の姿が映った。土間の奥の板間。仰向けで乳房を露《あら》わにした菊の上に、大柄な足軽が一人、跨《また》がっている。

「おい、こいつは俺の獲物だ。どこか他所《よそ》へ行け」

足音が聞こえたのか、足軽がこちらを振り向きもせず言う。菊は抗う気力も失せたのか、加代に気づきもせず、ぼんやりと天井を見つめている。

腹の奥底から、わけのわからない感情が込み上げてきた。手足が震える。体の芯が、燃えるように熱い。

あの男を、殺さなあかん。あいつを殺して、菊ちゃんを助けんと。菊ちゃんのおっ父とおっ母、それから市蔵さんの仇《かたき》を取らんと。

鞘を払い、薙刀を構えた。この狭い屋内で、薙刀は大きく振り回せない。だから、突きで仕留める。体は煮え立つほど熱いが、頭の中はなぜか冴えていた。

そんなこと、うちにできるの？　自問を吹き飛ばすように、意味をなさない叫び声を上げ、加代は駆けた。ようやくこちらに顔を向けた男が、立ち上がって刀を抜く。

「餓鬼が、何の真似だ！」

答えず、加代は教わった通りに薙刀を繰り出した。

脛《すね》を狙い、足を払いにいく。相手はすんでのところで、後ろへ跳んで避けた。

二度、三度と斬りつけるが、すべて払われた。男が前に出る。横から胴を薙ぐが、柄のところで受け止められた。

押し合いになる。力ではまるで敵《かな》わない。じりじりと、加代は後退した。男が土間へ下りる。何とか踏みとどまろうと全身に力を籠めるが、岩でも押しているようにびくともしない。

いきなり、腹に重い衝撃が走り、息が詰まった。

男が繰り出した膝蹴りを、もろに食らったのだ。たたらを踏んだところで、斬撃が来た。柄で受けたが、両手が痺れ、薙刀が落ちる。咄嗟《とっさ》に組み付き、押し倒す。だが、すぐにひっくり返された。

「よく見りゃ、まずまずの器量じゃねえか」

馬乗りになった男が、下卑た笑みを浮かべる。

「まずはお前からだ。大人しくしてりゃ、殺しやしねえ」

男の手が、加代の小袖の襟にかかる。その手に嚙みつくと、頰を張られた。その衝撃に、頭の中が一瞬、真っ白になる。

両手を押さえつけられ、口を吸われる。悪寒が走り、きつく目を瞑《つむ》る。男の手が、裾をまくり上げる。

不意に男が呻き声を上げ、押さえつける力が消えた。

目を開けた。男の肩口に、血で汚れた鎌が突き刺さっている。その向こうに、菊が立っていた。幽鬼のような顔つきで、悲鳴を上げて仰《の》け反《ぞ》る男を見下ろしている。

「この餓鬼どもが……！」

男の視線が、手放した刀を捜して左右に泳いだ。

加代は男を撥ね除け、傍らに落ちていた刀を握る。叫びながら男にのしかかり、喉元に切っ先をあてがう。男の手が刀身を摑むが、構わず力を籠めた。

「ま、待ってくれ。殺さないでくれ」

男が懇願した。その目には、怯えの色が宿っている。

「故郷の村に、小さい娘がいるんだ……」

殺すの？

自分がもう一人いるかのように、頭の中で声が響いた。

無理やり戦に駆り出されただけかもしれないこの人を、首を斬って殺すの？

「頼む。娘は俺の帰りを待って……」

「うるさい！」

叫んで、全身全霊の力で刀を押し込んだ。

「先に殺したのは、あんたらやろ！」

刃が首筋に食い込み、噴き出した血で視界が赤く染まる。男の体が何度か大きく震え、やがて動かなくなった。

「加代ちゃん」

菊の声に、ようやく我に返った。振り返る。菊は、市蔵の骸の側で座り込んでいる。

「助けてくれてありがとう。でも、市蔵さんも、おっ父もおっ母も、みんな死んでもうた」

「菊ちゃん……」

「ごめんな、加代ちゃん。せっかく助けてくれたのに」

加代に向けて、菊が微笑んだ。その頬を、涙が伝っていく。

「ごめんって、何が……」

言いかけて、菊の手に鎌が握られていることに気づく。止める間もなく、菊は市蔵の鎌で、自分の首筋を斬り裂いた。

流れ出した血が、菊の肩から胸を汚していく。声を出すこともできない加代に小さく笑いかけ、菊は市蔵の胸に顔を埋めるように倒れ込んだ。

どれだけ呆然としていたのか。ほんの一瞬のようにも、ひどく長い時間のようにも思える。

菊はもう、息をしていない。その横顔が、加代の母と重なる。

ああ、またや。

うちはまた、何もできひんかった。

あの時より、ずっと大人になったつもりやのに。稽古して、強くなったはずやのに。

視界が滲み、嗚咽《おえつ》が込み上げる。

また、どこかから悲鳴が聞こえた。それを掻き消すように、男たちの野太い笑い声が響く。

あかん、泣いてる場合やない。よろよろと立ち上がり、薙刀を拾った。菊の亡骸《なきがら》に目をやる。せめてあの世では市蔵と添い遂げてほしいと、心の底から願った。

外の様子を窺《うかが》う。空が、赤黒く染まっていた。炎は悪意に満ちた物の怪のように家々を包み、黒々とした煙が天に立ち上っていく。

そこかしこに、見知った村人が倒れていた。弥一と仲のよかった佐吉も、首を射貫かれて死んでいる。織田の足軽たちの一部は村外れに集まり、運び出した家財や食糧を積み上げていた。そのすべては、村人たちが必死に働き、蓄えてきた物だ。

いつか、父に聞いたことがある。身分の低い足軽たちは、戦に出たところで命を懸けるに値する報酬など得られない。ゆえに大将たちは、足軽たちに乱妨狼藉を許すのだと。略奪で得た財貨や、女子供を捕らえ、人買い商人に売り飛ばした銭が、足軽たちの報酬になるのだ。

敵はなおも金目の物を探して村中をうろついているが、逃げた村人たちを追う気はないようだ。満足できるだけの獲物を手に入れれば、引き上げるつもりなのだろう。

敵がいなくなるまで、ここに隠れていよう。そう考えた時、焦げ臭い匂いが鼻を衝いた。まずい。この家の屋根に、火が燃え移っている。

息を殺し、外へ出た。煙で視界は悪いが、あたりに敵の姿はなさそうだ。このまま街道沿いに北へ走れば、城へ逃げ込める。

意を決し、走り出そうとした時だった。いきなり背後から袖を引かれ、心の臓が跳ね上がった。そのまま、物陰へと引きずり込まれる。

「落ち着け、俺だ」

父だった。小袖のあちこちに赤黒い染みができているが、怪我をしているようには見えない。たぶん、敵の返り血だろう。

「父上、よかった……」

「なぜ、まだここにいる。奈津と弥一は？」

いきさつを手短に話すと、弥四郎は「そうか」とだけ呟き、かすかに顔を歪めた。

「他のみんなは？」

「大半は北へ逃れた。残っているのは、俺たちだけだ」

残りは、殺されるか捕まるかしたということだろう。込み上げる様々な感情を、歯を食い縛って抑えつけた。

「これから一気に街道まで駆け、城を目指す。いいな？」

頷いた刹那、煙の向こうに人影が現れた。

二つや三つではない。こっちに逃げたぞ。女も一人いるはずだ。そう言い交わす声も聞こえてくる。

背筋に冷たい汗が流れた。影は次第に大きくなり、数も増えていく。見つかるのは時間の問題だった。

「俺が血路を開く。お前は、何も考えずひたすら走れ」

加代の耳元に口を寄せ、弥四郎が囁く。

思わず見返した時には、父は動き出していた。白刃が閃《ひらめ》き、肉を斬る音と悲鳴が交錯する。弥四郎に続いて、加代も駆け出した。

煙で視界が霞む中、弥四郎は足を止めず刀を振るい続ける。その動きには、一切の無駄がない。

話には聞いていたが、あの父がこれほどの遣い手だったとは。驚嘆しながら、加代は父の後を追って駆ける。

どれほど走ったのか、煙が薄くなり、ようやく視界が晴れた。駆けながら振り返る。すでに村は抜けているが、十人近い敵が槍や刀を手に追いすがってくる。

弥四郎が足を止め、肩で息をしながら言った。その顔は、心なしか蒼褪めている。

「先に行け」

「けど……」

「すぐに後を追う。いいから行け！」

語気に押されて踵を返した刹那、馬蹄の音が響いた。

街道の向こう、小高い丘の上から、軍勢が駆け下りてくる。五十、いや、百人はいるだろうか。

先頭を駆けるのは、鮮やかな緋色の鎧《よろい》をまとった騎馬武者だった。兜《かぶと》をかぶらず、長い髪を振り乱しながら、薙刀を手に何事か叫んでいる。

「我こそは別所山城守《やましろのかみ》吉親が妻、波である。織田の雑兵ども、撫で斬りにされる覚悟はできておろうな！」

軍勢は見る見る近づき、加代たちを追ってきた足軽が身を翻して逃げはじめた。煙を見て、城から駆けつけたのだろう。波の側には、藍や他の女武者組の姿もある。

助かった。加代は安堵のあまり、その場に座り込みそうになる。

波の率いる別所勢は敵を追って、そのまま村へ攻め込んでいった。そのうちの一騎が軍勢から外れ、こちらへ向かってくる。

「やはり、弥四郎殿でしたか」

言いながら下馬したのは、蔭山伊織だった。

「伊織か、久しいな」

「父上、蔭山様と知り合いやったん？」

「ああ、指南役をしていた頃に……」

言いかけた弥四郎が、いきなり膝を折った。

「父上！」

慌ててその体を支えた加代は、自分の手が濡れていくのを感じた。弥四郎の脇腹のあたり。血が止めどなく溢れ出している。伊織も手にした槍を投げ出し、横たわった弥四郎の側に駆け寄る。

「弥四郎殿……」

「歳は取りたくないな。たかが雑兵相手に、このざまだ」

血の気が失せた顔で、弥四郎は自嘲する。両手で傷口を強く押さえても、流れ出す血を止めることができない。

「そんな、父上、嫌や……」

必死で傷口を塞ぐ加代の手を、弥四郎がそっと握った。

「もういい、加代。もう、十分だ」

「だって、血を止めんと」

死んでしまう。その言葉が、どうしても口にできない。

「ようやく、佐代《さよ》に詫びることができるんだ。このまま逝かせてくれ」

やはり悔やんでいたのだと、加代は思った。

母が死んだことで自分を責めながら、父はこの十年近くを生きてきたのだ。どれほど苦しかっただろう。その心情を思い、胸が押し潰されそうになる。

だが、口を衝いて出たのはまるで違う言葉だった。

「嘘つき！　絶対死なへんって、約束したくせに……！」

父は、かすかに顔を歪めた。たぶん、傷の痛みとは違う理由で。

「すまない。俺は、情けない父親だな。加代……お前は、強い娘だ。これからはお前が、奈津と、弥一を守って、やって……」

弥四郎の手から、かすかに残っていた力が消えていく。父の目から、光が消えていく。どんなに押さえても止まらなかった血が、もう流れ出てこない。

呆然と、力を失った父の手を握り続けた。

何も考えることができない。悲しいはずなのに、涙が出ない。戦の恐怖も取り残された不安も、織田勢への憎しみさえ、湧いてはこない。あるのはただ、最後にひどい言葉を浴びせてしまったという後悔だけだった。

なぜ、あんなことを口走ってしまったのだろう。死の間際に娘から嘘つき呼ばわりされて、父は悲しかっただろうか。悲しいに決まっている。

「ごめんな。うちは、ひどい娘や」

肩に、何かが触れた。蔭山の手だ。

「ひとまず、終わったようだ」

見ると、別所の軍勢が引き上げてくる。敵はあらかた追い散らしたのだろう。

「立て。城へ戻るぞ」

蔭山は立ち上がって促すが、加代は首を振った。

「いつまでそうしているつもりだ。どれほど待っても、死んだ者は生き返りはせんぞ」

そんなこと、わかっている。だが、父の亡骸を置いてこの場を離れることはできない。

「お前はまだ、守らねばならんものがあるのではないのか。だったら立て。後ろを振り向かず、自分の足で歩け。その薙刀は、何のために持ってきた？」

投げ出したままの薙刀に目を向ける。

そうや、こんなとこでうずくまってられへん。うちはまだ、やらなあかんことがある。

弥四郎の手を離し、開いたままの目を閉じてやる。

ごめん、父上。うち、行かなあかん。奈津と弥一を、守らなあかん。血に染まった手をしばし合わせ、足に力を入れる。

大丈夫だ。まだ、立ち上がれる。

「敵の本隊は、三木城へ進軍中との報《しら》せが入っている。戦はまだ、はじまったばかりだ」

「戦は、いつまで続くんですか？」

「それは、誰にもわからん。別所の殿にも、恐らく、羽柴筑前にも」

蔭山が言うには、襲われたのは小林村だけではなかった。夜明け前から各地の村々が織田勢の乱妨狼藉に遭い、かなりの数の民が城へ逃げ込んでいるという。

「戦えるか？」

蔭山の問いに、加代は頷きを返す。

戦わなければ守れない。ならば、どれだけこの手を汚そうと、戦うまでだ。もう後には戻れない。名も知らない足軽を殺したこの手はすでに、血で汚れている。

薙刀を握り、立ち上がる。

心の中で父に別れを告げ、加代は歩き出した。

五

三木城内には、村を追われた民が溢れ返っていた。

誰もが着の身着のままで、傷を負っている者も少なくない。粗末な木材と筵《むしろ》で小屋を建て、家族ごとに集まっている。親兄弟や言い交わした相手を失った者も多いのだろう。誰もがうなだれ、言葉少なだった。啜り泣きの声も、あちこちから聞こえてくる。

小林村の村人たちは、城の南西、月輪寺《げつりんじ》に近い郭《くるわ》にいた。城の中心に近い郭には、別所の家臣やその家族がいる。領内の村人は、敵に近い場所があてがわれた。

苦労して咲と奈津、弥一を見つけ出すと、目にしたことすべてを包み隠さず伝えた。

「嘘や。父上が、死ぬはずがない」

ぽつりと呟いたきり、弥一は黙り込んだ。奈津は下を向き、ぼろぼろと涙をこぼしている。

「咲ちゃんのとこは？」

「うちは、みんな無事。けど、菊ちゃんがもうおらんなんて、うち、どうしても信じられへん……」

物心ついた頃から、いつも三人一緒だった。九年前の戦で家を焼かれ、加代の母が殺された時も、三人で励まし合って乗り越えてきた。でも、菊はもういない。

「咲ちゃん。うちらは生きなあかんよ。菊ちゃんの分まで、ちゃんと」

咲は「そうやね」と強く頷き、目尻を拭う。

「加代姉は、戦に出るの？」

ようやく泣きやんだ奈津が、不安げに訊ねた。弥一も無言で、こちらに顔を向ける。

「たぶん、出ることになると思う」

父がいなくなろうと、自分が女武者組の一員であることに変わりはない。恐らく波は、加代が組を離れることを許さないだろう。

「けど、戦うのは敵が憎いからやない。あんたらを守るためや」

加代は、奈津と弥一の頭を撫でた。

「約束する。うちは、絶対に死なへん。あんたらが立派な大人になって所帯を持つまで、うちがあんたらの父親代わりや」

奈津が頷き、弥一も久しぶりにかすかな笑みを見せた。

それから三人で木材置き場に向かい、適当な物を拾って小屋を建てた。細い柱を立て、その上に筵をかぶせただけの粗末なものだが、しばらくはここが、加代たちの家であり、生きるための戦場になる。

蔭山の話では、城兵とその家族、そして逃げ込んだ民百姓で、城内の人数は七千をはるかに超えたという。

それだけの人をまかなう食糧があるのか。敵が攻め寄せてきた時に、押し返すことができるのか。毛利の援軍は、本当に来るのか。

不安なことはいくらでもあるが、数え上げたところでどうにもならない。今は、ここで生き抜くことを考えるしかなかった。

加代は郭の外れまで歩き、城壁の狭間《さま》から外に目を向けた。

新緑に覆われた山々。穏やかな日の光を照り返す川面と、たくさんの溜池。いつもと何ら変わらない、播州平野の景色。だがその一角に、殺気を漂わせる数千の軍勢がいる。

方々の村を蹂躙《じゆうりん》した後、織田勢の本隊は三木川の対岸に布陣していた。あの中には、小林村を襲った足軽たちもいるかもしれない。まだ動く気配はないが、いずれ川を渡ってこの城へ攻め寄せてくるはずだ。

さらに目を凝らす。何千もの兵の向こうに張られた陣幕の内。あそこに、羽柴筑前守がいるのだろう。

「殺させへん。もう、誰も」

加代は己に言い聞かせるように呟き、奈津と弥一が待つ家に向かった。

第二章　亡者の生還

一

城へ向けられた無数の銃口に、じわりと汗が滲んだ。

蔭山伊織は、城壁に設けられた鉄砲狭間から、城外の様子を窺っていた。

まだ日が昇って間もないが、三木川の対岸には敵の鉄砲隊が整列し、悠々と玉込めをしている。この距離では、玉は城まで届かない。それでも撃ってくるのは、城内に逃げ込んだ民百姓を威嚇して、動揺を誘うためだろう。

敵将の号令とともに、筒音が響いた。風に乗って、火薬の臭いが漂ってくる。

撃たれることはないとわかっていても、脳裏に一年前のあの戦の光景がまざまざと蘇ってきた。

耳を聾《ろう》する筒音と、鼻を衝く火薬の臭い。味方の頭上から降り注ぐ、夥しい数の鉄砲玉。激しい衝撃とともに兜が飛び、頬を掠《かす》めた玉が足元の地面に突き刺さる。すぐ側にいた味方が、頭から血と脳漿《のうしょう》をまき散らしながら倒れていく。

覚えず、伊織は敵陣から目を逸らした。顎の先から、汗が滴り落ちる。呼吸は荒くなり、両の手がかすかに震える。

首に下げた匂い袋を胸元から取り出し、顔に押しつけた。

白檀《びゃくだん》の、涼やかでほのかに甘い香りが鼻腔をくすぐる。目を閉じると、今はもういない女人の顔が浮かんだ。

大きく息を吸い、吐く。幾度か繰り返すうち、激しく脈打っていた心の臓が、ようやく落ち着きを取り戻してきた。

匂い袋を作るのが好きな女だった。丁子《ちょうじ》だの麝香《じゃこう》だの、伊織にはよくわからない香料を自分で混ぜ合わせ、気に入った香りができた時には、声を上げて童のようにはしゃいでいたものだ。

数回の斉射の後、鉄砲隊は後方の陣に引き上げていった。

「死に損ない、か」

誰にも届かない声で呟き、自嘲の笑みを漏らす。あの戦以来、火薬の臭いを嗅ぐたび、息が苦しくなる。我ながら、これでよく武士と名乗っていられるものだ。

伊織は匂い袋を懐に押し込み、敵陣を見据えた。

織田勢に勝てるか否かは、神のみぞ知るといったところだろう。だが少なくとも、多くの将兵が命を落とすのは間違いない。

この戦で、ようやく死ねるかもしれない。死に損ないと罵られ、臆病者と陰口を叩かれてきた自分が、戦の中で死ぬことができる。

その感情が希望なのか絶望なのか、伊織にはわからなかった。

近隣の村々を襲った織田勢が別所家の本拠三木城へ迫ってきたのは、昨日のことだ。村々は乱妨狼藉に晒され、多くの民百姓が殺された。そして、生き延びた者たちはこの三木城に逃げ込んでいる。別所家の家臣とその家族、城兵に加え、民百姓までも収容した城内には、七千をゆうに超える人数が籠もっていた。寝る場所のない民は城内の空いた場所に小屋掛けし、身を寄せ合うようにして一夜を明かしている。

「蔭山様」

呼び止められたのは、敵の鉄砲隊が引き上げるのを見届け、本丸に戻る途中だった。

「見廻りですか。ご苦労様です」

声をかけてきたのは、城内に逃げ込んでいる、加代という娘だった。後ろにいる童たちは、加代の弟と妹だろう。

加代たちは、城の南西にある郭に小屋掛けしている。今は、城のあちこちを回って煮炊き用の薪を手に入れ、小屋に戻るところらしい。

「昨夜は眠れたか？」

「妹と弟は、疲れてすぐに眠ってしまいました。うちは、あまり」

無理もなかった。三人の暮らす小林村は昨日、織田勢の足軽に襲撃され、焼かれていた。

「お父上は、残念だった」

口にしてから、伊織はかすかな後悔を覚えた。日頃は暗さなど露ほども感じない加代の表情に、翳が差している。

加代らの父、室田弥四郎は、昨日の織田勢の襲来で命を落としていた。

伊織はかつて、剣術指南役だった弥四郎から剣の手ほどきを受けたことがあった。その弥四郎がなぜ、禄を返上して百姓になったのか、伊織は知らない。

「うちがもっと強かったら、父は死なんでもすんだのかもしれません。けど、悔やんだかて仕方ないです。蔭山様が言った通り、死んだ者は生き返ったりしませんから」

「この戦は、事と次第によっては長引くだろう。女武者組にも、出陣の命が下るやもしれん。お前も、戦に出るつもりなのか？」

加代は、伊織が世話役を務める別所家女武者組に属している。元は武家の娘だったためか、薙刀の腕は悪くなかった。

「はい。けど、うちは絶対、こんな戦では死なんつもりです。妹と弟が独り立ちするまで、うちが面倒見てやらなあきませんから」

伊織は思わず苦笑した。名門別所家の存亡がかかっていようと、民にとっては武士たちが勝手に争っているだけにしか映らないのだろう。

「あ、すいません。つい、こんな戦やなんて……」

「いや、いい。俺にとっても、うんざりするほど繰り返されてきた戦の一つに過ぎん。まあ、大きな声では言えんがな」

これほど多弁になるのは我ながら珍しいと、伊織は思った。今朝の鉄砲の斉射で、肝を冷やしたせいかもしれない。だとしたら、何とも情けない話だ。

「蔭山様は、ご家族は？」

「父母は早くに病で亡くし、親代わりだった兄は昨年、上方《かみがた》の戦で討ち死にした。俺には妻も子も、家来の一人もおらん」

「そうやったんですね。立ち入ったことをお訊きしてしまいました」

自分が死ねば、別所一門として長く続いた蔭山家の血統は途絶える。

だがそうなったとしても、縁戚の誰かが蔭山本家を継ぎ、家は何事もなかったかのように続いていくだろう。いや、それ以前に、別所家そのものが滅びるかもしれないこの状況では、蔭山家の存続など些事に過ぎない。

いずれにしろ、伊織は自分が死んだ後のことなど、まるで興味がなかった。

「ほな、うちはここで」

「ああ」

お前はもう、十分強い。そう言いかけて、伊織は口を噤《つぐ》んだ。

守るものがある人間が強いわけではない。それは、伊織自身が証明している。

それでも、妹と弟と連れ立って歩く加代の後ろ姿が、伊織の目にはどこか眩しいもののように思えた。

二

末席に連なりながら、伊織は軍議の様子を醒めた目で眺めていた。

三木城周辺が描かれた絵図を、小具足《こぐそく》姿の諸将が囲んでいる。城の間近まで攻め入られながら、いや、だからこそ、将たちのほとんどは気魄に満ちた顔つきで軍議に臨んでいた。

昨日、三木城へ攻め寄せてきた織田勢は、たった一日城を囲んだだけで引き上げようとしていた。恐らく、三木城の構えが想像以上に堅固だったことと、速攻で城を落とすには、手持ちの兵力が少ないことが理由だろう。

軍議の議題は、引き上げる敵を追撃するか否かである。

飛び交う意見は、どれも強硬なものばかりだ。明らかに、織田勢を侮っている者も少なくない。敵の総大将、羽柴筑前守秀吉を百姓上がりの弱将と見ているのだろう。

播州人は、総じて血が熱いと言われている。織田家への謀叛《むほん》に踏み切ったのも、名門を自負する別所家が、氏素性も知れない秀吉の配下とされることに反発する者が多くいたことが一因だった。

「三木城の鉄壁の構えを目の当たりにし、羽柴筑前めは明らかに怯んでおる。敵が引き上げにかかった今こそ、追い討ちをかけ、筑前めの首級《しるし》を挙げる好機ではないか？」

当主長治の叔父であり筆頭家老でもある別所吉親が、周囲を圧するような鋭い目つきで問う。

今年不惑を迎えた吉親は先代安治の死後、十三歳で家督を継いだ現当主長治の後見として、十年近くにわたって家政を切り盛りしてきた。長治のもう一人の叔父で、親織田派の重宗が出奔した後は事実上の当主にも等しい発言力を持つようになっている。

吉親の問いに、諸将の多くが賛同の声を上げた。

「毛利の援軍を待つには及ばん。我らだけで、羽柴筑前を討ち果たすべきであろう」

「さよう。本城の三木まで攻め入られながら、他家の援軍を頼ったとあっては、当家末代までの恥辱にござる」

伊織はわずかに顔を上げ、上座に着く主君を窺った。

長治はこれまで一言も発することなく、諸将の意見に耳を傾けている。温厚で思慮深く、民百姓にも慕われる主君ではあるが、家の舵取りに関しては吉親の意見に押し切られることが多かった。

「待たれよ」

強硬論に傾く家臣たちに向け、初老の武士が声を発した。別所家家老、三宅治忠《みやけはるただ》。重宗が出奔してからは、吉親に次ぐ地位を占めている。

「織田勢はおよそ五千。対する我が軍は、二千五百。追い討ちをかけたとて、勝ち目があるとは思えぬ」

「何を申す。敵は、上方で寄せ集められた烏合の衆に過ぎぬ。全軍一丸となり敵本陣へ突き入れれば、敵は為すところを知らず敗走いたすに相違ない」

「吉親殿。それがしは、さような危ない橋を渡る必要はないと申しておるのだ。放っておけば引き上げていくものに、あえて攻めかかることはあるまい」

「何を悠長な。黙って敵が引き上げるのを待つなど、それこそ播州武士の名折れであろう」

「戦はまだはじまったばかりにござる。いたずらに逸《はや》って兵を死なせては、今後に差し支えよう。ましてや、多くの民草《たみくさ》を迎え、城内はいまだ混乱しておるのだ。今はまだ、打って出るべき時ではござらぬ」

しかし、治忠の言葉に耳を貸す者はいない。この場にいるほとんどの者は、織田勢に己の領地を蹂躙され、怒り心頭に発している。このまま敵の撤退を待つつもりなど、ありはしないのだ。

「殿、ご裁可を」

進行役の吉親が議論を打ち切り、長治に迫った。

しばしの黙考の末、長治が口を開く。

「城を出て戦うこと、認めぬ」

「殿！」

いきり立つ諸将を、長治は目で制した。

「治忠の申す通り、兵力では敵に分がある。白昼堂々と引き上げにかかる以上、追い討ちに対する備えもしておろう。逸って打って出るは、敵の思う壺ぞ」

「では、このまま黙って敵を見送ると仰せか」

「そうは言わん。敵が引き上げた後、細川《ほそかわ》城を攻め落とす」

なるほどと、伊織は思った。

細川城は、三木城の北東およそ一里半（約六キロ）に位置し、城主の冷泉為純《れいぜいためずみ》は別所家の誘いを拒み、織田家に与していた。さしたる兵力も持たない小領主ではあるが、三木城から近いこの城に織田勢が入れば厄介なことになる。

悪くはない策だった。織田勢に追撃をかけても、勝てる見込みは薄い。だが、冷泉家が相手なら、よほどのことがなければ敗けることはないだろう。小城一つとはいえ、敵方の城を落とせば、追撃を却下された諸将の溜飲を下げることもできる。

「昨日、毛利家から密使が来た。それによれば、毛利の水軍は数日中にも播磨に到着し、加古川を攻めるつもりだという。毛利勢が加古川を奪えば、織田勢は孤立し、我らと毛利勢で南北から挟撃することも可能となろう。その前に、我らは細川城を落とし、後顧の憂いを断つ」

長治の語る策に、一同から感嘆の吐息が漏れた。

「吉親、異存あるまいな?」

「承知いたしました。では殿の仰せの通り、敵の撤退を確かめたる後、細川城を攻めるといたします。明朝、それがしが一千ばかりを率いて出陣するということでよろしゅうござるか」

「よかろう。では、此度《こたび》は織田方との最初の手合わせとなる重大な戦ゆえ、軍目付《いくさめつけ》を任命いたす」

吉親の眉間に、かすかに皺が寄った。軍目付とはその名の通り、大将の吉親に対する監察役である。

「蔭山伊織。軍目付として、明日の戦に参陣いたせ」

思いがけず名を呼ばれ、伊織は顔を上げた。

「殿、この者は……」

「私が伊織であればと見込んだのだ。何か、不満があるなら申せ」

いつになく決然とした態度に、吉親も口を噤む。

なぜこんな男が。そう言わんばかりの視線が一身に集まる。吉親にいたっては、不快の念を隠そうともせず伊織を睨みつけていた。

「伊織。聞いての通りだ。そなたも異存はあるまい」

「承知仕《つかまつ》りましてございます」

主命とあらば、拒むことなどできない。伊織は射るような視線を感じながら、平伏した。


軍議が散会した後、伊織は本丸御殿にある長治の居室に呼び出された。

さして広くもない質素な部屋は、長治の人柄をよく表していた。

花入れや掛け軸といった数少ない調度は、華やかさこそないものの、落ち着いた気品を漂わせている。

「ここでそなたと話すのは、一年ぶりになるか」

「はい」

伊織は元服前から長治の小姓を務め、元服後も近習《きんじゅ》として、常に側近くにあった。長治の信頼は篤かったはずだ。一門や重臣たちにも明かせない内心を、長治は伊織にだけは語ってくれた。伊織も、上役や同輩の嫉妬、羨望を感じつつ、この主君のためなら命など惜しくはないと本気で思っていた。

家中では剣の腕をもって知られ、戦場でも幾度か手柄を立てた。行く行くは兄と別に家を立て、別所家の重臣に取り立てられる。蔭山家の縁者などはそう期待し、伊織自身もそのつもりでいた。

しかし、一年前のあの戦で伊織は家中の信望を失くし、近習の職も解かれた。だが、失ったのはそれだけではない。あの戦から戻った時、伊織が最も大切にしていたものは、すでに手の届かない場所へ行ってしまっていた。

あれ以来、何もかもがどうでもよくなった。

出世も戦での功名も、主家への忠義も、あれほど熱を入れていた剣の修練さえも、すべてが虚しいものにしか思えない。〝家〟というものにしか己の拠り所を持てない者たちが、たまらなく愚かに映る。いつしか伊織は、人との繋がりを断ち、生きた屍のように日々をやり過ごすようになった。

そして今、家中での伊織の立場は、女武者組の世話役という端役人に過ぎない。

どことなく重苦しい沈黙を破るように、長治が口を開いた。

「このわずか一月余りで、我らの置かれた状況は大きく様変わりした。まさか、当家が織田と事を構えることになろうとはな」

口ぶりこそ穏やかだが、その顔は以前よりもいくらかやつれている。

元々、長治は織田家に従うことで、別所家の生き残りを図っていた。長治自身が上洛し、信長に謁見したこともある。だが吉親ら反織田派の要望を拒み続ければ、あの者たちは長治を排除し、織田家に戦いを挑んだだろう。家中の内紛を避けるには、吉親一派に妥協するしかなかったのだ。

織田との手切れに踏み切るまで、長治は伊織が想像もできないほどの苦悩を味わったはずだ。そしてその苦悩は、今も消えてはいないようだった。

「単刀直入に訊ねる。この戦、勝てると思うか。明日の細川城攻めだけではない。織田家との戦いに、という意味だ」

束の間思案し、答える。

「華々しい勝利を収める、というのは難しいかと。織田家を滅ぼす。あるいは信長を討つ。そうした形での勝利は、まず望めますまい」

織田家は今、甲斐《かい》の武田勝頼《たけだかつより》、安芸《あき》の毛利輝元《てるもと》、摂津《せっつ》の大坂本願寺《ほんがんじ》といった大敵に囲まれている。また、丹波《たんば》では一昨年、長治の舅《しゅうと》に当たる波多野秀治《はたのひではる》が織田家に叛旗を翻し、今も頑強な抵抗を続けていた。

だが、名将信玄《しんげん》を失い、三河長篠《みかわながしの》で大敗を喫した武田家にかつての勢いはなく、大坂本願寺も各地で敗退が続き劣勢に立たされている。

「頼みの綱は毛利ですが、かの家に、織田家に取って代わろうという野心はありますまい。当家のために、どれほど骨を折ってくれるかはわかりませぬ」

「つまり、別所家が生き残る目は、限りなく少ないということか」

「恐れながら、そう申し上げざるを得ませぬ」

答えると、長治は苦笑を漏らした。

「相変わらず、歯に衣《きぬ》を着せるということを知らぬようだ」

「恐れ入ります る」

自分のこうした物言いが家中で浮き上がる原因なのだと、伊織も自覚してはいる。ただ、己を偽ってまで改めようという気はなかった。

「おおよそは、私の見立てと同じだ。当家が生き残るには、戦況を膠着《こうちゃく》に持ち込み、少しでも有利な和を結ぶしかない。そなたも、そう考えておるのではないか？」

「御意」

「事は、当家の存続だけではない。この東播磨の地に生きる、すべての者の命がかかっておる。我が領内には、真宗門徒も多くおるゆえな」

信長は伊勢《いせ》長島や越前《えちぜん》で、何万人もの浄土真宗門徒を殺戮している。もしも別所家が敗れた時、それと同じことがこの東播磨で起こらないとは限らなかった。

「そなたを見込んで、一つ頼みたきことがある」

「はっ」

「細川城を落とした後、吉親らは怒りに駆られ、無用の殺戮に走るやもしれぬ。そなたに、それを止めてほしいのだ」

「それがしが、にございますか」

「戦況を膠着させた上で、織田家との交渉に持ち込む。そのためには、戦は最小限に抑えたい。味方の城を根切りにされたとあっては、羽柴筑前とて後には引けなくなろう。同じ播州人で殺し合うことも避けたい」

「しかし、それがしの言うことを、吉親様が聞き入れるとは思えませぬが」

「だが、他に頼める者はおらぬ。本来ならば三宅治忠が適任だが、重臣同士がいがみ合う結果を招くわけにもいかぬのだ」

元々、吉親から疎まれている伊織ならば、今後の戦にも影響は少ないということだろう。

「そなたを近習から外し、禄を削ったのは私だ。それが今になってかような役目を押しつけるは、いかにも虫のよい話だとわかっておる。だが、すべてはこの地に住まう者たちのため。どうか引き受けてもらいたい」

その真摯な眼差しに、伊織は胸苦しさを覚えた。別所家への忠義など欠片も持ち合わせてはいないが、長治のことは今も嫌いにはなれない。

「そこまでの仰せとあらば、お断りするわけにもまいりますまい」

我ながらかわいげのない返事だが、長治は安堵したように微笑を浮かべていた。

三

戦を前にした高揚など、まるで感じはしなかった。

まだ、夜は明けきっていない。西の空には今も、いくつかの星が瞬いている。

醒めた気分の伊織をよそに、城外に集結した一千の将兵は、戦意を漲《みなぎ》らせていた。

今回は三木城を離れての戦とあって、波の女武者組は参陣していない。加代が戦に出ないことで安堵を覚える自分に、伊織はかすかな驚きを感じている。

「出立」

吉親の下知《げち》で、一千の軍勢が動きはじめた。

三木城周辺の織田勢は、昨日の夕刻に陣を払い、今は影も形も見えなかった。城下町はかろうじて被害を免れたものの、ほんの数日前まで民百姓が暮らしていた村々は、その多くが焼き働きに遭っている。今も残る生々しい焼け跡を目にした将兵の憤りが、ひしひしと肌に伝わってきた。

まったく、面倒な役目を押しつけられたものだ。馬を進めながら、胸中でぼやく。

先発していた物見が駆け戻り、敵の様子を報告した。

細川城では、いちおう戦に備えて兵を集めているものの、その数は二百足らず。まさか別所勢がいきなり攻め寄せてくるとは思ってもいないのか、警戒も緩いという。

「所詮は公家か」

報告を受け、吉親が笑った。

冷泉為純は京の公家、冷泉家の流れを汲み、祖父の代から京の戦乱を避けて播磨に下向していた。別所家との関係は良好だったものの、広大な版図を持ち、京を支配下に収める織田家と天秤にかけた結果、別所家と袂《たもと》を分かったのだろう。

ほどなくして、細川城が見えてきた。小さな城が築かれた小高い山の麓に数十軒の家が建ち並び、その中にいくらか大きな館が見える。

「このまま一気に攻め寄せる。まずは、麓の館を落とせ」

先鋒の二百が喊声を上げ、駆け出した。

敵はようやくこちらの接近に気づいたのか、慌ただしく鐘が打ち鳴らされている。

矢の一本も放たれないまま、味方が麓の町に攻め入った。民家から人々が逃げ出し、馬蹄にかけられる者も出ている。館の門はほとんど抵抗なく破られ、味方が雪崩れ込んでいく。すかさず、吉親はさらに五百を戦場に投じた。

信じ難いことに、冷泉為純は麓の館にいるようだった。いくら父祖の代から良好な関係にあったとはいえ、今は敵味方に分かれているのだ。油断するにもほどがある。

四半刻も経たないうちに、冷泉為純の首級が運ばれてきた。だが、為純の嫡男、為勝《ためかつ》が家臣たちとともに館を脱し、城へ逃げ込んだという。

「よし。城を隙間なく囲み、力攻めにいたす」

吉親の目に、獣じみた光が点った。

「織田方への見せしめとして、城内にいる者は、老若男女の別なく撫で斬りにいたせ」

「お待ちください」

伊織は下馬し、吉親の馬前に片膝をついた。

「ここはいったん兵を退《ひ》き、城に降伏を呼びかけるべきかと。為勝と家臣らの助命を条件に開城させれば、無駄な血を流さずともすみます」

吉親の表情が歪んだ。はるか下に見ていた相手が自分に意見すること自体が気に入らないのだろう。

「何を手ぬるいことを。あの程度の小城、さような手間をかけるまでもなく、一息で攻め落とせよう。冷泉の小倅《こせがれ》を生かしておけば、後々の禍根となろうぞ」

「すでに勝敗はつき申した。我らの目的は城を落とすことであって、冷泉家を滅ぼすことではござらぬ」

「たわけ。この戦は、ただの小競り合いにあらず。冷泉家の者どもをことごとく討ち果たすことで、我らが不退転の意志を織田方に知らしめるのだ」

吉親の家臣や取り巻きが、ここぞとばかりに喚き立てる。

「さよう、そなたごときが口出しすることではないわ！」

「この臆病者が。つまらぬ仏心が芽生えたならば、頭を丸めて出家でもいたせ！」

伊織は片膝をついたまま、視線を左右に投げた。

「貴殿らは、それがしが殿に任じられた軍目付であることをお忘れか」

戦場にあって、軍目付は大将に次ぐ地位にある。長治の名を出したことで、舌鋒はいくらか弱まった。

「吉親様。殿は、播州人同士が殺し合うことを望んではおられませぬ。そもそも我らは、抗う者を撫で斬りにする織田家のやり方に異を唱え、起《た》ったはず。その我らが、織田家と同じやり方をいたすと仰せか」

問い詰めながら、横目で戦場の様子を窺った。館を攻め落とした兵たちは、下知を待ってその場で待機している。その間にも、民は城下から逃げ出していた。

「おのれ、賢《さか》しらな理屈を……」

吉親の手が、刀の柄にかかる。

だが、軍目付を斬るのは重罪だった。当主の叔父とはいえ、ただではすまない。吉親の殺気の籠もった視線を、伊織は正面から受け止める。

「申し上げます！」

張り詰めた気を破るように、使い番が駆けてきた。

「冷泉為勝殿、御自害。家臣らは城を開き、降参したいと申し出てまいった由にございます」

吉親は舌打ちし、柄から手を離した。

「為純、為勝の首級を運ばせよ。家来どもは、どこへなりと立ち去るがよい」

吐き捨てるように言い放ち、吉親は馬を進める。家臣たちも伊織に侮蔑の視線を投げかけながら、それに続いた。

「蔭山」

馬上から呼びかけてきたのは、吉親に重用されている櫛田伝蔵だった。この男とは以前、城下で揉めて斬り合いになりかけたことがある。

「あまりいい気になるなよ。次の戦では、味方に撃たれぬよう気をつけることだな」

櫛田が駆け去ると、伊織は大きく息を吐いて立ち上がった。

これでまた、家中に敵が増えた。ただ、この戦での死人は、最小限にとどめられただろう。馬蹄にかけられて死んだ者には気の毒だが、家も焼かれず、無駄に斬られる者も出なかったのだ。

今は、これでよしとするか。戦はまだまだ続く。死ぬ機会など、いくらでもあるはずだ。

自分に言い聞かせ、伊織は再び馬に跨った。

四

翌四月二日、細川城を接収し帰還した伊織らを待っていたのは、予期せぬ敗報だった。

別所勢が細川城攻めに向かっている頃、毛利家の水軍が加古川に上陸し、織田方の別府《べ》城《ふ》を攻め立てた。別府城の城将は、主家を見限り織田家に奔《はし》った、別所重宗である。

数千の毛利勢に対し、城兵は一千足らず。だが、秀吉からの援軍として別府城に入っていた小寺官兵衛《かんべえ》孝高《よしたか》が奮戦し、毛利勢は多大な犠牲を出して敗走、安芸へ引き上げていったという。

「おのれ、何たる不甲斐なさか！」

吉親は怒気を露わにしたが、罵声を浴びせたところで毛利勢が引き返してくるはずもない。細川城での勝利は掻き消され、城内は重苦しい空気に包まれた。

三日には、織田勢の主力が野口《のぐち》城へ攻め寄せたという報せが届いた。

三木城の南西三里半に位置する野口城は、周囲を深い沼に囲まれた天然の要害で、城主の長井四郎左衛門政重《ながいしろうざえもんまさしげ》も勇将として知られている。しかし、城兵はわずか六百人足らずで、五千の織田勢主力を相手に勝ち目はなかった。

出陣を強硬に主張したのは、やはり吉親だった。自らの戦勝を穢《けが》されたという思いもあるのだろう。

だが、援軍を出さないわけにはいかない。配下の城が落とされるのを手を拱《こまね》いて見ていたとなれば、味方の結束は崩れ、敵に寝返る者が続出する。せめて、形ばかりでも救援の意思を見せるべきだった。

長治もこれを許可し、四日未明、吉親を大将、三宅治忠を副将とする別所勢千五百が三木城から出陣した。城攻めに疲れて眠る敵の背後から奇襲を仕掛け、野口城の包囲を解こうという策だ。

今のところ、野口城は落城することなく持ちこたえていた。敵は早急に攻め寄せることはせず、まずは城の周囲の沼を埋め立てているという。

今回は、波の率いる五十人の女武者組も出陣していた。聞くところによると、波が吉親に出陣を直訴したのだという。軍目付は他の者が任じられたため、伊織は女武者組の世話役としての出陣ということになった。

女武者といっても、城の女中や領内の娘たちを集め、即席の稽古を施しただけだ。小林村での戦に続いてこれが二度目の出陣だが、今回の相手は略奪目当ての足軽ではなく、織田家の正規の軍勢だ。それを理解しているのか、女たちの緊張が伝わってくる。行軍中の私語は禁じられているので、不安を紛らわすこともできないのだろう。

加代は参陣しているのだろうか。馬を進めながら、伊織はふと思った。

出陣の前には、姿を見ていない。だが、必ずどこかにいるはずだった。女武者組に名を連ねている以上、出陣の下知を拒むことはできない。もしも加代が討たれるようなことがあれば、残された妹と弟はどうなるだろう。

我に返り、伊織は自嘲の笑みを漏らした。戦の前に、さして親しくもない女子の心配など。

愚にもつかない考えを振り払ったその時、不意に肌が粟立った。

火薬の臭い。ほんのわずかだが、風に乗って漂ってくる。

伏せろ。叫ぼうとした刹那、闇の中から轟音が沸き起こった。悲鳴。馬の嘶《いなな》き。長く延びた軍勢はたちまち混乱に陥り、鉄砲玉を浴びた味方が倒れていく。

伊織の馬がいきなり前脚を折り、倒れた。落馬の衝撃に耐えながら顔を上げる。馬は、首から血を流して死んでいた。その隣には、頭を撃たれた雑兵が倒れている。割れた頭部から、薄桃色の脳漿がこぼれ落ちていた。

叫び出したいほどの恐怖に、全身が強張った。息が思うように吸えない。匂い袋を取り出そうとしたが、手が震えてうまくいかない。

敵は、街道右手の林の中にいた。距離は、三十間ほどだろう。鉄砲を撃ち尽くすと、今度は弓を番《つが》えた兵が前に出た。

視界の隅に、一人の女武者が映った。加代。初めての戦らしい戦に、呆然と立ち尽くしている。

「放て！」

敵将が下知を出した。弦音と矢の唸り。伊織は考えるより先に地面を蹴った。加代に組み付き、街道脇の叢《くさむら》の中に押し倒す。

「頭を上げるな！」

怒鳴りつけた時、左肩に鋭い痛みが走った。矢が、肩口に突き立っている。

「蔭山様……」

「蔭山様、血が」

「案ずるな。大した傷ではない」

矢柄を摑んでへし折った。

「怯むな、撃ち返せ！」

別所の将が、馬上から声を嗄《か》らして叫ぶ。味方の鉄砲隊が玉込めをはじめたものの、すぐに狙い射《う》たれ、次々と倒されていく。

喊声が沸き起こり、無数の足音が響いた。敵は七、八百というところか。味方は陣を組んで迎え撃とうとしているが、いまだ混乱から立ち直れてはいない。

兵力では勝っているものの、完全に不意を衝かれた。戦上手とはいえない吉親の采配では、形勢逆転は難しい。

「ここが、死に時か」

加代の耳にも届かない声で呟き、立ち上がった。気づけば、動悸は治まり、息も上手く吸える。

「この戦は敗けだ。お前はここに隠れて、退却の合図が出たらすぐに逃げろ」

「蔭山様は？」

「決まっているだろう。戦に加わる。そのために、別所家から扶持《ふち》を受けているのだからな」

「けど……」

「こんな戦で死ぬつもりはないのだろう。妹と弟のために、生きて帰ってやれ」

しばし迷うような表情を浮かべ、加代は頷きを返す。

「ご武運を」

伊織は答えず、刀を抜き放った。

鉄砲の音は絶えている。ならば、恐れるものは何もない。乱戦の中に飛び込み、味方を掻き分けながら前に出た。

東の空が白みはじめ、視界はだいぶ明るくなってきた。大きく息を吸い、大音声《だいおんじょう》を張り上げる。

「別所家家臣、蔭山伊織。討ち取って、手柄とせよ！」

数人の敵兵が足を止め、こちらへ向かってきた。雑兵ばかりだ。舌打ちし、地面を蹴る。突き出された数本の槍を撥ね上げ、具足の隙間を狙って斬撃を繰り出す。一人、二人と斬り伏せ、三人目の喉を抉《えぐ》る。

思わず笑みがこぼれた。この一年余り、ほとんど剣を握ることはなかったが、腕は思ったほど落ちていない。肩の傷は、痛みこそするが、剣を握れないほどではない。これなら、十分な数の道連れを作れそうだ。

「蔭山殿」

伊織を遠巻きにする雑兵を押しのけ、一人の若武者が現れた。

伊織よりも頭半分ほど大きいが、まだ幼さの残る顔つきは、十六、七歳といったところだろう。伊織はその顔に、どこか見覚えがあった。

「正之助《まさのすけ》か」

糟屋《かすや》正之助武則《たけのり》。加古川に領地を持つ小豪族、糟屋家の次男で、兄の朝正《ともまさ》は別所家に与して三木城に入っている。別所と織田、どちらが勝っても家を存続させるため、兄と弟で袂を分かったのだ。

何年か前に一度だけ、朝正の頼みで剣の稽古をつけてやったことがある。正之助はまだ元服前だったが、その頃の面影は確かに残っていた。

「これも乱世の習い。御首級、頂戴いたします」

「いいだろう。ただし、俺に勝てたらの話だ」

「無論」

正之助が槍を握り直し、構えを取った。伊織も重心を落とし、低く構える。

古風な一騎討ちになった。周囲の敵兵は二人を遠巻きにし、手を出してくる気配はない。

なかなかの気魄だと、伊織は思った。正之助の全身から発する殺気に、肌がひりつく。以前は、筋はいいものの体がまだできていなかったが、数年を経た今はまるで別人だ。

最後の相手としては、悪くない。そう思った刹那、正之助が踏み込んできた。ほとんど同時に、穂先が伸びてくる。かろうじて払いのけ、前へ出た。伊織の斬撃を、正之助が槍の柄で受ける。

押し合いになった。互いの息が顔にかかるほどの距離。力を籠めたことで、左肩の痛みがひどくなった。正之助の膂力《りょりょく》に押され、伊織は徐々に後ずさる。

押されながら、伊織はこの一騎討ちを心の底から愉しんでいる己に気づいていた。消えたと思っていた剣に対する熱が、蘇っている。死を望みながら、手強い相手に出会えば血が滾《たぎ》る。厄介な病だった。

伊織は、柄から両手を離した。と同時に前かがみになり、目を見開く正之助の懐に潜り込む。伸び上がる勢いのまま、右腕を突き上げた。

重い手応えとともに、掌底が顎を捉えた。正之助の口から血が飛び、腰が落ちる。すかさず、伊織は腰の脇差を抜き放ち、振り上げた。顔面を斜めに斬り裂かれた正之助の兜が飛ぶ。短い呻き声を上げ、正之助は数歩後退して片膝をついた。

殺すつもりで放った斬撃は、致命傷とはならなかった。正之助はほんの一瞬早く、体を仰け反らせて避けている。あと一寸近ければ、切っ先は首筋を切り裂いていたはずだ。

この若者は、強くなる。もしかすると、いずれ諸国に名を轟かせるほどの武者になるかもしれない。

伊織は脇差を鞘に納め、刀を拾った。

「蔭山殿、それがしの敗けだ。我が首を獲られよ」

「己惚《うぬぼ》れるな。お前の首に、それほどの価値があると思うか」

「おのれ、愚弄いたすか」

顔を血に染めた正之助の視線に、殺意の火が点る。

「朝正の思いを無にするな。どれほど見苦しくとも、犬畜生と罵られようと、生きろ。それが、武士の本分だ」

人に説教できた義理か。胸中で自嘲して踵を返した時、法螺貝《ほらがい》の音が響いた。味方の撤退の合図だ。

「阿呆め」

引き上げるのはいいが、時宜は最悪だった。味方は浮足立ち、算を乱して敗走をはじめている。敵が追い討ちに出れば、かなりの犠牲を払うことになるだろう。

仕方ない。戦がどうなろうと知ったことではないが、加代が逃げる時くらいは稼いでやるとしよう。死ぬのは、その後だ。

「蔭山伊織、殿軍《しんがり》仕る。勇ある者は、我がもとに集われよ！」

声を上げるが、応える者はいない。

「いかがなされた。日ごろ声高に唱える播州武士の矜持《きょうじ》とは、その程度のものか！」

叫び続ける伊織に、数人の敵兵が向かってきた。槍をかわし、一人の腕を飛ばし、もう一人の首筋に刀を叩きつける。

横合いから、一人が斬りかかってきた。斬撃を受け止めた刹那、左肩に痛みが走る。直後、敵兵の顔が歪み、動きが止まった。味方の武者が、横から槍を突き入れたのだ。

「雑兵相手に、いいざまだな。傷が痛むのなら、さっさと逃げ出したらどうだ？」

倒れた敵兵を見下ろしながら言ったのは、櫛田伝蔵だった。

「お主こそ、引き上げた方がいいのではないか。お主が死ねば、櫛田の家が絶えるぞ」

「ぬかせ。俺は死ぬつもりなど微塵もない。死に場所探ししか頭にない、どこぞの死に損ないと一緒にするな」

互いに顔を見合わせ、小さく笑う。

二人で次の敵に向かおうとした時、数人の味方が駆け寄ってきた。それからさらに二人、三人と加わり、やがて人の流れが生まれ、五十人近い軍勢となった。

「一つにまとまれ。足を止めるな」

先頭に立って、敵中へ突っ込んだ。こちらがいきなり逆襲に転じたことで、敵にわずかな動揺が走る。

深入りすることなく引き返し、逃げては再び攻めかかる。幾度か繰り返すうち、味方は次々と倒れ、半数近くにまで討ち減らされていた。

生き残った味方は皆、肩で息をし、全身を返り血に染めていた。無傷の者は、誰もいない。伊織も伝蔵も、数ヶ所に傷を受けている。それでも、士気はまったく衰えてはいなかった。

「戦はいいな」

隣の伝蔵に向かって、伊織は言った。

「生きることも死ぬことも、どうでもよくなる。目の前の敵に勝てなければ、そこで終わり。わかりやすくていい」

「一緒にするなと言っただろう。俺は生き残って、褒美をもらって出世する。そのための戦だ」

「だったら、せいぜい死なないように気張ることだな」

「言われずともそうする。安心しろ。褒美はお主の分まで貰っておいてやる」

伝蔵の減らず口に、伊織は苦笑した。

これだけ時を稼げば十分だろう。長治への義理も果たしたはずだ。

「蔭山殿」

味方の一人が、声をかけてきた。

「それがしは、貴殿を見損なっておったようだ。貴殿の忠義、感服仕った」

忠義か。そんなもののために、戦ったわけではない。かすかな後ろめたさを覚えながらも、伊織は頷く。

「では、最後の一戦とまいろうか」

敵は本隊の追撃を諦め、こちらを遠巻きにしている。死兵と化した伊織たちを警戒しているのだろう。

敵の将が手を上げ、数十人の鉄砲足軽が前に出てきた。

伊織の背筋に、冷たい汗が流れた。

「おのれ、織田家に武人の情はないのか！」

味方の一人が叫ぶと同時に、轟音が響く。

ほぼ同時に、胴丸を貫いた一弾が左の脇腹を突き抜け、伊織は膝をついた。傷口が焼けるように熱い。溢れ出る血は、とても自分のものとは思えなかった。

最後は、胸のすくような斬り合いの果てに。そう願っていたが、果たされそうになかった。戦の中で死に方を選ぶなど、贅沢に過ぎたのかもしれない。

まあいい。これで、すべてが終わる。肩の荷を下ろしたような安堵を覚えながら目を閉じた刹那、兜に凄まじい衝撃が走り、すべてが闇に閉ざされた。

五

「伊織、お前は死んではならん。よいな、お前だけは、生きて播磨へ……」

間断なく続く筒音に混じって、兄の声が聞こえた。

具足姿の兄は、胸と口から血を溢れさせながら膝をつく。その直後、兄の頭が弾けた。

飛び散った血と脳漿が、伊織の顔に降り注ぐ。

深い山々に囲まれた、細い山道。あたりには、無数の味方の骸が折り重なっている。

ああ、そうか。呆然と兄の骸を見下ろしながら、伊織は思い出す。

ここは、播磨から遠く離れた紀州の戦場だ。

伊織ら別所勢は、織田信長の出兵要請を受け、紀伊雑賀衆《きいさいかしゅう》征伐に参陣していた。雑賀衆は数多くの鉄砲を持ち近隣に恐れられてはいるが、六万に及ぶ織田勢に抗し得るはずもない。ほとんど戦う機会もないまま、戦は終わるだろう。別所勢の誰もがそう思っていた。

だが、雑賀衆は少人数に分かれて山中を縦横に動き回り、行軍や夜営の最中に幾度となく襲いかかってきた。神出鬼没の敵を捉える術はなく、味方の犠牲ばかりが大きくなっている。

そしてこの日、伊織の兄、蔭山左馬助《さまのすけ》が指揮する別所勢二百は、行軍中に襲撃を受けていた。

「おのれ、殿の仇！」

当主である兄を討たれ、生き残った数少ない家来たちは、雄叫びを上げて敵中へ斬り込んでいく。だが、伊織の足は動かない。

気づくと伊織は、地面にうずくまったまま震えていた。

死にたくない。死にたくない。死にたくない。播磨へ、三木へ帰りたい。生まれているはずの我が子の顔を見る前に、死ぬわけにはいかない。その思いが恐怖を生み、伊織の体を縛りつけて離さない。

不意に戦場の光景が消え、代わりに様々な顔が浮かんだ。

「左馬助殿ではなく、弟が生きて帰ってきたのだ。この、蔭山家の恥晒しが」

「何ゆえ、そなただけが生き残るとはな」

「剣の腕は立つが、とんだ臆病者よ」

別所家の上役。蔭山家の縁戚。朋輩だと思っていた、家中の者たち。

襲われた二百のうち、生き残ったのは伊織の他、ほんのわずかな雑兵ばかりだった。

誰もが伊織を罵り、侮蔑の視線を向けてくる。耳を塞ぎ、きつく目を閉じた。

今度は、赤子の姿が浮かんだ。生まれるはずだった、伊織の子。襁褓《むつき》にくるまれ、母の腕に抱かれている。

「お香《こう》。お香なのか……？」

妻の名を呼んだ。だが、お香は答えない。常の気丈さに似合わず、憂いの表情を浮かべている。

やがて、お香は諦めたような視線を伊織に投げると、踵を返して遠ざかっていった。

「待ってくれ……」

己の声で、伊織は目を覚ました。

ここはどこなのか。長く眠っていたようにも、ほんの一瞬だったようにも思える。夢うつつのまま、重い瞼《まぶた》をわずかに押し上げた。

ぼんやりと霞む視界の中に、うっすらと女人の顔が見えた。お香か。倒れたままの伊織を、覗き込むようにじっと見つめている。

今わの際《きわ》に、見かねて迎えに来てくれたのか。もう、自分のことを赦してくれたのだろうか。

いや、そんなはずはない。お香は、身重の上に風邪で臥《ふ》せっていた妻を残して戦に出た夫を、心の底では恨んでいたはずだ。そしてお香の病は悪化し、伊織の帰りを待つことなく、腹の中の子とともに逝ってしまった。

よくあることだ。後妻を迎え、跡継ぎを作れ。周囲はそう勧めてきたが、頷くことなどできなかった。

すまなかった、お香。俺は、お前を忘れたことなど一度もない。お前が大切にしていた匂い袋も、肌身離さず持ち歩いている。

俺もすぐに行く。だから、赦してくれ。目を閉じた直後、女人の声が耳朶を打った。

「蔭山様！」

聞き覚えのある声が、遠のきかけた意識を引き戻す。伊織は再び目を開いた。

女人の顔。幻などではなかった。だが、お香ではない。

「よかった、気がつかれたんですね」

加代だった。落胆と安堵が同時に芽生え、伊織は困惑する。なぜ、加代がここにいるのか。味方は三木城へ引き上げたのではなかったのか。

右のこめかみのあたりが、ひどく痛む。見ると、すぐ傍らに大きくへこんだ伊織の兜が落ちていた。幸か不幸か、玉は兜に弾き返されたらしい。

体から胴丸が剝ぎ取られていることに、伊織は気づいた。はだけた鎧直垂《ひたたれ》の内側、脇腹の傷口に、布が何枚も押し当てられている。

身動《みじろ》ぎした拍子に、激痛が全身を駆けた。脇腹の焼けるような痛みが、まだ命が尽きていないことを雄弁に語っている。どうやら、また死に損なったらしい。

鉄砲玉は、脇腹の肉を深く抉っただけのようだ。傷は恐らく、内臓にまで達していない。だが、血をかなり失ったせいか、ひどく寒い。

馬蹄の響き。喊声と剣戟《けんげき》の音。戦はまだ、続いているようだった。

「戦は……？」

「殿軍の戦ぶりを見て、お味方の一部が取って返したのです。波の方様も、伊織を死なせるなと仰せになって」

それで、加代まで戻ってきたというわけか。

まったく、誰のために、こんな柄にもない真似をしたと思っているのか。

「敵は引き上げにかかっていますが、援軍を得てまた攻め寄せてくるかもしれません。波の方様が、ご自身の替え馬を貸してくださいました。急いで乗ってください」

「……いらん」

この期に及んで、生き延びるつもりなど毛頭ない。伊織は歯を食い縛り、上体を起こした。腹から下が鉛のように重いが、かろうじて言うことはきく。

「どうなさるおつもりですか？」

「決まっている」

「まだ、戦われるのですね」

答えず、落ちていた刀に手を伸ばす。柄を握り、杖代わりにして立ち上がろうとした伊織を、加代が支える。

「離せ。俺はここで……」

加代の体を押しのけた刹那、これまでに倍する激痛が走り、伊織は膝をついた。

戦うことさえできないのか。絶望に、目の前が暗くなる。

ならばと、伊織は傍らに落ちていた脇差を摑んだ。もう、楽になってしまいたい。このまま生きたところで、後悔と虚しさの中でもがき苦しむだけではないか。

だが、脇差を抜こうとする伊織の両手を、加代の手が握った。抗うが、力が入らず、振り払うこともできない。

「駄目です。死ぬことは、うちが許しません」

「愚かな。お前の許しなど……」

「ここで蔭山様が死んだところで、戦には何の関わりもありません。それよりも生きて、体を治して、この戦を勝ちに導いてください」

「何を……」

「あなた方お侍がはじめた戦で、父も、たくさんの村人も命を落としました。そんならせめて、うちらの土地から織田勢を追い払ってください。逃げんと戦うて、勝ってください」

加代の双眸《そうぼう》に点る強い光に、伊織は気圧《けお》されそうになるのを感じた。

「それに、うちは蔭山様に、二度も助けていただきました。そのご恩を、うちはまだ返せてません。そやから」

加代の手に、さらに力が籠められた。

「そやから、死ぬのは許しません」

その声音が、伊織の耳にはお香のそれと重なって聞こえた。

伊織の手を握る加代の掌が、冷え切った体に熱を伝える。そのほのかな温もりがなぜか、暗闇に射し込む一筋の光明のように思えた。

大きく息を吐き、抜きかけた脇差を戻す。

戦場の喧噪は、徐々に遠ざかっていた。今のうちに、こちらも退くぞ。波が馬を駆けさせながら、下知している。

視界の隅に、槍を杖代わりに立つ伝蔵の姿が見えた。伊織と変わらぬ満身創痍のありさまだが、立って歩くくらいはできるようだ。大言を吐くだけあってなかなかにしぶとい男だと、伊織は苦笑した。

死ぬのは許さない、か。

もしかすると、お香が加代の口を借りて言わせたのだろうか。逃げずに、最後まで戦え。気丈なお香なら、いかにも口にしそうな言葉だ。

「肩を」

「え？」

「三木へ帰りたい。すまんが、肩を貸してくれるか？」

しばし伊織を見つめ、加代は「はい」と微笑む。

加代の肩に摑まって立ち上がり、呼吸を合わせて歩き出した。

六

襖の取り払われた三木城本丸大広間では、百人を超える負傷者が起居していた。深手を負った者は並べられた筵の上に横たわり、その間を領内各地から集められた薬師《くすし》や下働きの女たちが行き交っている。

最初の数日は傷が悪化して命を落とす者も多くいたが、十日を過ぎると落ち着きを取り戻し、当初の慌ただしさはなくなっている。あの戦以来、新たな怪我人が運び込まれることもない。伊織の脇腹の傷もほぼ塞がり、痛みはだいぶ遠いものになっていた。

「まったく、退屈でかなわん。その上、酒も呑めぬときた」

床の中でぼやくのは、櫛田伝蔵だった。左脚と右肩に鉄砲傷を受け、城へ戻ってからはずっと寝たきりになっている。

「お主は酒癖が悪いからな。悪癖を断つよい機会ではないか。それにその傷では、敵が攻めてきたところでろくに戦えまい」

「何の、ただの掠り傷よ。薬師が寝ていろと言うから渋々従っておるだけだ。何が悲しくて、お主などと床を並べて暮らさねばならんのだ」

「織田の鉄砲足軽も、大した腕ではないな。そのよく回る舌を撃ち抜いてくれればいいものを」

厄介なことに、伊織と伝蔵の床は隣同士で、口喧嘩の相手には事欠かない。

「蔭山。この戦、必ず勝つぞ」

いつになく真剣な声音で、伝蔵が言った。

「別所の御家が滅んでは、せっか
一城の主になる。そのためには、
　立身出世を夢見る伝蔵は、自分
そんなことを考えながら、伊織は「
日がな一日寝ていても、城外の動静
野口城は四月六日に力尽きて降伏したも
はいない。戦があってもほんの小競り合い程
ていた。
　野口城を巡る攻防は、両者痛み分けといったと
呼応して織田勢を挟撃する機会を逃したものの、敵も
きなかったのだ。戦局は長治の狙い通り、膠着へと向かっ
　その間にも、三木城ではさらなる防備が整えられていた。
毛利水軍によって高砂《たかさご》、魚住《うおずみ》といった港を経由して届けられた
ている。
　傷がようやく癒え、立って歩くにも不自由がなくなった四月半ば、
た。吉川元春《きっかわもとはる》、小早川隆景《こばやかわたかかげ》の両将が大軍を催し、織田方の尼子《あまご》氏が守る西
囲んだのだ。

羽柴秀吉は、毛利勢来襲の報せを受けて摂津から派遣された荒木村重《あらきむらしげ》とと
後詰に向かったものの、兵力は劣勢で身動きが取れず、上月城の東に位置
布陣したまま、睨み合いを続けているという。
とはいえ、織田勢は三木城の周囲にも押さえの兵を置いているた
の背後を衝けるほどの余裕はない。全体的に見れば、やはり膠着
た。

この戦はしばらく、終わりそうもない。

晴れ渡る四月の空の下、城内の馬場に甲高い掛
整列した女たちが薙刀を振っている。
近づくと、気づいた加代が満面の笑みで伊
「そこ、手を休めるでない！」
「はいっ！」
波の叱責を受け、加代は素振りを
戦がはじまる前にも見られた、
別所家の存亡を懸けた戦の最中に
だが女武者組も、半月前の

民たちから志願者を募り、人数は以前よりも増えているものの、見知った顔がいなくなっているのもまた事実だった。

「よし、そこまで！」

女たちに小休止を命じた波に、伊織は歩み寄る。

「蔭山伊織、ただいま戻りました」

「うむ。よく戻った」

長く艶やかな黒髪を後ろで結び、袴を着け、袖を襷掛けにして木剣を構える波は、相変わらずの女丈夫ぶりだった。

「先の戦における殿軍、見事であった。されど、戦はまだ長く続くであろう。今後もしかと働くように」

「はっ」

あの戦の折、波は殿軍に立った伊織を救うため、危険を冒して引き返してきた。加代には、「伊織を死なせるな」と命じたともいう。夫の吉親は伊織をひどく嫌っているが、波にはどうしたわけか目をかけられている。女武者組を立ち上げる際、世話役に伊織を推挙したのも波だったそうだ。

「剣はもう、振れるのであろうな？」

「支障はないかと」

答えると、波は木剣を二本摑み、一本をこちらへ放り投げた。受け取った木剣の握りを確かめ、軽く振ってみる。痛みはどこにもなかった。

「では、手合わせとまいろうか」

波が構えを取った。織田勢の足軽雑兵などはるかに凌《しの》ぐ気魄を、その身から漂わせている。恐らく、実際の戦を経験したことが大きな自信になっているのだろう。

これは油断できないな。心の中で呟き、木剣を構える。女たちは座り込み、対峙する伊織と波に見入っている。

以前の投げやりな感情は、湧いてはこなかった。久しぶりの木剣の感触も、手強い相手が発する気も、どこか心地よくさえ感じる。

女たちの中に、加代の姿が見えた。二人の一挙手一投足も見逃すまいと、目を皿のようにしている。そのあまりに真剣な様子が可笑しく、伊織は小さく笑った。

「油断いたすな！」

波の放つ強烈な打ち込みを、辛うじて払いのけた。衝撃で、両腕に痺れが走る。

生きているのだと、伊織は思った。不意に芽生えたその実感が、体の隅々にまで染み渡っていく。生きている。これも案外、悪いものではない。

「どうした伊織。腕が鈍《なま》ったのではないか？」

「何の。波様こそ、油断召されぬよう」

木剣を握り直し、再び対峙した。この戦に勝つには、自分も腕を磨かねばならない。すまない。お前が望もうと望むまいと、死ぬのはもう少し先になりそうだ。心の中でお香に詫び、伊織は地面を蹴った。

第三章　愚者たちの戦

一

七月三日、織田方の尼子勝久《かつひさ》、山中鹿介《やまなかしかのすけ》が籠もる西播磨上月城が毛利勢に降伏、開城。勝久は自刃し、猛将と謳《うた》われた鹿介も捕虜となって毛利本国へ移送されたという。

その報せに、三木城内は沸き立った。

毛利勢は勢いに乗って、三木城の救援に来るはずだ。織田勢は一兵残らず追い払われ、播磨には平穏が戻る。そう口にする者が、城に逃げ込んだ民や雑兵たちだけでなく、重臣たちの中にも少なくない。

波は、そんな楽観的な雰囲気に包まれた城内を、苦々しい思いで見ていた。

誰も彼も、見通しが甘すぎる。毛利勢が上月城を落とせたのは、後詰の織田勢が城を見捨てて撤退したからだ。織田の主力はいまだ、播磨国内にとどまっている。それがいつ、この三木城へ押し寄せてきてもおかしくはない。

「城内の気が、いくらか緩んでおるな」

城の東側にある馬場を、数人の侍女を引き連れて見廻りながら、波は呟いた。

馬場といっても、城に逃げ込んだ民百姓の小屋が建ち並び、もう本来の用途では使われていない。城内の他の郭も、状況は似たようなものだった。

「また、人が増えたのか」

「はい。神吉《かんき》周辺の民が、戦を避けて逃げ込んできております。身元はしかと確かめた上で入城させているそうなので、間者《かんじゃ》が紛れ込む心配はないかと」

侍女頭の藍が答えた。別所家家臣の娘で、侍女たちの中では最も腕が立ち、頭も回る。

上月城を見殺しにすることで兵力の余裕を作った織田勢は今、三木城の西の支城である神吉城を囲んでいた。総大将は、上方から派遣された信長の嫡男信忠《のぶただ》。羽柴秀吉は、明智光秀《あけちみつひで》、滝川一益《たきがわかずます》、荒木村重らとともに、信忠の指揮下に入っている。その兵力は、およそ三万。これほどの大軍が相手では、三木城から神吉城の救援に向かうことはできない。

こうした戦況にもかかわらず、将兵も民百姓も、毛利勢の勝利を疑っていない。心のどこかで、新興勢力の織田家を侮っているのだろう。

「兵糧は、足りておるようじゃな」

「今のところは」

瀬戸内の海は、毛利が制している。城内の兵糧は、毛利水軍によって播磨南部の高砂港に荷揚げされ、加古川から三木川を経て三木城へ運び込まれたものだ。この兵站路《へいたん》が断たれない限り、兵糧が欠乏する恐れはない。

だが、神吉城が落ち、敵が高砂に矛先を向ければ、それも危うくなる。上月城で勝利したところで、状況はさして好転したわけではないのだ。

突然、歓声が上がった。何事かと見てみると、馬場の一角に人だかりができている。

「何じゃ、あれは」

「どうやら、猿曳きのようですね。戦に巻き込まれて、三木城へ逃げ込んでまいったのでしょう」

「感心せぬな。このような時に、あのような下賤の芸に喝采を送るなど」

「籠城がはじまって四月《よつき》。民は、いくらか倦《う》んでおりましょう。常に張り詰めたままの糸は、いざという時に切れやすくなるというもの。適度に緩めることも、必要でありましょう」

「そういうものか」

城内がどこか浮き立っているのには、上月城での勝利の他にもわけがある。つい数日前、長治の正室照子《てるこ》が待望の男児を出産したのだ。久方ぶりの明るい報せに、いくらか気が緩むのもやむを得ないのかもしれない。

民の楽しみを邪魔立てせず、不安を和らげてやるのも、上に立つ者の務めだ。ここは、大目に見てやるべきだろう。

そんなことを考えていると、人だかりの中に加代の姿が見えた。猿が何かするたびに、手を叩いてはしゃいでいる。側にいるのは、加代の弟と妹だろうか。

「あれは」

藍が珍しく大声を上げた。その視線の先には、蔭山伊織がいる。普段は感情をほとんど表に出さない伊織が、加代の隣で柄にもなく声を上げて笑っていた。

「いつの間に……」

思わずといった調子で、藍が呟く。横目で様子を窺うと、藍は唇を噛みながら加代を睨みつけていた。

「まったく、困ったものじゃ」

嘆息しながら踵を返し、波は人だかりに背を向けた。

七月十六日、およそ一月にわたって織田勢の猛攻を受けた神吉城が、ついに陥落した。勢いに乗った織田勢は、近郊の志方《しかた》城にも攻めかかる。城主の櫛橋《くしはし》左京《さきょう》は東播磨でも名うての戦上手として知られていたが、衆寡敵せず城を捨て、麾下《きか》の将兵とともに三木城へと逃れてきた。

神吉、志方の落城を受け、毛利勢は播磨から撤退、信忠率いる織田勢の主力も上方へ引き上げていった。羽柴秀吉は手勢とともに播磨にとどまり、引き続き三木城周辺の経略に当たる構えだという。

「だから、毛利を頼みにしすぎるなと言うたのじゃ」

今さら落胆し、毛利の弱腰を責める家臣たちに、波の苛立ちはさらに募る。

他の大名家が、自分たちのために危険を冒して戦ってくれると信じるなど、波に言わせれば甘すぎる。

大名など所詮、己の利のためにしか動きはしない。上月城を平然と見捨てる織田家を見ても、それは一目瞭然だ。生き馬の目を抜くような畿内の戦乱を目の当たりにしてきた波には、平穏に慣れた別所家の人々が歯痒くて仕方なかった。

「腹を立てたとて、どうなるものでもあるまい」

三木城内の屋敷で苛立つ波を宥めたのは、夫の吉親だった。二十一歳になる波より、一回り以上も年長になる。この人は自分のことを、妻ではなく娘のように見ているのではないか。そう思うことが、しばしばあった。

「毛利勢は帰国したが、織田勢の大半も播磨を去った。残るは、一万足らずの羽柴勢のみ。その程度の軍勢では、この三木城を落とすことなどできん」

波を安心させようとしているのか、それとも本気でそう信じているのか。恐らくは、後者だろう。幼い頃から『孫子』や『六韜《りくとう》』といった兵法書を読み込んできた波には、吉親の戦を見る目の無さがはっきりとわかる。

「ですが、こちらから打って出ることもかないますまい。となれば、戦況は膠着。城内の兵や民百姓は、籠城に倦みはじめております。長引けば長引くほど、こちらが不利になるのでは?」

「さにあらず。毛利勢は引き上げたとはいえ、国許《くにもと》でいったん兵を休め、すぐに再出兵いたすと、密使が伝えてまいった。さすれば、今度こそ羽柴筑前めを挟撃し、討ち果たすこともできよう」

羽柴秀吉を討つことができたとしても、それから先はどうするつもりなのか。織田家に人材は多い。秀吉の後は、別の将が播磨へ攻め込んでくるだけではないのか。

言いたいことは山ほどあるが、波は口を噤んだ。理を尽くして反論したところで、吉親は腹を立てるだけだ。

「いずれ、我らは総力を挙げて出陣し、筑前が首を獲る。その時には波、そなたにも働いてもらうぞ」

そう言って、吉親は部屋を出ていった。

この身が男であれば。戦がはじまってからというもの、日に何度となく思う。自分が男なら、軍議に出て策を献じ、戦場で別所全軍の采配を振ることもできる。だが女の身では、百人足らずの女武者組を率いるのがせいぜいだった。

「藍、薙刀の稽古じゃ。仕度いたせ」

「はい」

武芸の腕を磨き、女武者組を少しでも強く鍛える。今の波にできることは、それくらいしかない。

二

波の生まれ育った河内国《かわちのくに》は、播磨などとは比べ物にならないほどの戦乱の巷《ちまた》だった。

実家の畠山《はたけやま》家は、足利《あしかが》一門の名流として代々河内守護職を務め、管領《かんれい》として天下の政に携わったこともある。だが、応仁の大乱以来その力は徐々に失われ、波の父高政《たかまさ》の代には守護職の地位も名ばかりのものとなっていた。

度重なる内紛、外敵の侵攻。武人としての力量に欠ける父は、幾度となく居城を追われ、波はそのたびに一族や家臣の家に預けられた。

いつ、どこから討手が現れるかもわからない逃亡の日々。一族や家臣であっても、信頼はできない。父をはじめとする武士たちは領地の奪い合いに目の色を変え、飢えた民百姓はわずかな米のために戦に出て、略奪に励む。それが幼い波が知る、この世の有りようだった。

八歳の時、実の母よりも慕っていた乳母《めのと》が死んだ。乳母の父がわずかな領地を得るために敵に通じ、それが露見したのだ。乳母は泣き叫ぶ波から引き離され、一族とともに磔にされた。

強くならなければならない。乳母の死を知らされた時、波は固く決意した。力を手に入れて、己の身は己で守る。自分自身の力であれば、裏切られることはない。

その日から、波はきらびやかな小袖や打掛に目もくれず、乳母に手ほどきを受けた和歌も笛も捨て、ひたすら武芸を磨き、兵法を学んだ。

だが、波がどれほど稽古に励み、兵法書を読破しても、父が喜ぶことはなかった。女子に、武芸も兵法も必要ない。名門の姫君として恥じない教養を身に付け、力のある大名家に嫁げ。それこそが孝行であり、畠山の家のためになる。それが、父の言い分だった。

尾張の織田信長が上洛を果たしたのは、波が十一歳の時のことだ。高政は名門の誇りをかなぐり捨てて織田家に恭順の意を示し、ようやく領地の安堵を得る。

しかしその五年後、高政は家臣の謀叛に遭い、またしても居城を奪われる。討伐の兵を挙げたものの大敗を喫した高政は、織田家からも見放され、畠山家は完全に没落した。

畠山家に代々仕えてきた家臣たちは、累代の恩など一文の価値も無いとばかりに、次々と去っていく。高政一家は伝手を頼り、河内の山奥にある寂れた寺で雨露を凌いだ。着る物にも食べる物にも事欠く日々の中、父は毎晩のように酒に溺れて愚にもつかない繰り言を並べ、母は心を閉ざし、誰の言葉も耳に届かなくなった。

波は、町に出てはなけなしの家財を切り売りし、父母の暮らしの一切を世話した。米を炊く下人も、洗濯をする下女もいない。このまま自分は、貧窮の中で磨《す》り減り、枯れ果てていくのか。絶望は深く、光はどこにも見えなかった。

一年ほどが過ぎ、ようやく一筋の光明が見えた。播磨別所家の一族、山城守吉親の家臣が寺を訪れ、波を正室に迎えたいと告げたのだ。

別所家は畠山家と同時期に信長に恭順し、吉親は長治の名代として上洛した際に、高政と親交を結んだのだという。吉親は、波を正室に迎えることを条件に、高政への援助を申し出た。

無論、親切心や友情などではない。名門畠山家の血筋を正室に迎えることで、家中での自身の立場をより高めようという打算からだろう。だが高政は一も二もなくこれに応じ、波は播磨へ輿入《こしい》れすることとなった。

父母と別れることも、生まれ育った河内を離れることも、まるで苦ではない。顔も知らない男に嫁ぐことも、気にはならなかった。すべては、乱世の習い。武家に生まれた女ならば、どれも当たり前のことだ。自分が輿入れすることで実家が救われるのであれば、拒む理由などない。

輿に揺られて辿り着いた播磨は、ここが同じ日ノ本なのかと思うほど、平穏で美しい景色が広がっていた。

「よき国であろう。これが我らの暮らす、そしてこれからそなたが生きていく播磨の国だ」

輿入れの挨拶を交わすと、吉親は穏やかな笑みを湛《たた》え、誇らしげに胸を張った。

この時、波は十七歳、吉親は三十六歳。正室は三年前に病で没したが、すでに二人の男子がいるという。妻となり、同時に母となる。女らしいとされることを遠ざけてきた自分に、務まるのだろうか。

不安を抱えながら婚儀を終えた翌朝、吉親から遠乗りに誘われた。

「話には聞いていたが、見事な手綱捌《さば》きではないか」

しばらく馬を駆けさせると、吉親は嬉しそうに笑った。

馬を下りたのは、三木城から東北へ半里ほど行った平井山《ひらいやま》だった。山の頂からは、三木城と城下、その周囲に広がる平野が一望のもとに見渡せる。

「武芸に熱心な女子など、ろくなものではない。そう申す者も家中にはいた。だがわしはそのようなこと、気にはせぬ。この乱世だ。女子とて、己の身は己で守れるにこしたことはない」

「そう言っていただけると、いくらか救われます」

吉親は、家の舵取りを巡って弟の重宗としばしば対立し、家中に敵も少なくないと聞いていた。だが、思っていたほど悪い人物ではなさそうだ。

「わしは、ここから播州の大地を眺めるのが殊の外好きでな。こうして時折、馬を駆けさせてくるのだ。そなたにも、この景色を見せてやりとうてな」

波は吉親の隣に立ち、眼下に広がる景色に目を向けた。

広々とした緑の多い平野に、大小の川が流れている。数年前にいくらか大きな戦があり、三木城周辺も戦場になったと聞いていたが、村々に戦の傷跡は見えない。

「別所家は代々この三木に根を張り、この土地と民とを守ってまいった。わしはそれを、誇りに思うておる」

刈り入れ間近の田の稲穂は、青田刈りにも遭わず、踏み荒らされることもなく、黄金色に輝いていた。方々に見える池の水面は、陽光をきらきらと照り返している。聞けば、池は水を溜めておくために、長い時をかけて人の手で造られたものらしい。そのおかげで、播磨では作柄がよく、旱魃《かんばつ》とも無縁なのだという。

そして何より、野良仕事に出ている人々の顔つきが明るい。民百姓とは、こんな顔もするのか。それは、波が播磨に来てはじめて知ったことだった。

「美しい眺めです。私が生まれ育った河内では、このように穏やかな景色を見ることはかないませんでした」

「そなたは名門畠山家の姫でありながら、辛き日に遭《お》うてきたと聞く。だが、この別所家に嫁いだ上は、もう何の心配もいらぬ。そなたも、この景色も、この地で暮らす人々も、わしが必ずや守ってみせる」

こちらに向き直り、吉親が訊ねた。

「どうだ、やっていけそうか？」

まだ、胸中の不安がすべて消えたわけではない。だが、この人が夫ならば、なんとかやっていけそうな気がする。

波が「はい」と答えると、吉親は満足そうに頷いた。

播磨での日々は、それまでの苦難が悪い夢のように感じられるほど、穏やかに過ぎていった。

奥の女たちと、茶の湯や連歌、貝合わせに興じる。新しく仕立てる小袖や打掛の柄を相談する。時には城下の市に出かけ、辻能や女猿楽を見物する。文事に疎く、人付き合いも苦手な波には気苦労も多かったが、河内にいた頃と比べればどうということもない。

親しい友人もできた。波付きの女中で、闊達《かったつ》で大らかな、波とは反対の人となりだがなぜか気が合った。

友人と呼べる相手ができたのはたぶん、生まれてはじめてのことだ。その女中はやがて別所家家臣に嫁いだが、親交は続いた。一年余り前に病でこの世を去った彼女の作った匂い袋は、今も居室の抽斗《ひきだし》の中に大切にしまってある。

継子《ままこ》たちは聡明に育ち、手を煩わされることもない。波は子宝に恵まれなかったが、すでに跡継ぎがいるおかげで、気分はいくらか楽だった。

吉親は、悪い夫ではなかった。子のできない波を責めることはせず、他人に媚びることができず、周囲から浮き上がりがちな波をそれとなく庇《かば》ってもくれる。思い込むと他人の言に耳を貸さず、敵と見定めた者に対しては容赦がないが、それも悪意からではなく、別所家への忠義からだ。

だが吉親の背負った荷は、その器量に比してあまりに大きかった。若い長治を補佐し、弟の重宗とともに別所家の舵取りを担うのは、相当な重圧なのだろう。織田家への対応を巡って重宗との対立が深まると、さらに猜疑心《さいぎしん》が強まり、自分と意見の異なる者を敵視するようになっていった。

何か、自分にできることはないか。利害から結びついただけの夫婦だとしても、波と畠山の家をあの絶望の淵から救い出してくれたのは、吉親なのだ。受けた恩は、返さなければならない。

考えた末に作り上げたのが、女武者組だった。織田家に与して毛利と戦う間、女武者組が三木城を守れば後顧の憂いはなくなる。加えて、たとえ女であっても、兵力が増えることは吉親の、ひいては別所家のためになるはずだ。その思いを語ると、吉親も渋々ながら認めてくれた。

女子のくせに。立場もわきまえず、好き勝手なことを。そうした陰口に耳を塞ぎ、苦心して作り上げた女武者組は、加代の住む小林村の戦で初陣を飾る。

初めての戦場に、波は全身が震えるほどの恐怖を覚えた。だが、播磨を侵す織田勢への怒りは、恐怖をはるかに上回った。

ようやく手に入れた、自分の生きる場所。それを守るには、戦うしかない。生きるために殺すのは、乱世の習い。罪ではない。己に言い聞かせ、数人の足軽を斬った。

女武者組は、その後の野口城を巡る戦いでも手柄を挙げた。世話役を務める蔭山伊織が殿軍に立ち、多くの味方を救ったのだ。今では百人近くに人数も増え、厳しい戦稽古を重ねて他の隊に引けを取らない力をつけている。陰口を叩いていた者たちも、すっかり口を閉ざしていた。

自分はもっと戦える。そう、声を大にして叫びたかった。己の力よりも毛利を当てにするような男たちより、自分の方が将として優れているはずだ。

だが実際は、女というだけで軍議に出ることさえかなわない。男たちに自分を認めさせるには、もっと大きな戦で、誰もが目を瞠《みは》るような手柄を立てなければならない。

早く攻めてこい、羽柴筑前。波は心の中で、次の戦を待ち望んでいた。

三

城の東側、正入寺郭《しょうにゅうじ》に建てられた物見櫓に、波は立っていた。冷たさを増した九月末の風を受けながら、彼方の小高い山を見据える。

平井山。婚儀の翌日、波と吉親が登った山には、羽柴秀吉が数日前から本陣を置いていた。西に三木川、南に志染川《しじみ》が流れ、東西に屏風のようにそびえる平井山にはいくつもの郭が築かれ、急ごしらえの砦《とりで》の様相を呈している。

あの山に、播磨を侵す敵が居座っている。大切なものを穢されたような気がして、波は唇を噛んだ。

敵が陣取っているのは、平井山だけではない。三木城北西の平田《ひらた》には美濃衆、城の南にも近江《おうみ》衆、尾張衆がいくつかの陣所を構えていた。

敵は三木城へ攻め寄せることはせず、砦の普請に努めている。敵陣の周囲には土塁や柵、堀が巡らされ、無数の物見櫓も建てられつつあった。

とはいえ、秀吉の手持ちの兵力では、三木城を完全に囲むことはできない。包囲の間隙を縫って外部と連絡を取ることは、いまだ可能だった。

「急がねばならん」

平井山に林立する旌旗《せいき》を睨み、波は呟く。

秀吉は軍勢を二手に分けていた。自らは本隊を率いて三木城の周囲に砦を築く一方、数千の別働隊が、南西の高砂方面へ向かっていった。

秀吉の意図が、播磨の海岸線を制圧し、瀬戸内からの兵站を断つことにあるのは明白だった。高砂が敵の手に落ちれば、毛利からの兵糧は三木へ届かなくなる。

だが敵が二手に分かれたのは、こちらから見れば好機でもある。秀吉本隊と別働隊を合わせても、総兵力は一万足らず。しかも、秀吉本隊は三木城を囲むために分散している。対する味方は、周辺の支城から逃れてきた将兵を加え、三千五百に達していた。

自力で勝利を摑むには、三木城周辺の砦が完成し、高砂からの兵站路が断たれる前に城から打って出て、決戦を挑むしかない。

波は物見櫓を下り、鷹尾山《たかおやま》城へ馬を飛ばした。三木城のすぐ南側にある、小高い山に築かれた出城だ。守将を務める吉親は、三木城とこの城を行き来している。

城に駆け込み、吉親のいる広間へ上がった。吉親は具足も身に着けずにくつろぎ、麾下の諸将と雑談を交わしている。

「何じゃ、騒々しい」

「御前様。平井山の砦普請を、手を拱いて眺めておられるおつもりですか。このままでは……」

「またその話か。何度も言うておろう。近く、毛利殿が大軍を播磨へ送られる。我らが打って出るは、その時よ。それまでは、力を蓄えておくのじゃ」

「それでは遅すぎます。平井山の陣は縄張りも広大で、完成すれば、城と言っても差し支えないほどのものとなりましょう。そうなってからでは、毛利の援軍が来たとしても、落とすのは容易ではありません」

「皆、席を外せ」

一同が立ち上がり、部屋を出ていく。波は、吉親の向かいに腰を下ろした。

「そなたが別所の家を守ろうと努めておるのはよくわかっておる。だが、わしの立場というものも考えよ。このようなところへまかりこし、喚き立てられては、己の妻も御せぬ軟弱者と思われかねん」

「しかし」

「わしは殿より、戦向きの一切を任されておる。そのわしの器量が疑われるようなことがあれば、城中の結束に罅《ひび》が入りかねぬ。そのあたりを、しかとわきまえておくがよい」

「されど、いつ来るかもわからぬ毛利勢を待っていても、埒《らち》が明きません。せめて、砦の普請を妨げるための出兵をお命じください。このままでは……」

「毛利は必ず来る。そして織田勢には、毛利家とともに当たる。これは、家と家との盟約である。女子であるそなたが、口出しする話ではないのだ。わかってくれるな？」

そう語る吉親の目の奥に、波はかすかな後ろめたさを見た。

恐らく、今が機であることは吉親も理解している。だが、先の野口城救援戦で吉親は、自身の稚拙な采配で敗北を喫した上、女武者組の働きで窮地を脱している。再び別所勢単独で出陣して、同じ轍《てつ》を踏むことを危惧しているのだ。

吉親が恐れているのは、敗北を重ねることで自身の権威が失墜することだ。弟の重宗は出奔して織田方に付いたが、かつての重宗派は今も城内に残っている。吉親が権勢を失えば、旧重宗派は城内で反乱を起こし、吉親の首を差し出して織田家と和平を結ぼうとすることもあり得た。

「女武者組は、今や貴重な戦力だ。そなたが望むのであれば、戦に出ることも許そう。されど、今後は御家の方針に口を出すことは禁ずる。よいな？」

念を押す吉親に、波は「承知いたしました」と答えるしかなかった。

吉親の胸中には間違いなく、波への嫉妬がある。だが、女武者組は戦力として使わないわけにはいかない。その葛藤は、波が何か言ったところで拭い去れるものではないだろう。嘆息しつつ、波は鷹尾山城を後にした。

だが、この程度で諦めるわけにはいかない。吉親を動かせないのなら、自分自身で動くまでだ。

十月十八日、待ちに待った毛利の船団が播磨に現れた。

小早川隆景率いる毛利勢八千余は高砂に上陸するや、城を囲んでいた織田勢を打ち破り、加古川河口を制圧する。その報せに、城内は沸き立った。

「たったの八千か」

露骨に落胆しつつも、吉親は軍議を召集した。吉親が屋敷を出ると、波も具足をまとい、城へ向かう。

一礼して本丸広間に入ると、居並ぶ諸将が一様に驚きの視線を向けてきた。平然としているのは、末席に座る蔭山伊織くらいのものだ。

着座した波に向かって、吉親が声を上げた。

「ここは軍議の場ぞ。何ゆえ、そなたが」

「叔母上を呼んだのは、私だ」

吉親を制したのは、小姓を従えて現れた長治だった。長治は上座に腰を下ろし、一同に告げる。

「当家は今、まさに存亡の機にある。もはや、男だ女だと言うておる時ではあるまい。

叔母上の軍略と女武者組は、当家にとって必要なもの。異存はあるか？」

異を唱える者はいない。吉親も、不服そうに口を閉ざしている。

長治に、波を軍議に呼ぶよう口を利いたのは、長治正室の照子だった。丹波の波多野家から輿入れしていた照子は、同じ他国出身の波を、実の叔母のように慕っている。

別所家の舵取りを担う吉親でも、奥御殿に立ち入ることはできない。あざといやり方ではあるが、手段を選んでいる暇はなかった。

「では、評定をはじめる」

取り繕うように咳払いを入れ、吉親が言った。

「毛利勢の来援を受け、我らはいかに動くべきか、方々の意見を聞きたい」

吉親が促すと、重臣の一人が言った。

「高砂に上陸した毛利勢は八千。大国毛利にしては、いささか少ないというのが正直なところにござる。ここは軽々に打って出るよりも、織田、毛利両軍の動きをしかと見定めるべきかと」

「それがしも同意見にござる。毛利勢が高砂にとどまるようであれば、慎重を期して動かず、三木まで進軍してまいるようであれば、城の内外で呼応して織田勢を挟撃いたす。臨機応変に対処いたすが肝要かと」

その後も、多くの家臣が賛同意見を口にした。いずれも、吉親に近い者たちだ。恐らく、すでに根回しをしてあるのだろう。旧重宗派の面々は、吉親に睨まれることを恐れて口を噤んでいる。

「では、我らはしばし静観し、戦況の推移を見守るということでよろしいか」

吉親がまとめようとしたところで、波は口を開いた。

「お待ちください」

わずかに顔を顰《しか》め、吉親が渋々といった様子で発言を促す。

「ここで動かぬは、下策と申すもの。私は、今こそ城から打って出るべき時と存じます」

「愚かな。毛利勢はいまだ遠い高砂におるのだ。彼らの動きも見定めぬうちから出戦を論ずるは、あまりに性急であろう。ここは自重して……」

「これは、播州別所家にその人ありと言われた吉親様のお言葉とも思えませぬ。去る三月に羽柴筑前が攻め寄せた時には、吉親様は強硬に出戦を訴えられたはず。それが今となって自重を説くは、怯懦《きようだ》の誹《そし》りを免れますまい」

微笑を湛えて言うと、吉親の顔色が変わった。

「おのれ、我が妻とはいえ、聞き捨てならぬ」

「軍略に照らし合わせれば、ここは毛利勢の来援を待ってから動くが常道。されど、『孫子』に曰く〝兵は詭道《きどう》なり〟。常道を外れることで、敵の意表を突くこともかないまする」

一同を見回し、波は続けた。

「敵は今、ただでさえ少ない兵力を分散して三木城を囲んでいる上、高砂から北上してくるであろう毛利勢にも備えねばならなくなりました。では、羽柴筑前はどう動くか。私ならば、別所と毛利による挟撃を避けるため、三木城を囲む砦を放棄し、全軍を平井山へ集めまする」

諸将の幾人かが、身を乗り出して波の話に耳を傾けはじめた。

「その場合、毛利勢が合流したとしても対陣は長引き、容易に勝敗はつきますまい。先に疲弊するのは、本国から遠く離れた毛利勢でしょう。さすれば、毛利は我らを見捨て、単独で織田と和議を結ぶことも、あり得ないとは言えません」

一同がざわついた。上月城を落とした後、毛利勢は一度本国へ引き上げている。同じことが起きないという保証はどこにもないのだ。

「そうなる前に、我ら単独で平井山砦を攻めるべきではありませんか。今ならば、砦の兵力は三千程度。対する我らには、それと同等の兵力があるのです」

「一つ、よろしいか」

挙手したのは、吉親に次ぐ家老の三宅治忠だった。治忠は、吉親派、旧重宗派のいずれにも属していない。

「城から打って出るにしても、我らは三木城にも守りの兵を残さねばなりません。出撃できるのは、せいぜい三千ということになりましょう。互角の兵力が籠もる砦を落とすは、それこそ容易ではございませぬぞ」

「我らが狙うべきは、平井山砦の攻略にあらず」

「では、何を」

「羽柴筑前が首級にございます」

再び、諸将がどよめく。馬鹿な、できるはずがない。無謀にもほどがある。やはり、毛利勢の合流を待つべし。そんな声が大半だった。

「何じゃ、だらしないのう。播州侍ともあろう者どもが、毛利の後ろ盾がなければ何もできんとは」

無遠慮な大声で言ったのは、元、志方城主の櫛橋左京だった。

左京は当年三十。波は幾度か顔を合わせたことがあるが、言葉を交わしたことはない。右のこめかみから口元に走る刀傷は、先の戦で負ったものだろう。

古くから東播磨に根を張る櫛橋家は、かつては播磨守護赤松家の重臣を務めていたが、戦国の世となり主家が没落すると、独立勢力として志方周辺を領していた。別所家が織田家と手切れするとこれに応じ、子息を人質として三木城に差し出している。志方城を開け渡して三木へ移ってからは、客将として扱われていた。

左京は口元に不敵な笑みを浮かべ、続けた。

「狙うは羽柴筑前が首級。大いに結構ではないか。筑前めの首を獲れば、この戦は勝ち。わかりやすくてよい」

「何を言われる。そのような簡単な話では」

「簡単な話をややこしくしておられるは貴殿であろう、吉親殿」

「何と。殿の客将とはいえ、かかる暴言、聞き捨てなりませぬぞ」

気色ばむ吉親を意に介さず、左京は一同を見回す。

「織田家と手切れすると決めた時に、すぐさま乾坤一擲《けんこんいってき》の決戦を挑むべきであったのだ。毛利を当てにして籠城策を採ったせいで、戦はここまで長引き、民百姓に塗炭の苦しみを与えている。そろそろ決着をつけるべき時ではないのか、ご一同？」

「私も、左京殿と同じ思いだ」

真っ先に応じたのは、十八歳になる長治の末弟、小八郎治定《こはちろうはるさだ》だった。これまで目立った働きはないが、兄に似て、実直で民思いの善良な若者だ。民百姓を巻き込んだ籠城戦に心を痛めていたのは、想像に難くない。

「この戦がはじまって、もう半年が過ぎた。その間、いくつもの村が焼かれ、田畑は荒らされ、多くの武士と民が命を落とした。これ以上、戦を長引かせるべきではあるまい。羽柴筑前の首を獲る機会があるのならば、それに懸けてみようではないか」

その真摯な訴えに、自重を唱えていた家臣たちも言葉を詰まらせる。さらに三宅治忠が賛同すると、軍議の流れは出戦に大きく傾いた。

「決したようだな」

黙して推移を見守っていた長治が言った。

「平井山を攻める。播州武士の矜持に懸けて、羽柴筑前が首を獲るべし」

その言葉を受け、諸将の表情が熱を帯びる。不満げなのは、吉親ら数人だけだ。

「叔父上」

「はっ」

「恥ずかしながら、私はこの決戦で采配を振ることができるほど、戦の経験を積んでおらぬ。ゆえに総大将は、叔父上に引き受けてもらいたい。いかがか」

しばしの逡巡の後、吉親は「承知いたした」と頭を下げた。

総大将を吉親に託すのは、照子を通じて長治に言い含めてあったことだ。ここで吉親を外せば、取り返しのつかない亀裂を家中に生むことになる。

「この山城守吉親、必ずや羽柴筑前が首級、持ち帰ってみせましょう」

「頼みにしておるぞ、叔父上」

出陣の日時、陣立て、細かい戦法を詰め、軍議は散会となった。戦法は、波がこの数日で練り上げたものだ。異を唱える者はいなかったが、吉親は終始眉間に皺を寄せ、軍議が終わると波を一瞥もせずに出ていってしまった。

「見事に、望み通りの方向へもっていかれましたな」

廊下で、櫛橋左京が声をかけてきた。

「さて、何のことやら。私は別所家のため、存念を申し上げたまで」

「ほう、さようにござったか。それがしの目には、ご自身のために戦を欲しておられるように見受けられましたが」

「お戯れを」

左京は、その歯に衣着せぬ物言いから、別所家中で嫌っている者も少なくない。加えて、妹婿の小寺官兵衛は播磨の国人でありながら、羽柴秀吉の帷幄《いあく》に加わっている。その繋がりから、織田方への内通を疑う者もいた。

「お話は、それだけでしょうか？」

「いま一つ。敵の帷幄に、竹中半兵衛重治《たけなかはんべえしげはる》なる軍師がおりまする」

無論、名は知っていた。かつて、主君である斎藤龍興《さいとうたつおき》の愚行を諫《いさ》めるため、わずか十六名で美濃稲葉山《いなばやま》城を乗っ取った逸話は、半ば伝説と化している。

「小寺官兵衛も相当な切れ者ですが、その官兵衛が、竹中重治の才をいたく買っておりましてな。十分すぎるほどに用心した方がよい」

「竹中重治が、我らの策を読んでいる、と？」

「それはわかりませぬ。ですが、警戒するにこしたことはありますまい」

「承知いたしました。ご忠告、肝に銘じておきましょう。ですが、それをなぜ、夫ではなく私に？」

「殺された我が家臣領民の仇を討ち、志方の城を取り戻すには、この戦に勝たねばならん。だがご無礼ながら、吉親殿には織田勢に打ち勝つ器量はござらぬ。できることなら、あなたに全軍の采配を握ってほしいくらいだが、それもかないますまい」

「貴殿のこの戦に懸ける思いは理解しました。夫については、聞かなかったこととといたしましょう」

話を打ち切り、足を速めた。この男のおかげで軍議の流れが変わったのは確かだが、どこか油断がならない。

考えなければならないことは山ほどある。だが今は、明日の戦がすべてだ。

四

十月二十二日卯《う》の刻（午前六時頃）、大将吉親の率いる先陣二千二百と、副将治定率いる後陣八百は、三木城を出陣。東北の平井山へ向けて進軍を開始した。

波の女武者組と櫛橋左京の志方衆は、後陣に属している。先の戦で故郷を奪われ、多くの死者を出した志方衆は士気が高い。戦端が開かれれば、それなりの働きをしてくれるだろうと、波は見ていた。

空は晴れ渡り、視界は明瞭。平井山の敵陣から、こちらの動きは丸見えだ。

夜襲ではなく、日が昇ってからの出陣としたのは、秀吉本隊を確実に捕捉するためだ。夜陰に紛れて逃れられては、出陣の意味がなくなる。

「治定殿、そう硬くなられますな」

轡《くつわ》を並べる治定に、波は声をかけた。

「大将の怯えは、兵たちに伝わります。しかと胸を張られませ」

「叔母上、わかってはおるのですが」

「細かな采配は、私にお任せを。治定殿は、毅然とした姿を兵たちに見せてやれば、それでよろしゅうございます」

「わかりました」

志染川の手前でいったん行軍を止め、鬨《とき》の声を上げた。士気高揚のための、形ばかりの出陣だと敵が取ってくれれば儲けものだ。

平井山の麓に巡らされた柵の向こうから、敵がまばらに鉄砲を撃ちかけてくる。まだ射程外で、被害はない。こちらがすぐに引き上げると、敵は見ているのだろう。

「鉄砲嫌いは克服したようだな」

馬を伊織の隣に進め、からかうように言った。

「まあ、なんとか。鎧直垂の下は、汗に濡れておりますが」

「戦えるのであればよい。足を引っ張るでないぞ」

「ご冗談を」

波は小さく笑った。軽口でも叩いていなければ、緊張で胸が押し潰されそうになる。

「つまらぬことで死ぬでないぞ。私は病床のお香に、そなたの面倒を見てやってくれと頼まれておるのだ」

意外そうな顔で束の間波を見つめると、伊織は「承知」と短く答えた。波が、お香の死後くすぶっていた伊織を女武者組の世話役に推挙した理由を、今はじめて知ったのだろう。鈍い男だと苦笑し、頭を戦に切り替える。

再び、不安が頭をもたげてきた。本当に、これでよかったのか。城に籠もって毛利勢を待つべきではなかったのか。練りに練った策でも、いざ開戦を前にすれば、迷いが頭をもたげてくる。世の武将たちの重圧が、はじめて理解できた。

迷いを振り払うように顔を上げ、前方の敵陣を見据える。

かつて吉親と二人で登った平井山は、以前の姿が見る影もなく変わり果てていた。山を覆う木々は伐り倒され、斜面を均した平地には、無数の郭が築かれている。内心の怒りを押し殺し、山の中腹に築かれた郭の一つを睨んだ。

高々と掲げられた、瓢簞《ひょうたん》の馬印。あそこに、羽柴秀吉がいるはずだ。人影を見る限り、敵の兵力は砦全体でも三千程度だろう。

吉親の先陣から、法螺貝の音が響いた。先鋒の小野右衛門尉《おのうえもんのじょう》率いる五百が一斉に駆け出し、鉄砲除《よ》けの竹束を押し立てて三木川を渡っていく。

敵の前衛が動揺するのが、はっきりと伝わってきた。続けて吉親本隊、後陣の治定らも川を渡り、横に大きく拡がる鶴翼《かくよく》の陣を組む。

敵将たちは今、混乱の中にあるはずだ。なぜ、日が昇ってから攻めてきたのか。なぜたった三千で、大軍が小勢を包囲する際に使う鶴翼の陣を組むのか。これまで鳴りを潜めていた別所勢が攻勢に出るのなら、毛利の援軍が近づいているのではないか。混乱は疑心を生み、兵たちの統制は乱れる。そしてそこに、隙が生じる。

「かかれ！」

吉親の下知が響いた。味方は鉄砲を斉射すると、敵の矢玉を竹束で防ぎながら、砦の大手口に当たる麓の郭に攻め寄せる。

南から北へ攻める形になった。敵の前衛は秀吉の弟、小一郎秀長《こいちろうひでなが》。兵数は一千ほどか。

味方は堀を越え、土塁を駆け上がり、柵の向こうの敵と槍を合わせている。

後陣の八百は、吉親本隊の後ろで息を潜め、戦況をじっと見守っていた。

まだ、前に出る機ではない。味方は勢いで押してはいるが、砦の守りは思った以上に固い。鉄砲の数も、味方をはるかに上回っている。

戦が、城攻めに近いものになるのは予想できた。かなりの犠牲が出るのも承知の上だ。それでも味方は、半年以上も城に押し込められていた鬱憤を晴らすかのように奮戦している。

「御方様、あれを！」

側に控える藍が、前方を指す。味方が、柵の一部を引き倒すことに成功していた。先鋒の小野右衛門尉隊が、喊声を上げて柵の中へと斬り込んでいく。

「そろそろ、我らも動く時では？」

「まだだ、藍。堪えよ」

「しかし、お味方が……」

「堪えよと言うておる！」

郭に突入した小野隊が、敵に囲まれ討ち減らされていく。他の郭の敵は、持ち場についたままだ。機は、いまだ熟してはいない。波は歯を食い縛って耐えた。

やがて、別の一隊が柵を破り、郭に突入した。吉親の本隊も前進し、次々と郭内に斬り込んでいく。砦の方々で太鼓が打ち鳴らされ、他の郭を守っていた敵が麓へ下ってきた。

待ちに待った機が、ついに訪れた。波は声を張り上げる。

「後陣、出るぞ！」

薙刀を小脇に抱え、馬腹を蹴った。志方衆を先頭に、女武者組、治定とその旗本が続く。

八百は一丸となって吉親隊の東から回り込み、斜面を駆け上がる。敵の大半が秀長隊の後詰に向かったため、行く手を遮る者はない。

先陣が敵を引きつけ、後陣が迂回して秀吉の首を獲りに行く。それが、波の立てた策だった。事の成否にかかわらず、相当な数の犠牲が出るだろう。失敗すれば、二度と立ち上がれないほどの打撃を受けるかもしれない。だが、秀吉の首さえ獲れば、戦は勝ちだ。各地の反織田勢力は勢いづき、信長は播磨を攻める余裕を失う。

小刻みに手綱を捌きながら、険しい斜面を登る。見えた。一町ほど先の郭。城壁と門の向こうに、瓢箪の馬印が掲げられている。あれが秀吉本陣だ。

あの門さえ破れば、秀吉の首に手が届く。覚えず、口元に笑みが浮かんだ。

やはり自分には、将器が備わっている。織田家重臣として天下に名を轟かせる羽柴筑前守秀吉を、女の身である自分が討つのだ。もう誰にも、「女子のくせに」などとは言わせない。

「羽柴筑前はあれにある。討ち取って手柄とせよ！」

味方が喊声で応えた刹那、凄まじい数の筒音が巻き起こった。前を行く志方衆がばたばたと倒れ、棹立《さおだ》ちになった馬が騎手を振り落とす。筒音はさらに続き、波の耳元を掠めていく。

銃撃は正面の秀吉本陣からではなく、上からだった。全身の肌が粟立つ。波から見て右手、尾根のあたり。数百の鉄砲足軽が整然と並んでいる。

「馬鹿な……」

「波様！」

いつの間にか馬を下りていた伊織に足を摑まれ、鞍《くら》から引きずり下ろされた。続けて放たれた鉄砲玉を受け、波の愛馬が斜面を転げ落ちていく。

銃撃がやみ、尾根の敵が喊声とともに駆け下りてくる。尾根の向こうから続々と現れる敵兵は、一千はいそうだ。正面の郭からも、敵が門を開いて打って出てくる。

伊織が波に向かって何か叫んでいるが、耳には入らなかった。なぜだ。なぜ、あんなところから敵が現れるのか。あと一歩で、秀吉の首を獲れるはずだったのに。

「しっかりなされよ！」

伊織に胸倉を摑まれ、波はようやく我に返った。

「このままでは全滅だ。急ぎ、撤退の下知を！」

「しかし、ここまで来て……」

「目を覚まされよ。策は読まれていたのだ。こうなった上は、一人でも多く生きて帰すのが将の務めにござろう！」

語気に押され、波は何度も頷いた。伊織が立ち上がり、声を張り上げる。

「退け、退けえ！」

撤退を告げる法螺貝が鳴らされた。味方は陣を組む余裕もなく、算を乱しての敗走に移る。

「加代！」

伊織の声に応え、加代が薙刀を手に駆けてきた。

「俺は、退却の指揮を執る。お前は波様を城へお連れしろ！」

「はい！」

「待て、伊織。私もここで……」

「この敗戦の責は、波様にある。生きてその償いをするのが、あなたの務めだ。違いますか？」

返す言葉がなかった。加代に促され、今しがた駆け上がってきた道を徒歩で引き返す。

狭い山道での白兵戦になっていた。敵味方が入り乱れ、戦況はまるで摑めない。退路にも、敵兵が溢れている。いつの間にか薙刀を失くしていたことに気づき、波は腰の刀を抜いた。

加代とともに群がる敵を斬り払いながら、何とか麓まで下りた。周囲にいるのは、加代ら数人の女武者組だけだ。気づけば、側にいたはずの藍も姿が見えなくなっている。

「加代。藍は、伊織は、無事だろうか」

「藍様はお強いですから。きっと、生きて戻られます。蔭山様も、こんなところで死んだりしません」

加代の口ぶりは、こちらが圧倒されるほど、確信に満ちている。

大手口に視線を向ける。先陣は羽柴秀長の守る郭を攻めきれず、逆に押しまくられていた。陣は方々が綻び、敗走がはじまるのも時間の問題だろう。

十間ほど先で、十人ほどの味方が車座を作り、地面に座り込んでいる。なぜか、全員が胴丸を外していた。

「何をしておる。退却の下知が聞こえなかったのか？」

波に気づいた一人の若武者が振り返った。その顔には見覚えがあった。治定の近習だ。その頰が、涙に濡れている。

「小八郎治定様、お討ち死に！」

車座の中央には、首の無い骸があった。身に着けているのは、治定の具足だ。

「我ら近習衆、追い腹を切らん！」

「待て、愚かな真似は……」

止める間もなく、近習たちは次々と自らの腹に刃を突き立てていく。その様を、波は呆然と見つめることしかできない。

自分を責めてくれればよかったのだと、波は思った。伊織の言う通り、この敗戦はすべて、自分の責任だ。己の策に溺れ、自らの将器を過信し、望む通りに戦を動かせるなどと思い上がっていた。

自分自身のために、戦を望んでいる。先日の櫛橋左京の言葉が、脳裏に蘇った。確かにその通りだ。口では播磨のため、別所家のためと言いながらその実、己の功名心と名誉欲のために、戦が必要だっただけではないか。

「波様、急ぎましょう」

促されるままに走り出した直後、馬蹄の響きが迫ってきた。

「いたぞ、女武者の大将だ！」

「殺すでないぞ。生け捕りにいたせ！」

口々に喚きながら、十数騎がこちらへ向かってくる。目の前には川。逃げきれはしない。

「お逃げください。ここはうちらが……」

前へ出ようとする加代の肩を摑み、引き止めた。

「よい。ここまでじゃ」

敗戦の責は、死んで償う。それが将としての、最後の矜持だ。だが、ただで討たれるつもりもない。一人でも多く、敵兵を道連れにしてやる。

刀を握り直した時、別の方角から再び馬蹄の響きが聞こえてきた。

「波様、お味方です！」

加代が叫んだ。大手口方面から駆けてきた三十騎ほどの味方が、敵の十数騎に突っ込んでいく。形勢不利と見た敵は、馬首を巡らせ駆け去っていった。

敵を追い散らした三十騎が、こちらへ向かってくる。その先頭を駆けてきた武者が馬を下り、叫んだ。

「波、大事あるまいな！」

吉親。その姿を目にした途端、全身の力が抜け、波は手にした刀を取り落とした。膝から崩れ落ちそうになったところを、吉親の腕に支えられる。

「いかがした、傷を負ったのか？」

必死の形相で訊ねる吉親に、波は首を振る。

「私は、大事ありませぬ。でも、治定殿が……」

「聞いた。戦だ、致し方あるまい。そなたが無事であっただけでも、よしといたそう」

「御前様は、私に腹を立ててはおられぬのですか？」

「一時は腹も立てた。だが、そなたが討たれるかもしれぬと思うと、たまらなく恐ろしゆうなった。ゆえに、こうして馬を飛ばしてきたのだ。愚かな将と、笑うなら笑うがよい」

再び、波は首を振った。将たる者が、女人のために采配を放り出すなど、愚かにもほどがある。だが、それを責める資格など、自分にはない。

「申し訳、ございません」

声を絞り出すと、吉親は初めて会った時のように穏やかな笑みを浮かべた。

「もうよい。それより、早く城まで逃げるのだ。ここは、我らが支える。わしも必ず生きて戻るゆえ、城で待っていろ」

「なりません、私も……」

「いいから行け。そなたの身は、わしが守ると言うたはず。この別所山城守吉親を、妻一人救えぬ男にしたいのか？」

吉親は有無を言わさず、波を自分の愛馬の鞍へ押し上げた。

「そなた、名は？」

「加代と申します」

「では加代、波を頼むぞ」

硬い笑みを浮かべ、吉親は馬の尻を叩いた。馬が嘶きを上げ、走り出す。

振り返ると、吉親は敗走してきた味方をまとめ、陣を組もうとしている。その向こうには、敵の追手が迫っていた。

やはりあの人は、ひどく臆病で、不器用で、他人に自分がどう映るかばかり気にしている。きっと、人の上に立つ器ではないのだろう。そしてそれは、自分も同じだ。

自分と吉親は、どうやら似た者同士らしい。今さらながらに気づいた瞬間、視界が滲み、嗚咽が漏れた。

「波様？」

轡を取る加代が振り返った。

「何でもない。川の水が跳ねただけじゃ」

顔を拭い、手綱を強く握り締めた。多くの人が、自分に生きることを求めている。ならば何があろうと生きて、城まで辿り着かねばならない。それが、今できるせめてもの償いだ。

五

まさに、惨憺たる敗北だった。味方の討ち死には、治定以下、侍身分の者が三十五人、足軽雑兵は八百人近くに上っている。

敵は吉親の奮戦によって追撃を断念し、城まで攻め込まれる最悪の事態は免れた。だが乾坤一擲の決戦に敗れたことで、城内は大きな衝撃を受けている。

吉親や伊織、藍らは、負傷しながらも生還を果たしたものの、女武者組は実に半数近くが戻らなかった。櫛橋左京も無事に城へ戻ったが、志方衆は壊滅に近い打撃を受けている。

波は改めて、己の愚かさが招いた敗戦の重みに打ちひしがれた。自分が求めた戦で敗れたばかりか、死ぬ必要がなかった八百以上もの人が、命を落としたのだ。

冷静になって振り返れば、敗けるべくして敗けた戦だった。敵は、城を打って出たこちらの考えを読みきり、罠を張っていた。あえて隙を作って後陣を誘い出した上で、伏兵を出して別所勢を殲滅《せんめつ》しようとしたのだ。恐らくは秀吉の軍師、竹中半兵衛重治の策だろう。その軍略に対抗できる者は、別所家にはいない。

だが、敵の策がどれほど優れていても、波が敗戦の責を免れるわけではない。

自害して、死んだ者たちに詫びる。吉親とともに長治の前でそう口にしたが、認められることはなかった。

「自身の力量を過信した叔母上、妻を救うため匹夫《ひっぷ》の勇に走った叔父上、そして出陣を許可した私、皆が等しく愚かであったのだ。しかし、愚者には愚者なりの矜持と、けじめの付け方がある。私はこの戦に勝つことで、弟たちの死に報いたい」

長治の口ぶりは穏やかなものだったが、そこには隠しきれない口惜しさと、勝利への渇望が滲んでいた。

「羽柴筑前に勝つには、二人の力が欠かせぬ。ゆえに、自害は許さぬ。よいな？」

波と吉親は、深く頭を下げることしかできなかった。

平井山の敗報を受けた小早川隆景は、戦うことなく安芸へ引き上げていった。残された高砂城はあえなく陥落し、織田勢は播磨の海岸線をほぼ制圧する。

別所家は多くの将兵を失い、高砂からの兵站路も断たれたものの、懸念された三木城への総攻撃は無かった。平井山の合戦からほどなくして、摂津有岡《ありおか》城主の荒木村重が織田家から離反したという報せが届いたのだ。羽柴秀吉は敵中で完全に孤立し、三木城を攻めるどころではなくなっている。

荒木謀叛の理由は定かではないが、これにより、摂津から丹生山《たんじようさん》を経て三木へ至る兵站路が新たに開かれた。とはいえ、丹生山からの兵站路は高砂からのものと比べればか細く、籠城を支えるほどの兵糧を運ぶのは難しい。このままでは早晩、兵糧が欠乏するのは目に見えている。攻める側と攻められる側が、ともに孤立したまま睨み合う。戦は、そうした歪《いびつ》な様相を呈していた。

十一月六日には、大坂本願寺へ兵糧を運び込もうとした毛利の大船団が、織田水軍と木津川口でぶつかり、大敗を喫した。瀬戸内における毛利水軍の優勢は失われ、海路による三木城への兵糧輸送はさらに厳しさを増している。

城内の将兵や領民に割り当てられる食糧は、日に日に目減りしていく。それでも今のところ、内通や謀叛の動きは見えず、領民たちも長い籠城によく耐えている。これも、別所家が代々善政に努めてきた賜物だろう。

戦況は膠着したまま年が明け、天正七（一五七九）年を迎えた。

「やはり、領民たちはかなり消耗しているな」

城内の馬場を見廻りながら、波は藍に向かって言った。

「致し方ありませぬ。戦えぬ老人や女子供に割り当てられる米が、だいぶ目減りしておりますので」

籠城開始当初、兵には一人当たり一日四合、他の者には二合の米が支給されていた。だが、今ではその半分程度になっている。さらに丹生山からの兵站が断たれれば、一月と経たずに城内は飢餓に陥るだろう。蓄えてある塩や味噌も、いつまでもつかはわからなかった。

「あれは」

見覚えのある童が、一心不乱に木の棒を振っていた。それを側で、姉らしき娘が見守っている。確か、加代の弟と妹だ。

「波の方様！」

弟の方が波を見て駆け寄ってきた。慌てて、姉も追いかけてくる。

「加代の弟と妹だな？」

「はい。俺は弥一、こっちは奈津姉です」

「姉が、いつもお世話になっております」

奈津が礼儀正しく頭を下げた。加代は、支給される米を受け取りに行っているという。

「剣の稽古をしておったのか、弥一」

「はい。俺も早く強くなって、父上の仇を討ちたいのです！」

「そうか。頼もしいことだな」

身なりこそ貧しい百姓の子だが、織田勢の襲来で命を落とした父が、名を知られた武人だという矜持を胸に抱いているのだろう。

「長く城の中に押し込められて、苦しゅうはないか？」

「べっちょないです。苦しいのはうちらだけやないし、皆で力を合わせて何とかやっていけてます」

気丈に答える奈津の頰に、この年頃らしいふくよかさや肌艶はない。胸に小さな痛みを感じながら、波は頷いた。

「案ずるな。苦しい時は、いつまでも続かぬ。この城もそなたらも、我らが必ずや守る」

門前に、三百五十の軍勢が集結していた。

一月も半ばを過ぎているが、三木に吹く風は冷たい。兵たちの吐く息は白く、鉛色の空からは粉雪が舞い散っていた。

「皆の者、敵は小勢なれど、ぬかるでないぞ」

波は整列した麾下の将兵に向かって声を張り上げた。

敵は相変わらず三木城を遠巻きにして、時折こちらの士気を試すように数百の小勢を繰り出してくる。その都度、波や櫛橋左京が三百ほどを率いて出陣して追い払っているが、敵が頻繁に現れるため、城の領民は村へ戻ることもできない。反対に、丹生山から運ばれる兵糧を守るため、こちらから数百の軍勢で出陣することもあるが、いずれも大きなぶつかり合いにはなっていない。

この日も、平井山から出撃した二百ほどの敵が、三木城へ接近しようとしていた。物見と挑発を兼ねた出陣だろうが、放っておくわけにもいかない。

平井山合戦の後に行われた再編制で、波は五十人の女武者組を中心とした三百五十を麾下として預かることとなっていた。あれから幾度となく出陣を繰り返しているが、今のところ死者は出していない。

「戦い方は、いつも通りだ」

波の後を受け、伊織が言った。

「遠くから矢玉を射掛け、それでも退かなければ騎馬で掻き回し、足軽が槍衾《やりぶすま》を作って突っ込む。無理はするなよ。こんな戦で死ぬことはない」

平井山の戦で伊織はいくつか手傷を負ったが、深いものではなかった。今では波の副将といった立場で、兵たちの信頼も厚い。藍や加代も、出陣を繰り返すうちに逞《たくま》しさを備えてきた。

この戦の先行きは、明るいとは言い難い。自分が今も兵を率いて戦に出ることに、後ろめたさも感じる。だが今は、ほんの小さな勝利でも、重ねていくべきだろう。

「御方様、出陣のお下知を」

藍に頷きを返すと、大きく息を吸い、吐き出した。あの敗戦以来、戦に出ることがたまらなく怖い。

だが自分には、戦を厭《いと》うことも、死ぬことさえも、許されていない。無為に失われた八百人、そして今預けられている三百五十人の命を背負って、戦い続けるしかないのだ。それは自害するより幾千倍も苦しい道だが、受け入れるしかなかった。

「門、開け。出陣！」

肌を切るような冷たい風を受けながら、波は馬を進めた。

第四章　長治の悔恨

一

天正三年十月、十八歳の別所小三郎《こさぶろう》長治は、京の都の繁栄ぶりに目を瞠っていた。幼い頃から絵巻物や屏風絵で見てきた光景が、目の前に広がっている。その広さも人家の数も、往来の賑わいも、東播磨最大の町である三木城下など遠く及ばない。

「都は三月《みつき》ぶりだが、相変わらず栄えておるな」

十数人の供を従えて都大路を歩きながら、長治は感嘆の声を漏らす。

通りの見世棚に並ぶ品々は実に多種多様で、量も多い。播磨ではほとんど手に入らないような書物や色とりどりの織物、南蛮渡来の品が、当たり前のように売り買いされている。初めて都を訪れた時には、その豊かさに圧倒されたものだ。

「されど、ほんの数年前まで、この都は戦乱で荒れ果てており申した」

言ったのは、叔父の重宗だ。父の代から、別所家の名代として幾度も都を訪れている。

「京の都が再び栄えているのはひとえに、織田信長公のお力によるもの」

長治は頷いた。

織田信長が、京を支配する三好《みよし》三人衆を蹴散らして上洛を果たしたのは、今から七年前のことだ。その直後に三人衆が六条本圀寺《ほんこくじ》を襲い返り討ちに遭って以来、京は戦乱から遠ざかっている。

戦が絶えたおかげで、京には多くの商人が集まり、商いは活発になっている。諸国から人、物、銭が流れ込む京は、織田領の中心として、かつての繁栄ぶりを取り戻していた。

「だが信長公は、なかなかに苛烈なお人柄だ」

信長は上洛後、浅井《あざい》、朝倉《あさくら》、本願寺らによる織田包囲網に苦しめられたものの、次第に形勢を逆転し、浅井、朝倉を滅ぼした。この五月には、三河設楽原《したらがはら》で武田勝頼率いる武田勢を完膚なきまでに打ち破っている。長島、越前の一向一揆も壊滅させ、撫で斬りにされた門徒は数万に及ぶという話だった。

「我らが上に戴く人物として、まことに信頼してよいのであろうか」

「ご心配には及びませぬ。信長公は気難しき御方なれど、麾下に参じた者を軽んじ、盟約を反故《ほご》にいたすようなことはございませぬ。世間が噂するよりも、実直な人物にございますれば」

「ならばよいのだが」

不安の種が、ないわけではない。重宗は信長を高く評価しているが、播磨の留守を任せているもう一人の叔父吉親は、今回の上洛に最後まで反対していた。吉親曰く、信長は慈悲に欠け、策謀をもっぱらとする油断のならない人物とのことだった。

しばらく歩くと、二条妙覚寺《みようかくじ》の門前に人だかりができていた。

八日前、岐阜から上洛した信長はこの妙覚寺に滞在していた。翌月には朝廷に参内し、権大納言《ごんだいなごん》、右近衛大将《うこんえのだいしよう》の官位を授けられることになっている。長治が播磨からはるばる駆けつけたのも、その祝いを言上するためだった。

織田家に従うという方針は、五年前に没した父安治の代からのものだ。長治という諱《いみな》も、信長から一字を賜ったものだった。

筋目を大切にする安治にとっては、織田家に従うというよりも、信長が奉戴する将軍足利義昭《よしあき》に従うという意識が強かったのだろう。だがその義昭は、傀儡《かいらい》の座に飽き足らず信長打倒を企て、京を追われている。しかし安治亡き後、別所家は義昭に従うことなく、織田家に与し続けていた。

境内は、人で溢れ返っていた。武士だけでなく、公家や商人の姿も多い。その大半が、領地や商いの保証を求めてここへやってきているのだろう。それだけ、織田家は盤石と見る者が多いという証左だ。

「これは、別所重宗殿ではないか」

人だかりを掻き分け、一人の武士が重宗に話しかけた。普段は温和な重宗の顔つきが、一瞬険しいものになる。

「小寺様も、上洛なされておられましたか」

「こちらの御仁はもしや」

武士が長治に顔を向けた。歳は、四十代半ばといったところだろう。小柄で口元に笑みを絶やさないが、どこか油断できないものを感じる。

「さよう。別所家当主、小三郎長治様であらせられます。殿、こちらは小寺加賀守《かがのかみ》様にござる」

小寺加賀守政職《まさもと》。播磨御着《ごちゃく》城主で、別所家とは幾度も干戈《かんか》を交えた間柄だ。一昨年には播磨増位山《ますいやま》城を巡って激しく戦い、双方に多くの死者が出ていた。

「別所小三郎長治にござる。以後、よしなに」

憎い敵ではあるが、今は同じ織田家の麾下である。胸中の怒りを押し殺し、長治は頭を下げた。

「別所家とは色々ござったが、すべてを水に流し、今後は手を携えてまいりたいものですな」

戦など些細なことであるかのように笑い、政職は踵を返した。

控えの間でしばし待ち、重宗とともに広間に入った。

小姓が御成りを告げる。頭を下げると、慌ただしい足音が聞こえてきた。

「面《おもて》を上げられよ」

「はっ」

これまでも幾度か会ってはいるものの、この甲高い声を聞くとやはり、肌がひりつく。色白細面の端整な顔立ちに表情は見えず、切れ長の目はひどく酷薄なものに思える。しかし何より圧倒されるのは、その身にまとう風格だった。

目を向けられただけで、長治の背筋は強張った。若年の長治の目でも、亡き父や小寺政職などとはまるで格が違うことがはっきりとわかる。

これが、尾張の小領主から身を起こし、天下人の座に手をかけた男だった。この目で、この声で、叡山焼き討ちや数万もの一向門徒の根切りを命じたのだ。

重宗が袖を引き、口上を促した。

信長は、無駄な挨拶の言葉や持って回った礼法を嫌うという。簡潔に官位昇進の祝いを述べようとしたところで、信長が口上を遮るように口を開いた。

「小三郎殿は、いくつになられた」

「はっ、十八にございます」

「であるか。余がその年頃には、うつけと呼ばれ、まわりのすべてが敵であったわ」

「お聞きいたしております。されど織田様は、すべての敵を打ち破り、斬り従えてまいられました」

「さよう。小三郎殿も、己を若輩と侮る者があれば、力でねじ伏せられよ。この世は、力がすべてぞ」

「心しておきまする」

信長は若い頃、家臣たちに軽んじられ、実の弟にまで背かれた。幾度も死線を越え、生き延びてきた者の強さ。それを、城の中でぬくぬくと育ってきた自分が手にすることができるのか。

「別所家は、東播磨一の強豪。その当主が無位無官では、箔が足るまい。余が朝廷に奏上し、相応しい官位を与えて進ぜよう。従四位下《じゅしいのげ》、侍従じゃ」

播磨の田舎大名に与えるには、破格とも言える官位だった。恐らく、小寺政職にはそれほどの官位は与えられないだろう。信長は別所家を、播磨の旗頭と認めているということだ。

「ははっ。ありがたき幸せ」

「ただし、官位は貴殿にやるのではない。別所の家に与えるものと心得られよ。それ以上のものが得たくば、己の働きで手に入れられるがよい」

織田家にとって、自分が役に立つことを示せ。そう言っているのだろう。

「心得ましてございます」

「いずれ、余は毛利を討つ。その折には、貴殿にもしかと働いてもらう。期待しておるぞ」

口元に薄い笑みを浮かべ、信長は腰を上げる。

颯爽と立ち去る信長の背中を、長治は呆然と見送った。

二

洛外の野に、見渡す限りの軍勢が集まっていた。

色とりどりの旗を掲げ、整然と隊列を組んでいる。その数はすでに、五万は超えているだろう。四間半の長槍に、大量の鉄砲。磨き抜かれたきらびやかな軍装と統制の取れた動き。比べてみると、別所の軍勢はいかにもみすぼらしく感じる。

天正五年二月、長治は再び上洛し、信長に見《まみ》えた。

今度は、国許から千五百の軍勢を引き連れている。織田家の紀伊雑賀衆征伐に加わるためだった。今回は重宗に加え、吉親も参陣している。

紀伊雑賀衆は、大坂本願寺に与し、長く織田家と敵対してきた。精鋭揃いで多数の鉄砲を擁する雑賀衆を叩けば、本願寺の攻略は容易になる。信長は今回の戦に当たって、自領のみならず傘下の諸大名にも参陣を呼びかけていた。その総兵力は、十万に達すると言われている。長治がこれほどの大軍を目の当たりにするのは、無論はじめてのことだった。

参陣要請を断ることができなかったのには、わけがある。長治の舅に当たる丹波の波多野秀治が昨年、織田家に叛旗を翻したのだ。別所が波多野と通じているという疑いを晴らすためにも、この戦ではそれなりの働きを示さなければならない。

織田勢は、海岸沿いの浜手口と内陸の山手口に分かれ、紀伊へ攻め入ることになっている。別所勢は、山手口に配された。

「殿、そう気負われますな」

声をかけてきたのは、轡を並べる近習の蔭山伊織だった。家格は低いものの、剣に優れ、頭も切れる。長治が重用するのを気に入らない家臣も少なくないが、長治にとっては数少ない心を開ける相手だった。

「大将が落ち着いておられねば、兵らも安心できませぬ。胸を張られませ」

「そうだな。気をつけよう」

この数年、播磨で大戦は起きていない。小寺家との戦はしばしば起こったものの、どれも小競り合い程度で、別所、小寺がともに織田家の傘下に入ってからは、それも絶えている。

小寺との小戦に出陣したことはあるが、ほとんど形ばかりのもので、自ら槍を手に戦ったことも、采配を振ったこともない。長治にとっては、この戦が事実上の初陣だった。

「何も案ずることはありません。これだけの味方がおるのです。まず敗けることはありますまい。もっともその分、手柄を立てるのは難しいでしょうが」

「できることなら、天下の注目が集まるこの戦で、別所勢の力を示したい。そう考えるのは、高望みであろうか」

「焦ってはなりません。殿はまだお若く、乱世はこれからも続きましょう。少しずつ経験を積み、力をつけていかれればよいのです」

頷いたものの、早く武功を挙げたいという思いは拭い去ることができなかった。

十三歳で家督を継いで以来、家の舵取りは吉親と重宗、二人の叔父が行ってきた。叔父たちはそれなりに有能で、不満があるわけではない。だが二十歳になった今も、二人は実権を手放そうとはせず、長治は思うような政ができずにいる。加えて、吉親と重宗はこのところ家の方針を巡って意見を異にすることが多く、家中は二派に割れつつあった。

己を侮る者たちは、力でねじ伏せよ。信長はそう言ったが、自分にはその力がない。

となれば、戦で武功を挙げ、当主としての権威を高めていくしかなかった。

「そういえば伊織、そなたの妻は今、身籠もっておったな」

「はい。生まれる我が子の顔を見るためにも、このような戦で死ぬわけにはまいりませぬ」

そう言って、伊織は笑った。

二月十三日に京を出陣した織田勢は、途中で大和《やまと》、河内、和泉《いずみ》の軍を加え、一斉に紀伊へ攻め入った。

長治の属する山手口には、佐久間信盛《さくまのぶもり》、荒木村重、堀秀政《ほりひでまさ》、そして羽柴秀吉と、織田家の錚々《そうそう》たる面々が揃っている。兵力は三万、先鋒は織田家中でも戦上手として知られる堀秀政が務めることとなった。

これに対し、敵は小雑賀川《こざいか》を天然の濠として迎え撃つ構えを見せていた。小雑賀川の左岸に、三千ほどの雑賀衆が布陣している。鉄砲除けの竹束と木柵を巡らせてはいるが、いかにも急ごしらえの感は否めない。

堀隊の一部が前進を開始した。援護射撃を行いつつ、浅瀬に駆け込んでいく。

まだ、別所勢に前進命令は出ていない。長治は馬上から、戦況を見据える。

敵の銃撃は、思ったほど激しくない。織田勢の主力は浜手口なので、この方面にはそれほど多くの鉄砲が配されていないのだろう。

堀秀政もそう踏んだのか、麾下に総攻めを命じた。押し太鼓と喊声、筒音が沸き起こり、瞬く間にあたりは喧噪に包まれた。初めて目の当たりにする、数千数万の軍勢がぶつかる大戦だ。落ち着け。長治は己に言い聞かせる。

川を渡り終えた堀勢の先頭が敵陣の木柵に取りついた。数人の足軽が槍で突かれて倒れたが、後続が次々と殺到している。

敵は早くも及び腰で、背を向けて逃げ出す者も出ていた。やがて退き貝が吹き鳴らされ、敵が後退をはじめる。堀勢はそれを追って対岸へ攻め上がっていく。

これなら勝てる。長治は手綱を握る手に力を籠めた。

「我らも続く。かかれ！」

「待たれよ、殿。軽挙はなりませぬ！」

吉親の制止に耳を貸さず、長治は槍を手に馬腹を蹴る。水飛沫《みずしぶき》を上げて川に躍り込むと、将兵も後に続いてきた。

一気に対岸へ駆け上がった。堀勢はすでに追撃に移っている。ここで後れを取るわけにはいかない。

麾下を鼓舞しようと槍を高く掲げた刹那だった。

不意に、凄まじい轟音が響き渡った。前方の堀勢がばたばたと倒れ、たちまち崩れ立つ。驚いた乗馬が棹立ちになり、長治は地面に投げ出された。

再び銃声が響いた。周囲の森の中からだ。伏兵。悟った瞬間、全身が強張った。

「伏兵ぞ。退け、退けぇ！」

吉親の叫び声が聞こえた。銃撃はほとんど間を空けずに繰り返され、堀隊の将兵が次々と倒れていく。突出した堀勢は後から進んでくる味方に押され、退くこともままならない。

敵の銃撃は、別所勢にも向けられている。恐怖に駆られながら、倒れた馬の背に身を隠した。すぐ近くで短い悲鳴が上がり、傍らに味方が倒れた。見覚えのある兜は、長治の近習の物だ。

「おい……」

四つん這いのまま近づくと、近習の目に開いた穴から鮮血が溢れ出している。長治は堪えきれず、胃の腑から込み上げたものを吐き出した。

これが戦か。自分はここで死ぬのだろうか。四肢が震え、何も考えることができない。

「殿！」

誰かが背中を摑んだ。そのまま引き起こされ、別の馬の鞍に押し上げられる。

「ここはお退きくだされ！」

伊織だった。兜を失い、頬からは血が流れている。

気づくと、銃撃はやんでいた。森の中から湧き出した敵が、喊声を上げながら攻め寄せてくる。伊織も馬に乗り、長治の馬の轡を摑んで駆け出した。

再び川を渡りきったところで、初めて振り返った。

逃げ遅れた堀と別所の兵が取り囲まれ、いいように突き伏せ、斬り伏せられている。

地面には夥しい数の骸が転がり、川面は血に染まっていた。

これが、自分の采配が招いた結果だった。もっと慎重に構えていれば、あの兵たちを死なせることはなかった。考えると、再び吐き気が込み上げてきた。


結局、緒戦は織田勢の惨敗に終わった。

敵は川を渡って攻め寄せてくることはなく、対岸の陣を捨てて引き上げている。しかし、こちらが迂闊《うかつ》に渡河すれば、いつどこから敵が襲いかかってくるかわからない。

急遽開かれた軍議の席、本陣には重苦しい空気が流れている。

「雑賀衆、やはり侮れませんな」

誰かが呟くように言い、数人が無言で頷く。辛うじて生還した堀秀政は布で腕を吊り、うなだれたままだ。

堀勢は数名の名だたる将を討たれ、別所勢も百名近い兵を失っている。その中には、幼い頃から長治に仕えてきた家臣も多くいた。

「しばらくはここにとどまり、様子を窺う他あるまい。物見の数を増やし、敵の居場所を把握した後、小雑賀川を渡る」

この方面を指揮する佐久間信盛が決定を下し、軍議は散会となった。

「別所様」

腰を上げかけた長治に、一人の将が声をかけてきた。

前歯の突き出た、小柄な将。羽柴筑前守秀吉だ。

「こたびは災難にございましたなあ。ですが、挽回の機会はまだまだございますぞ。これに気落ちせず、しかと働きを示されれば、上様の覚えはめでたくなりましょう」

にこやかな笑みで、秀吉が言う。そこに邪《よこしま》なものは感じないが、将兵の死をいささかも気に留めないような口ぶりに、長治はかすかな反発を覚えた。

「お心遣い、かたじけなく存ずる」

「今日の敗戦は、所詮は枝葉に過ぎません。一度や二度の敗けはあっても、雑賀衆は織田家に降《くだ》る他ありますまい。さすれば、次は毛利との戦と相なりましょう」

秀吉は周囲を窺い、声を潜めて続ける。

「ここだけの話にござるが、上様は来たる毛利攻めで、別所様に大きな期待を寄せておられまする。首尾よく毛利を討った暁には、播磨一国を賜ることもかないましょう。何とも夢のような話にございますな」

よく喋る男だと、長治は思った。

聞くところによると、秀吉は百姓から身を起こし、信長の草履取りから一軍の将にまで登り詰めた人物だ。金ケ崎《かねがさき》の撤退戦では、自ら困難な殿軍を志願し、多大な犠牲を払いながら出世を果たしたという。旺盛な立身欲は見上げたものだが、自分まで同じと思われるのは心外だった。

「我が望みは、別所家の存続と家臣領民の安寧のみにござれば」

話を終わらせようと答えると、秀吉は意外そうな表情を浮かべ、声を上げて笑った。

「いや、ご無礼仕った。さすがは名門の御当主。欲の無いことを仰せになります。それがしのような卑賤の身には、到底真似できませぬ。お気に障られたのであれば、お許しを」

「いや、構いませぬが」

「別所様とは、この先も同陣することが多くなりましょう。何卒、よしなにお願いいたしまする」

丁重に頭を下げ、秀吉は踵を返す。

「あのような軽薄な人物が重臣とは、織田家も先が思いやられますな」

傍らに控えていた吉親が、吐き捨てるように言った。

その後、雑賀衆は兵を細かく分け、山中で幾度となく奇襲を仕掛ける策を採ってきた。地形を知り尽くした敵は神出鬼没で、射撃も正確無比。織田勢の各隊は多大な損害を出し、別所勢も相当な犠牲を払うこととなった。

中でも痛恨だったのは、蔭山左馬助の討ち死にだった。蔭山家当主で伊織の兄に当たる左馬助は、文武ともに優れ、いずれは別所家の屋台骨を担うと期待されていた。

山中を移動中に襲撃を受けた蔭山隊二百は、ほぼ全滅。左馬助と行動をともにしていた伊織は辛うじて生き残ったものの、激しい銃撃に晒され、心に深い傷を負った。恐らくもう、戦に出すことはできないだろう。

苦戦する山手口をよそに、浜手口では圧倒的な兵力で織田方が押していた。三月十五日、雑賀衆は誓紙を差し出して信長に和議を求め、これを受けた織田勢は撤退を開始する。

こうして、織田家の紀州征伐は幕を下ろし、長治は何ら得るところのないまま、播磨への帰途についた。

三

三木城本丸大広間では、激しい議論が交わされていた。

多くの家臣が居並ぶ中、声を発しているのは二人の叔父だけである。

「兄上。何度も申し上げている通り、織田家の天下はすでに定まりつつあります。ここで忠義を示さねば、後々に禍根を残すこととなりまするぞ」

織田家への恭順を説き続ける重宗が、兄に向けて言葉を重ねる。

「すでに、但馬攻めの陣触れは出されておるのです。参陣せぬは、織田家に弓引くも同然」

羽柴秀吉が数千の手勢を率いて播磨に入ったのは、紀州征伐から半年余が過ぎた十月のことだった。書写山《しよしやざん》に本営を置いた秀吉のもとには別所家を含む播磨中の大名、国人が使者を送り、毛利方の宇喜多《うきた》家が占拠する上月城、福原城を除く播磨全土は完全に秀吉の指揮下に入っている。

十一月に入ると、秀吉は但馬攻めの号令を発した。これを受け、重宗は小寺家宿老の小寺官兵衛孝高とともに、播磨の大名、国人のもとを回って参陣を呼びかけている。評定は、これを受けてのものだった。

「気に入らんな」

重宗の言葉に耳を傾けていた吉親が、口を開いた。

「また、我らはただ働きか。ろくに恩賞も与えられぬ戦で大切な兵を犠牲にし、織田家への忠義を示せとそなたは言う。我が別所家はいつから、織田家の臣下に成り下がったのだ？」

居並ぶ家臣の半数以上が、吉親の言葉に頷く。

多くの犠牲を払った紀州攻めの後、家中では織田家に従うことへの疑義が沸き起こっていた。その中心にいるのは無論、吉親である。重宗への対抗心もあるのだろうが、多数の将兵を死なせたにもかかわらず、織田家から何の恩賞も出なかったという不満も大きい。

対する重宗は、真っ先に書写山に馳せ参じて秀吉の信頼を勝ち取っていた。織田家と秀吉を後ろ盾にした重宗の権勢は強まっているものの、これに反発を覚える者も多く、家中では孤立しつつある。

「しかも羽柴筑前なる者は、氏素性も知れぬ成り上がり者。かような者に顎で使われておるとは、播州侍の誇りを踏みにじる行いぞ」

「誇りだけでは家の舵取りはできませんぞ、兄上。天下の趨勢をしかと見定め、必要とあらば辞を低くしてでも家の存続を勝ち取る。それが、我らの務めにござろう」

「織田の天下が定まったなどと、どうして言える。大坂本願寺はもとより、毛利も武田もいまだ健在。丹波の波多野秀治殿も、頑強に抵抗を続けておるではないか」

「なればこそ、毛利との戦で働きを示し、本領安堵を得ることこそ肝要。遠くの毛利よりも近くの織田に従うは、やむを得ぬ仕儀にござろう」

「その織田が信じられぬと言うておるのだ。信長は、配下を失った殿に恩賞を出さぬどころか、感状一枚寄越さぬ情薄き男ぞ。毛利を討った後、播磨に野心を抱かぬとも限らぬ」

吉親の言に、反織田派の家臣たちが目の色を変えた。織田は信じられぬ。羽柴など、ただの百姓上がりぞ。憤りを露わに、口々に喚き立てる。重宗の側に立って反論する者は、数えるほどしかいない。

「あるいは最初から、毛利と戦わせることで我らの力を削ぎ、しかる後に播磨を奪う算段やもしれぬ」

「兄上、邪推も大概になされませ。信長公は恐ろしき御仁なれど、さような姦計を用いる方ではござらぬ」

必死に訴える重宗の言葉に、吉親は耳を貸そうとしない。昔から、吉親には一度思い込むと、他人の意見に耳を塞ぐところがある。

「重宗。よもやとは思うが、そなた、織田家を後ろ盾に当家の実権を握り、あわよくば……」

「吉親、そこまでにいたせ」

思わず、長治は割って入った。これ以上言わせれば、斬り合いになりかねない。

理屈としては、重宗が正しい。今の織田家の力を考えれば、本願寺、毛利、武田が束になっても勝ち目は薄いだろう。信長が播磨を狙うというのも、今の時点では憶測に過ぎない。

しかし、人は理だけでは動かない。血が熱く、誇り高いと言われる播州侍であればなおさらだ。

「皆の存念はわかった。先の雑賀攻めで死んだ将兵を思い、織田に従うを潔しとせぬという気持ちも、よう理解しておる。されど私は、織田家に弓引くつもりはない」

「では殿は、舅の波多野殿を見捨て、百姓上がりの羽柴筑前に頭《こうべ》を垂れると仰せか」

「兄上、言葉が過ぎまするぞ！」

いきり立つ重宗を目で制し、長治は吉親を見据える。

「致し方あるまい。織田家に与するは、亡き父上が決めたこと。それとも吉親は、父上の御遺志に反せよと申すか」

先代の遺志を持ち出され、吉親は口を噤んだ。

「重宗に兵を預け、但馬攻めに参陣させる。よいな？」

「承知いたした」

重宗が頷くと、長治は座を見渡す。

「皆には忍従を強いることになる。それも、我が不徳のゆえ。すまぬ」

深く頭を下げると、一同は静まり返った。だが、心から納得している者はほとんどいないだろう。

今は、耐えるしかない。強い者には、膝を屈して従うしかない。この乱世では、力こそがすべてなのだ。

播磨衆を従え但馬に攻め入った秀吉は、敵対する岩洲《いわす》、竹田《たけだ》の城を落とし、わずか一月足らずで但馬を平定。竹田城には弟の小一郎秀長を入れ、播磨に帰陣する。しかし、それで秀吉が矛を収めることはなかった。十一月二十七日、今度は西播磨に残る上月、福原の両城に攻めかかったのだ。

この戦の結末に、播磨は震撼した。上月、福原を攻め落とした秀吉は、城に籠もった数百名を老若男女ことごとく撫で斬りにし、その遺骸を国境に晒したという。

「何ということを」

報せを受け、長治は呻いた。

織田家の戦では、撫で斬りは珍しいことではない。秀吉にしてみれば、毛利方への見せしめのつもりだったのだろう。だが、毛利に与していたとはいえ、上月、福原に籠もっていたのは播磨の者たちだ。織田傘下に入って日が浅く、同胞を無残に殺戮された播磨衆が秀吉に反感を抱くのは、火を見るよりも明らかだった。

案の定、家中では秀吉、ひいては織田家への反発がより一層高まった。そしてその矛先は、織田家に近い重宗派へ向けられる。吉親派の一部からは、重宗を追放すべしという声まで上がっていた。

翌天正六年二月、一旦国許に戻っていた秀吉は、再び軍勢を率いて播磨に入国し、本営を置いた加古川城に播磨衆を召集した。毛利討伐の軍議である。

播磨中の大名、国人が馳せ参じる中、長治は三木にとどまり、名代として吉親を出席させた。長治自らが参じては名門別所家の沽券《こけん》に関わると、吉親が強硬に自身の出席を訴えたのだ。長治はやむなくこれを了承し、中立派である家老の三宅治忠を同行させることで妥協した。

しかしこの判断が、最悪の結果を招くこととなった。

軍議の席で毛利といかに戦うべきか意見を求められた吉親は、何を思ったか、別所の家の成り立ちから歴代当主の軍功、逸話を滔々《とうとう》と語り出したという。いつまでも続く昔語りに苛立った秀吉は、吉親の話を打ち切り、「軍略は大将の役目。指図はそれがしがいたすゆえ、各々方は先陣の役をしかと務められるべし」と述べた。

吉親の話を打ち切るためとはいえ、秀吉らしからぬ失言だった。集まった播磨衆にすれば、本来ならば対等であるはずの織田家家臣に、己の指図に従えと言い放たれたも同然である。しかも秀吉は、生まれながらの武士ではない。それは、一度は膝を屈した播磨の武士たちの心中に反骨の火を点すのに、十分な発言だった。

気まずい空気が漂う中、軍議は散会となり、三木に戻った吉親は秀吉の傲慢を吹聴する。反織田の気運はさらに高まり、重宗は家中での居場所を失おうとしていた。

「このところ、お顔の色が優れぬようですが」

居室で夕餉を摂っていると、正室の照子が声をかけてきた。

「夜も、あまり眠ってはおられぬご様子。案じられて仕方ありませぬ」

「何の。考えねばならぬことが多いだけだ。そなたが気に病んでいては、子らも不安がろう」

一つ年下の照子は、すでに二人の子を産み、三人目も身籠もっている。政略結婚ではあるが夫婦仲は悪くなく、長治は側室も迎えてはいなかった。

「申し訳ございませぬ。父のせいで」

元々は闊達な女子だった照子は、一昨年に波多野秀治が織田家を離反して以来、城の奥から出ることはほとんどなくなっている。

あの時も、長治は苦しい決断を迫られた。織田家からの離反に当たり、波多野秀治は当然、別所家にも誘いをかけてきた。だが長治は、それをすべて無視するしかなかった。

「それは申すなと言ったであろう。そなたは何も悪くはないのだ」

「はい。ですが、何か思い悩むことがおありならば、どうかお話しください。女子の身で口を差し挟むはおこがましきことなれど、誰かに話すことで気が軽くなることもございましょう」

照子の耳にも、秀吉の蛮行や家中の不穏な気配が伝わっているのだろう。最近では、何か思い詰めるような顔をしていることが多い。

大きく息を吐き、長治は照子に向き直った。

「すまんな。私は、駄目な主君だ」

「そのような……」

「我が別所家は、そなたの父上を見捨ててまで、織田家に従うことを選んだ。それが我が父の遺志であり、私もそれが最善の道と考えたからだ。しかし、それももう限界やもしれん。このままでは、家中を二分した内紛にまで発展しかねない」

「吉親様、重宗様は、それほどまでに……」

長治は頷いた。

家中の大勢は、織田からの離反に傾いている。明日にも、吉親派の強硬な者たちが重宗を襲撃する恐れがあった。だが、長治にそれを抑えるだけの力はない。自分が重宗の側に立てば、強硬派は長治を当主の座から引きずり下ろし、吉親を新たな当主に立てるだろう。それほど、長治の地盤は脆《もろ》い。

「吉親派の求めに従って重宗派を退ければ、織田家との戦になる。だが、手を拱いていては家中での戦となり、どう転んでも織田家の介入を招くことになる」

「羽柴筑前殿に窮状を訴えるというわけにはまいりませんか？」

「それをすれば、織田家は私に当主たる資格無しと判断するであろうな。織田家はこれ幸いと、重宗叔父上を当主に祭り上げ、別所領を完全に掌握しようと考える。そうなれば、吉親派が兵を挙げ、戦となるのは目に見えておる」

「では、どの道を選んでも織田家との戦になると？」

「そういうことだ」

すべては、二人の叔父に家の舵取りを委ねてきた、自分の責任だ。

小寺家と戦っていたほんの数年前までは、二人は別所家の存続のために手を携えて政務や戦に当たっていた。その関係が崩れはじめたのは、織田家が浅井、朝倉を滅ぼして将軍家を追放し、覇権を確立した頃だった。織田家が強大化したことで重宗の役割の重要性が増し、重宗本人にも兄を軽んじるようなところが出てきたのだ。それを不快に思った吉親と取り巻きたちが、反織田に走るのは十分に予想できた。

しかし、長治にできることなど何もなかった。紀州攻めでは拙い采配でなけなしの将兵を失い、当主としての権威を高めることはかなわなかった。事ここにいたっては、織田家と戦って滅びる道しか残されてはいない。

「己に自信を持てず、大切なところではいつも、叔父たちに判断を委ねてきた。そのつけが、今になって回ってきたのだ」

自嘲の笑いを漏らした長治を、照子は真っ直ぐに見つめる。

「どの道を選んでも行き着く先が同じならば、その中で最善を尽くす。それが当主の、武士たる御方の務めというものではありませんか」

「最善と申してもな」

「戦が避けられぬなら、その先をお考えください。織田家との戦に勝って、別所の御家と家臣領民が生き残る術を」

肺腑を衝く一言だった。織田家に勝つ。勝って、生き残る。思えばこれまで、考えたことさえなかった。

「逆らう者は撫で斬りにして見せしめとし、恐怖で他者を従わせて恥じることもない。そのような者たちが創る天下に、わたくしは生きていたいとは思いませぬ」

照子を正室に迎えて六年以上が経つが、これほど激しい言葉を聞いたことはなかった。だが、戦を知らない女子の戯言《ざれごと》と一笑に付すことはできない。いや、笑われるべきは、武人でありながら最初から勝つことを諦めていた自分だ。

「やはり駄目だな、私は」

「殿」

「礼を言うぞ、照子。私は、己が武士だということさえ忘れていたらしい。己の無力を嘆く前に、やるべきことがある。それを、思い出させてもらった」

あの織田信長と戦い、勝利する。それがどれほど困難な道かは、考えるまでもない。だが、他に生き残る術がないのであれば、どんな手を使ってでも道を切り拓くしかなかった。

「照子。私は武士だ。行き着く先に何があるとしても、座して滅びを待つわけにはいかぬ」

それからほどなくして、重宗は妻子とわずかな家来を引き連れ、三木城を退去した。

長治が別所家傘下の国人までも含めた大評定を開き、織田家からの離反を告げたのは、その翌日のことである。

四

あの決断は、間違いだったのか。

開戦から一年半が過ぎた天正七年九月、長治は三木城本丸御殿の居室で黙考していた。

昨年十月の平井山合戦で敗北した別所勢は、長治の末弟治定をはじめとする多数の将兵を失いながら、辛うじて城まで撤退した。その後、摂津の荒木村重が謀叛を起こしたことで一息つくことはできたものの、五月には摂津との国境に近い淡河《おうご》城が攻め落とされたことで、摂津からの兵站路が断たれた。羽柴秀吉は変わらず平井山に本陣を据え、各地に砦を築いて三木城を遠巻きにしている。

六月には、波多野秀治が籠もる丹波八上《やかみ》城が織田勢に降伏し、秀治は安土へ送られ磔にされたという。

敵対したとはいえ、大名家の当主を磔にするなど、長治は聞いたことがない。それを知った三木城の将兵は怒りに沸き返ったが、波多野家の滅亡は大きな痛手だった。

昨年に続き男児を産んだばかりの照子は気丈に振る舞っているものの、内心の悲嘆は隠しきれず、滋養の不足もあって床に臥せることが多くなっている。

「朝餉をお持ちいたしました」

襖が開いた。膳を運んできた侍女は、以前と見違えるほど痩せている。まだ二十歳になるかならないかという年頃だったはずだが、肌は荒れ、ずいぶんと老けて見える。

「照子の様子はいかがか」

「はい。熱は下がり、重湯も口になされました。あとはしかとお休みなされば、明日にも床を払えるかと」

「そうか」

安堵の吐息を漏らすと、長治は箸を取った。

膳には、薄い粥と小さな干魚が一匹、香の物が二切れのみ。この三月ほどは、朝も夕も同じ物が出ている。満腹には程遠いが、城に逃げ込んだ民への割り当てはもっと少ない。当主であるという一点だけで、長治は民よりも多くの物を口に入れられるのだ。

「城内を見廻る。具足を持て」

朝餉を平らげると、長治は腰を上げた。

城の者たちにはできる限り、自分の姿を見せるようにしている。城主もともに戦っていると示すくらいしか、今の自分にできることはない。

数名の近習を引き連れ、本丸御殿を出た。身に着けた具足が、日に日に重くなっているように感じる。

城の北西に位置する本丸から西ノ丸、南の二ノ丸を経て、南西の月輪寺に近い郭まで足を延ばした。このあたりには、周辺の村々から逃げ込んだ領民たちが小屋掛けし、人が溢れ返っている。

通りに屯《たむろ》する人々の表情から、生気はまるで感じられない。籠城当初は多くいた農耕用の牛馬も、姿を見なくなって久しい。以前はよく客を集めていた猿曳きの姿も、このところまったく見かけなくなっている。

長治の顔を見て頭を下げる者は、まだ力が残っている方だ。老人や幼い童の多くは、痩せ衰えた体を筵の上に横たえたまま、起き上がることもできないでいる。母に抱かれた乳飲み子は、乳の出が悪いのか、弱々しい泣き声を上げていた。

戦がはじまる前は、遠乗りを兼ねてよく領内の見廻りに出ていた。その途次では、百姓家を訪《おとな》って村人と世間話に興じたりもしたものだ。

若く、実績もまるでない長治を、村人たちは温かく迎え、敬い、多くのことを語ってくれた。それがなければ、長治は今も民の暮らしぶりを知ることはなかっただろう。

そして今、別所家がはじめた戦で、領民たちは塗炭の苦しみを味わっている。唇を嚙み、長治は足を速めた。

「あっ、お殿様」

壁際に建つ粗末な小屋から出てきた若い女子が、長治に頭を下げた。

身なりから百姓の娘かと思ったが、どこかで見た覚えがある。確か、波の方配下の女武者組の稽古を検分した時に見た顔だ。戦に出る身であれば、食糧も多く支給される。他の者たちに比べれば、肌艶はいくらかましで、表情には生気も残っていた。

「思い出したぞ。室田弥四郎の娘で、確か加代と申したな。父は息災か?」

弥四郎はかつて、別所家の剣術指南役を務めていた。長治も幼い頃、その教えを受けたことがある。弥四郎は十年ほど前に戦で妻を失い、禄を返上していた。

「父は織田との戦がはじまった時に、小林村で討たれました。うちと妹、弟を逃がすために」

「そうであったか。何の慰めにもなるまいが、弥四郎は立派な武士であった。教え方はずいぶんと厳しかったが、その奥には人としての温かみがあったように思う」

「ありがとうございます。父のおかげで、うちも妹、弟もこうして生きていられるんやと思います。そやから、今度はうちが二人を守らんと」

「そうか」

「お殿様も、負けんと頑張ってください。うちもしっかり戦いますから」

邪気のない笑みを湛える加代に、長治は一瞬、戦の最中であることを忘れそうになった。

「おい……」

無礼を咎めようとした近習を制し、長治も笑みを返す。

この娘は強い。それに比べて、自分は何だ。守るべき領民を苦しめた挙句、励まされてさえいる。

居ても立っても居られず、長治はその場で大声を上げた。

「この城の主、別所小三郎長治である。皆、聞いてくれ！」

加代も近習も驚き、目を見開いている。

「数日のうちに、毛利家の大船団が、魚住の港に上陸する手筈になっている」

たちまち、周囲に人だかりができた。本来ならば、わざわざ領民に知らせるようなことではない。だが、長治は袖を引く近習に構わず、先を続けた。

「首尾よく敵の包囲を抜ければ、この城に兵糧が運び込まれるのだ」

人々の表情に、わずかな明かりが差した。ざわめきが広がっていく。

「これまで苦しき思いをさせてすまぬ。あとしばしの辛抱だ。どうか、耐えてほしい」

深く頭を下げると、方々から声が上がった。

「殿様、頭を上げてくれ。わしらは、殿様の味方じゃ！」

「俺たちの村を焼いた織田勢を追い払ってもらえるなら、空腹くらいどうってことないで！」

ゆっくりと頭を上げた。長治を囲む男女の目には、消えかけていた生気が戻っている。

これで、あと少しだけ戦えそうだ。


九月十日未明、長治は物見櫓へ登り、三木城から出陣する二千余の軍勢を見送っていた。

大将は吉親、副将に三宅治忠。そこに、櫛橋左京や波の方率いる女武者組も加わった、別所勢の主力だ。

毛利の大船団は、昨夜のうちに魚住の港に上陸し、加古川に沿って北上している。毛利が送り込んできた忍びによれば、毛利勢は夜明けには、三木城から北西へおよそ半里の平田砦に攻めかかるという。

毛利勢は八千。兵糧受け取りのために三木城から出撃する別所勢は二千余。対する羽柴勢は、六、七千の軍を三木城の周辺に築いた砦に分散して配置している。とはいえ、砦同士は距離があり、一万の軍勢で攻め立てれば、救援が来る前に落とすことは可能だ。

頼むぞ、吉親。声に出さず念じ、長治は遠ざかる軍勢を見つめ続けた。

夜が明けはじめた頃、鉄砲の筒音が風に乗って聞こえてきた。ここからでは戦場は見えない。吉親が送ってくる伝令の報告を聞くしかなかった。

平田砦では、毛利勢と羽柴勢が激戦を繰り広げていた。吉親は平田砦にほど近い大村《おおむら》に陣取り、他の砦からの救援に備えているという。

それきり、伝令が絶えた。何か、不測の事態が生じたのか。長治は城から物見の兵を出したが、それも戻らない。

ようやく伝令が城へ駆け込んできたのは、午《うま》の刻（正午頃）過ぎだった。

広間で伝令役の武者を目にした瞬間、長治は戦の結果をおおよそ察する。武者は全身に矢を受け、息も絶え絶えだった。

「羽柴筑前本隊およそ一千による側面からの奇襲を受け、お味方総崩れ」

それだけ言うと、武者は前のめりに倒れ、絶命した。

戦況がはっきりわかったのは、吉親らが帰城してからだ。居並ぶ諸将を代表して、吉親が戦の顚末を語る。

緒戦で、毛利勢は兵力差を活かして平田砦を攻め立て、守将の谷大膳亮衛好《たにだいぜんのすけもりよし》を討ち取った。谷は秀吉の古参の与力で、猛将として知られている。しかし、将を失ってもなお守兵は頑強な抵抗を続け、毛利勢は平田砦にかかりきりとなった。

大村で周辺の警戒に当たっていた吉親は、平田砦が落ちないことに苛立ち、波や櫛橋左京の反対を押し切って、毛利勢との合流を下知する。

そこに、一瞬の隙が生じた。平井山の本陣を出た秀吉の一千が接近していたことに気づかないまま別所勢は移動を開始、側面を秀吉に衝かれた。味方は傘下の有力国人、淡河定範《さだのり》以下、多くの名のある士を討たれ総崩れ。毛利勢も羽柴勢の別働隊に攻撃を受け、多くの損害を出しながら敗走していったという。

消え入りそうな声音で報告する吉親は、明らかに憔悴しきっていた。昨年四月の野口城攻防戦、十月の平井山攻めに続く、三度目の敗戦である。元来自負心の強い叔父には、連戦連敗の事実が相当に応えたのだろう。

「度重なる敗戦、もはや、一命をもって償うより他ござらぬ」

語り終えた吉親が、短刀を抜いた。

「よせ。そなたが腹を切ったところで、どうなるものでもあるまい。それより、勢いに乗った敵が三木城へ攻め寄せてくる恐れがある。今は、三木城の備えを固めるが肝要ぞ」

吉親は恥辱に顔を歪め、短刀を鞘に納めた。波や左京、三宅治忠らも、押し黙ったままうなだれている。

これで、大規模な兵糧の運び入れはさらに困難になった。城の蔵に残されたものと、敵の警戒網を縫って運び込まれるわずかな兵糧では、城内の人数を到底養えない。遠からず、三木城は本格的な飢餓に直面するだろう。

やはりこの戦は、はじめるべきではなかったのだ。織田家に勝つ道ではなく、戦にならない道を探り続けるべきだった。だが、どれほど悔やんだところで時は戻らない。そして決断を下したのは、他でもない長治自身だった。

長治は顔を上げ、重い沈黙を破った。

「この敗戦によって、我らに残されたわずかな勝機は消え去った。かくなる仕儀にいたった上は、羽柴筑前に和を求めるより他あるまい」

幾人かが、弾かれたように顔を上げげた。構わず、長治は続ける。

「こちらから和を求めるを潔しとせぬ者もおろう。だがもう、つまらぬ意地は捨てよ。たとえ別所の家が消えてなくなるとしても、罪なき民草まで道連れにしてよいはずがない。別所家が滅びても、人は残る。この美しき播磨の地を、生き残った民が蘇らせてくれる。それでよいではないか」

誰もが無言のまま、視線を床に落としていた。吉親は、かすかに肩を震わせている。

女の身で陣頭に立ち続けた波。その下にあって、戦の恐ろしさを知り尽くしながら、なおも戦場に立ち続ける伊織。城と領地、多くの配下まで失いながら、三木へ逃れて戦い続ける左京。誰もがこの一年半、歯を食い縛って戦い抜いてきたのだ。長治の言葉を受け止めるには、それ相応の時がかかるのだろう。

不思議と、長治は穏やかな心境だった。重い荷を下ろしたような清々しささえ感じる。和を求めると言っても、実質は織田家への降伏だ。口には出さなかったが、降伏の条件が長治の自害だとしても、受け入れるつもりだった。

「殿、その儀ばかりはなりませぬぞ！」

静まり返った広間に突然、吉親の怒声が響いた。

「我が別所家は、播磨の名門。百姓上がりの羽柴筑前ごときに降ったとあっては、末代までの恥にござる！」

「ならば問う。他に、この苦境を脱する術がありや否や？」

「城にはいまだ数千の民がおり、失った兵は補うことができまする。不退転の決意にて臨めば、必ずや次の勝機が訪れましょう」

「次の勝機を待ち続けて、我らは一年半もの間、空腹に耐えて戦ってまいった。その結果が、これではないのか。城内のすべての者が死に絶えるまで、敗けは認めぬとそなたは申すのか？」

「それが、武門の意地というものにござろう。殿は捨てよと仰せられるが、それがしには播州武士の誇りがござる。易々と捨てられるものにはあらず」

「意地や誇りで戦に勝てれば、誰も苦労などせぬ！」

初めて、長治は評定の場で声を荒らげた。諸将は固唾を呑んで成り行きを見つめる。

「殿。父祖伝来の三木の地を差し出すなど、先祖に恥ずかしいと思われぬのか。意地も誇りも捨てて、何の武士か！」

「吉親殿、お言葉が過ぎまするぞ！」

たまらず割って入った三宅治忠の声も、吉親の耳には届いていないようだ。向けられた視線はどこか虚ろで、焦点が定まっていない。異様な気配に、長治は息を呑んだ。

斬るべきか。そんな考えが一瞬頭をよぎったが、長治はすぐに打ち消した。今、内輪で争えば、何が起こるか予測がつかない。

大きく息を吸い、努めて穏やかな声音で言った。

「吉親。しばし頭を冷やし、よくよく考えよ。民草の命と武門の意地、いずれがより重いものなのか」

さらに一同を見回し、告げる。

「明日、改めて評定を開く。各々、しかと己と向き合い、己の頭でこれから進むべき道を考えるのだ」

腰を上げ、長治は広間を後にした。

五

一睡もできないまま、時だけが流れていた。

家臣たちは、織田家に降ることを肯《がえん》ずるのか。家中の意見がまとまったとして、秀吉はそれを受け入れるのか。不安の種は、尽きることがない。考えたところでどうにもならないが、目を閉じても眠りは一向に訪れない。

寝所では、照子と四人の子が、穏やかな寝息を立てている。四歳になる竹姫《たけひめ》。三歳の虎姫《とらひめ》。二歳の千松丸《せんまつまる》。そして今年生まれたばかりの竹松丸《たけまつまる》。この寝顔を、あと何回見られるだろう。考えると、胸が締め付けられるような痛みを覚えた。

織田家に降る。そう打ち明けると、照子は涙を流し、自らの不明を詫びた。自分の言葉が長治を戦に駆り立てたのだと、深く悔やんでいたのだろう。

夜明けまではまだ間があるが、眠れそうになかった。

今のうちに、辞世の歌でも考えておくか。体を起こしかけた時、どこかから具足の鳴る音が聞こえた。

羽柴勢の夜襲か。だが、喊声や筒音はない。

具足を鳴らしながら、いくつかの足音が近づいてきた。宿直《とのい》の者と、何か言い争っている。ただならぬ気配に、照子も体を起こし、長治の袖を摑んだ。

「何事か」

訊ねると、襖が荒々しく開かれた。

「お休み中のところ、ご無礼いたす」

吉親だった。具足に身を固め、背後に数名の武者を従えている。口元に笑みを浮かべる吉親に、長治はかすかな恐怖を覚えた。

「このような刻限に、何用あってまいった」

「殿には、急な病となっていただく」

「病だと？」

「安心召されよ。お命まで取るつもりはござらぬ。しばし、本丸御殿に閉じ籠もっていただければ、それでよい」

幽閉ということか。長治は、己の甘さに唇を嚙んだ。吉親は降伏を拒み、最後まで戦い続けるつもりなのだろう。

「他の者に、危害を加えてはおるまいな？」

「無論。されど、本丸は我が手の者で固め、誰も近づくことはかないませぬ。御家の舵取りはそれがしに任せ、殿は戦が終わるまで、ここで奥方や御子らと過ごされるがよい」


「無礼な！」

叫んだのは、照子だった。その声に、目を覚ました竹松丸が泣き声を上げる。

「殿の叔父上とはいえ、このような真似が許されるとお思いか？」

「これは、御父上を磔にされた御方の言葉とも思えぬ。織田家が憎うはござらぬのか？」

「憎い。だが、憎しみだけで戦には勝てぬ。そのようなこともわからぬそなたが実権を握ったところで、兵も民も、従いはせぬぞ」

照子の放った一言に、吉親は頰を震わせ、刀の柄に手を伸ばした。その目はすでに、常軌を逸しかけている。なおも言葉を重ねようとする照子を、長治は制した。

「これが、そなたの答えか。民草の命より、武門の意地の方が重いということか」

柄にかけた手を戻し、吉親は長治に向き直る。

「殿、考え違いなさるな。我らが起ったはひとえに、名門別所家と民草の双方を、滅びの道から救わんがため」

「ではそなたは、まだ我らに勝ち目があると？」

「無論。我らには大義があり、不屈の闘志がござる。屈することなく戦い続ければ、必ずや天は我らに味方いたす」

結局は神頼みか。声に出しそうになったが、抑えた。

「今ならばまだ間に合う。愚かな真似はやめて兵を退けば、何もなかったことにいたそう」

「そうはいきませぬ。我らは決死の覚悟をもって兵を挙げ申した。これ以上、議を戦わせるつもりもござらぬ。しばし不自由な思いをしていただくが、これも御家のためと思い、耐えられよ」

勝ち誇った笑みを浮かべながら言うと、吉親は踵を返した。

夜が明けた。

吉親が言った通り、大きな争いは起きていないようだ。慌ただしい気配は伝わってくるが、筒音も斬り合いの声も聞こえてはこない。

とはいえ、本丸御殿に幽閉された長治に、詳しい状況は知りようもなかった。

朝餉を運んできたのは、いつもの侍女ではなく、具足をまとった武者だった。武者は長治の問いに一切答えず、あの侍女がどこへ行ったのかさえわからない。

「殿。御家は、三木城はこの先いったい、いかが相成るのでしょう」

「案ずるな、照子。諦めさえしなければ、必ず道は開ける」

あの様子からすると、吉親は本気で最後の一兵まで戦い続けるつもりだろう。そうなれば、城に籠もるすべての者は老若男女の別なく死に絶える。それだけは、認められない。

戦っても降っても、自分に待つのは死しかない。だが、ここで投げ出すわけにはいかなかった。もう二度と、後悔はしたくない。

「これは、私がはじめた戦だ。何としても、この手で終わらせる」

照子の震える手を握り、長治は声を潜めて言う。

握り返してきたその手の温かさが、力を与えてくれるような気がした。

第五章　罪の在処は

一

目覚めると、妹のりつはまだ、隣の寝床で眠っていた。

寝息が荒い。咲は体を起こし、りつの額に掌を当てる。熱い。やはりまだ、熱は下がっていないようだ。桶の水で手拭いを濡らし、額に載せてやる。

空腹に耐えながら身支度を済ませ、母に言った。

「おっ母。うち、そろそろ行かなあかん。りつのこと、よろしくね」

「家のことは心配いらんから、しっかり働いて来《き》ぃや」

頷き、入り口の筵をめくって外に出た。

あたりには、同じような掘立小屋が所狭しと建ち並んでいる。村では毎朝聞こえていた、鶏や牛の声は無い。行き交う誰もが痩せ細り、体も着物も汚れきっていた。

なぜ、自分はこんなところにいるのだろう。なぜ、まだ八歳の妹が、こんな辛い目に遭わなければならないのだろう。そんな疑問さえ、今ではもう浮かばない。考えることはやめた。そうすれば、ほんの少しだけ楽になれる。

大きく息を吸い、歩き出した。

いつもと同じ、戦の下の一日がはじまる。

鳥の啼《な》き声に、咲は顔を上げた。

澄み渡った秋空の下、数羽の鳥が舞っている。

「ええなあ、鳥は」

覚えず漏らした呟きを、咲は後悔した。羨んだところで、人は空を飛ぶことはできない。この城から、抜け出すこともかなわない。

「ほら、咲ちゃん。手ぇ動かして」

隣の奈津に促され、咲は頷いた。

地面には石で組んだ炉が五つ。そこに大鍋がかけられ、老若男女が長々と行列を作っている。一日一度行われる炊き出しだ。

目の前に立つ老爺から椀を受け取り、大鍋の中の粥をよそう。中身は稗と粟で、爪の先ほどに刻まれた野草が少々。ひどく薄く、ほとんど水のようだ。

城内の食糧事情は、いよいよ切迫していた。

城のすぐ側を流れる川では、獲りすぎて魚がどんどん減っている。牛や馬は言うに及ばず、堀にいた鴨や池の鯉、犬猫の類も城内から消えた。城内の食べられる草花はほとんど採り尽くし、わずかな粥の他に口にできるのは、名も知れぬ雑草ばかりだ。

「おおきに」

力無い笑みを浮かべ、老爺が踵を返す。

この城に逃げ込んで、もう一年半が経とうとしている。

炊き出しは城内の女の仕事で、五日に一度は順番が回ってきた。城内の数ヶ所で行われているが、それでも行列は長く、全員によそい終えるまで、毎回半刻以上かかる。

最初は家ごとに米が支給され、炊事もそれぞれの家に任されていた。だが、薪を節約するために炊飯は一括で行われるようになっている。そして、籠城から半年が経つ頃には小さな握り飯になり、さらに半年が過ぎると粥になった。

以前は楽にこなしていた役目だが、今では終わるとしゃがみ込んでしまうほど疲れる。ろくに食べていないのだから、それも無理はなかった。

詳しい戦況は民には知らされていないが、日に日に目減りする糧食から、旗色が悪いのは誰もが察していた。

これまでは時折、別所勢が城から出て戦うことがあったが、先日の平田、大村の合戦で大敗を喫し、その余裕も失われている。

あの戦の後、城の侍たちの顔つきが明らかに変わった。今しばらく辛抱していれば、必ず毛利家の大軍が三木城を救いにやってくる。そう言って笑い合っていた侍たちが、今では戦の先行きについてほとんど口を閉ざしている。

城内の民への締め付けも、あの戦を機により厳しくなっていた。歌舞音曲や大道芸は禁じられ、以前はよく見かけた猿曳きも、このところ姿を見せなくなっている。

この戦は敗けるのではないか。そう口にした者が間者の疑いをかけられ、城の奥深くへ連れていかれたまま戻ってこない。そんなことが幾度となく起きている。間者を見つけて密告すれば米が貰えるという噂も、まことしやかに囁かれるようになっていた。

あれほど頻繁に城内を見廻っていた長治も、すっかり姿を見せなくなった。心配する声とともに、重い病なのだとか、家来が謀叛を起こして幽閉しているのだとか、様々な雑説が流れている。

これから先、どうなるんやろう。考えてもどうにもならない問いを振り払い、鍋の粥を掬《すく》う。

「ごめんな、これだけしか無《の》うて」

奈津の声。横目で窺うと、心から申し訳なさそうな顔で、十歳くらいの男の子に椀を渡している。受け取った男の子も、ぶっきらぼうに「ええよ。しゃあない」と答えながら、ほんの少しだけ頬を赤らめていた。その様子に、咲は頬をわずかに緩める。

奈津は、十六歳になる咲の三つ下だ。籠城がはじまってから咲は、奈津やその姉の加代、弟の弥一とともに、本当の姉弟のように過ごしている。加代は女武者組の役目が忙しいので、奈津と弥一の面倒は咲が見ることが多い。

ようやく、咲の前の行列が最後の一人になった。これでやっと休める。そう思って顔を上げた咲は、思わず顔を顰めそうになった。

「いつまで待たせせんねん。早うせえや」

苛立ちを露わに吐き捨てたのは、惣兵衛《そうべえ》という四十絡みの男だった。

三木城下に店《たな》を構える、別所家に銭を貸すほど富裕な商家、高砂屋《たかさご》の三代目だ。気性が荒い上に女癖も悪く、よからぬ噂をしょっちゅう耳にする。できれば、あまり関わりたくない相手だった。

「すんません」

ぼそりと言って、粥をよそった椀を差し出した途端、惣兵衛の顔色が変わった。

「何や、これ」

「何やって……」

「これっぽっちしかよそわへんゆうのは、どうゆう了見や、って訊いとるんや。前に並んどった爺《じじい》の方が、わしより多かったやろが。よそい直せや！」

怒声に、あたりの空気が一瞬でひりついた。

この人、こんなに大声出して、力が余ってるんやろか。そんなことをぼんやり思いながら、「すんません、もうお鍋が空で」と詫びた。頭さえ下げていれば、この面倒な嵐もいつか過ぎ去ってくれる。

「ほんなら、米蔵でも行って持ってこんかい。銭ならなんぼでもあるんや。わしが出したるわ！」

「無茶言わんといてください」

毅然とした態度で言ったのは、奈津だった。慌てて、咲はその袖を引く。

「ちょっと、奈津ちゃん……」

「みんな少しのお粥で我慢してるんです。銭があろうと無かろうと、関係ありません。贅沢言わはるなら、そのお粥も返してください」

「何やと、餓鬼が！」

今にも摑みかかってきそうな惣兵衛の後ろに、一人の鎧姿の侍が立った。そのさらに後ろには、数人の足軽を従えている。

「そのへんにしておけ」

いかにも面倒そうに言い、惣兵衛の手首を摑んで捻り上げる。侍は、二十歳を少し過ぎたくらいだろうか。顔に、いくつか刀傷のようなものが見える。

「い、痛っ……何すんねん！」

侍は悲鳴を上げる惣兵衛の手から椀を奪い、咲へ押しつけた。

「こぼれてはもったいない。持っていてくれ」

「は、はい」

咲が椀を受け取ると、侍は惣兵衛の体を軽く突き飛ばした。尻餅をついた惣兵衛がなおも喚き立てる。

「おんどれ、わしを誰や思とんのじゃ。別所家御用、高砂屋の跡取りやぞ。知らんのか！」

「そうか、それは失礼いたした。ちなみにそれがしは、別所家家臣、櫛田伝蔵。ご存じないかな？」

侍の名に、惣兵衛が顔を引き攣らせた。織田家との戦で幾度も手柄を挙げた櫛田伝蔵の名は、今や城内で知らない者はいない。

「女子供相手に怒鳴り散らす元気があるのなら、城の外に出て織田勢を蹴散らしてきてはくれぬか。それができぬと言うなら、猪の一頭でも捕まえてくれるとありがたい。きっと、城内の誰もがそなたを褒め称えてくれるぞ」

「おんどれ、若造が。わしが別所の殿様になんぼの銭貸してるか、わかっとんのか。おんどれみたいな下っ端が一生かかっても返しきれんほどの……」

「なるほど。城内でこれほどの騒ぎを起こし、御家の秘事まで暴き立てるか。となると、敵の送り込んだ間者ということもあり得るな。禍根を断つために、この場で斬り捨てておいた方がいいかもしれん。お前ら、どう思う？」

　足軽たちが頷いた。にやりと笑い、櫛田は刀の柄に手をかける。

　咲は全身を強張らせた。あの日の光景が、脳裏にまざまざと蘇る。村を焼く炎と煙、血の臭い。槍で貫かれた村人の悲鳴。胸の奥底にしまった箱から零《こぼ》れ出し、咲は必死に唇を噛む。

「ちょ、ちょう待ってくれ！」

　惣兵衛の喚き声が、咲を目の前の現実に引き戻した。

「間者やなんて、言いがかりや。堪忍してくれ……」

　憐れなほど蒼褪めた顔で懇願する惣兵衛を、櫛田は冷ややかな目で見下ろす。

「俺も空腹で気が立っていてな。あまり喚かれると、うっかり首を飛ばしかねん。敵方の間者でないならば、その椀を持って、俺の前から消えてはくれんか」

　惣兵衛はあたふたと立ち上がり、ひったくるように椀を取って駆け去っていった。

「あの、ありがとうございました」

　奈津と二人で礼を言うと、櫛田は無精髭を撫でながら、咲をじっと見つめた。

「ああ、どこかで見たことがあると思ったが、思い出した。女武者組の、加代とかいう娘の朋輩だな」

「はい、そうですけど……」

「姉をご存じなんですか？」

「何だ、お前は妹か。まあ、ちょっとな」

なぜか言葉を濁し、櫛田は頭を掻く。いざとなると気の強い加代のことだ、この侍ともどこかで悶着を起こしたのかもしれない。

「この時勢だ、気が立っている者も多い。あまり気にするな」

そう言って、足軽たちを促して歩いていく。

「怖そうな人やったけど、ええ人やったね」

「う、うん。そうやな」

侍は怖い。戦も怖い。人が死ぬところなんて、もう二度と見たくない。思いが口から溢れかけたが、大きく息を吸って堪え、作った笑顔で奈津の頭を撫でる。

「けど奈津ちゃん。いくら正しいことでも、言われたら怒る人もおるから、気をつけなあかんよ」

「わかっとうつもりなんやけど、つい……」

加代も、納得のいかないことがあると、普段からは想像もできないほど強情になる。加代や奈津のような強さが、自分にはない。だから、戦というとてつもない理不尽にも、こうして頭を垂れて耐えるしかなかった。悲しみも、憤りや口惜しさも、時さえ経てば、いつかは遠いものになるはずだ。

これでいい。こうするしかない。頭ではわかっていても、正しいと思ったことを口にできる加代や奈津が、時折羨ましいと思う。

胸に去来するものを押し殺し、再び奈津の頭を撫でた。

「やっぱり姉妹やね。そういうところ、加代ちゃんとそっくりやわ」

「そうかなあ」

「うん」と、奈津に笑いかけるが、それも作り笑いだ。

村が襲われたあの日から、咲は心の底から笑ったことがない。

二

十月半ば、咲はたった一人の妹を喪《うしな》った。

りつは元から丈夫な質《たち》ではなかったが、普段なら薬湯を飲んで二、三日も寝ていればすぐに治るような病だった。だが、薬は武士に優先して与えられ、庶民にはほとんど回ってこない。滋養もまるで足りず、隙間風の吹く寝床では、回復など望めるはずもなかった。

うなされ、苦しみながら力を失っていくりつに、咲も母も、何もしてやることができなかった。

亡骸は小林村の村人たちに手伝ってもらって、城内の馬場に埋葬した。城内で死んだ者はここに埋められることになっているが、もうほとんど空きがなくなっている。

「なあ、加代姉、何でや。何で、りっちゃんが死ななあかんの……」

そう言って、奈津は泣きじゃくった。奈津を抱きしめる加代や弥一も、涙を流している。だがなぜか、咲は泣くことができない。

今までよう頑張ったね。これでもう、苦しまんでええね。手を合わせ、咲は心の中で妹を労《ねぎら》った。

「とうとう、二人っきりになってしもたね」

小屋に戻ると、母のなかがぼそりと言った。咲の一家は城に逃げ込んで以来、城の南西の月輪寺に近い郭で小屋掛けしている。一家四人が横になるともう足の踏み場もなくなるほど狭かったが、今ではずいぶんと広く感じた。

父は、昨年十月の平井山合戦に駆り出され、戻ってこなかった。ともに戦った村人の話では、敗走の途中に鉄砲で撃たれ、娘たちの名を呼びながら息絶えたのだという。

「最後に、あの子の好きな甘葛《あまずら》のお団子、お腹いっぱい食べさせてあげたかったわ」

団子という母の言葉に、腹の虫が反応した。甘葛の甘みを思い出し、ごくりと喉が鳴る。

こんな時でも、空腹は消えてはくれない。自分の卑しさを思い知らされるような気がして、咲は話題を変えた。

「なんだか、この家も広う感じるわ」

咲の言葉を聞いているのかいないのか、母はぼんやりと宙を眺め続けている。

そういえば、父が死んだ時も涙は流れなかった。自分は、ひどく冷たい人間なのかもしれない。

不意に、頭に冷たい雫《しずく》が落ちてきた。雨だ。

あり合わせの木材で建てたので、壁は隙間だらけで天井からは雨漏りがする。床は地面の上に藁《わら》を敷き詰めて筵を並べただけなので、冬の底冷えもひどい。こんなところで一年半も暮らしていれば、体の弱いりつが病になるのも当然だった。

「いつになったら、村に帰れるんやろう」

虚ろな目で言う母に、何と声をかければいいのか咲にはわからない。

「もう寝よう、おっ母。明日はうち、朝から炊き出しに行かなあかんから」

日はとうに落ちていた。雨はまだ降り続き、床に置いた桶に落ちる雫が、ぽつりぽつりと音を立てている。

支給された夜着にくるまり横になっていると、どこかから喊声が聞こえてきた。鉄砲の音もする。

体を起こし、じっと耳を澄ました。声はかなり遠くで、それ以上近づいてくる気配はない。

九月の合戦で別所勢が敗けて以来、数日に一度はこんなことがある。敵がこちらを疲弊させるために、夜襲をかけるふりをしているだけなのだと、いつか加代が言っていた。

「咲……」

「おっ母、べっちょない。どうせ攻めては来《け》ぇへんよ」

そう答えながらも、心の臓はいつもより速く脈打っていた。綿を耳に詰め、再び横になる。

こんな夜を、あと何度過ごせばいいのだろう。自問しかけて、首を振る。きつく目を閉じ、眠りが訪れるのをひたすら待った。

妹の夢を見た。

りつはまだ元気で、小林村も焼かれてはいない。いつものように牛が啼き、村人たちは野良仕事に精を出している。りつは皿に盛られた甘葛の団子を、これ以上の幸せは無いといった満面の笑みで頬張っている。

何ということもない夢だったが、目が覚めた時、咲は胸を抉られるような痛みに震えた。

　体が弱く、外で遊べない分を取り戻すように、りつはよく笑っていた。父の他愛ない軽口で声を上げて笑い、誰々の家で子牛が生まれたと言ってははしゃぐ。城に逃げ込み、父がいなくなってからも、咲や母を励ますように明るく振る舞っていた。今思えば、りつの方が、自分よりもずっと大人だった。

「咲ちゃん、どうしたの？」

　奈津の声が、咲を現実に引き戻した。目の前では、腰の曲がった老婆が椀を手に待っている。慌てて椀を受け取り、鍋の粥をよそって返す。

「無理したらあかんよ。しんどかったら、別の人に替わってもらえるよう頼もか？」

「あ、うん。べっちょない」

　いつの間にか、人から心配されるたび、「べっちょない」と答えるのが習い性になっていた。空腹も、明日への不安も、誰かに訴えたところでどうなるものでもない。それなら、どうということもないような顔をしていた方が、まだ気が楽だ。

　ようやく行列を捌ききり、鍋を片付けようとしていると、あたりが騒がしくなった。見ると、別所家の武者たちが十人ほど、厳めしい顔つきで歩いてくるところだった。罪人だろうか、縛り上げられた小柄な男を一人、引き立てている。

「皆の者、聞けい！」

一際《ひときわ》立派な鎧の武者が、大音声を上げた。

「この者は、織田の間者であることが判明いたした。芸人に身をやつし、城内の様子を探っては、敵方に報せておったのだ」

座らされた罪人の顔を見て、咲は危うく声を上げそうになった。奈津と顔を見合わせる。

拷問を受けたのか、男の顔はあちこちが腫れ上がっている。だが間違いない。城内でよく見かけていた、あの猿曳きだ。戦がはじまる前にも、城下で加代や菊と一緒に見物したことがある。

「敵方に通じた者はどのような末路を辿るか、しかと見届けるがよい」

鎧武者は刀を引き抜き、猿曳きの背後に回った。

ぞくりと、背筋が震えた。目を背ける暇もなく、鎧武者は刀を一息に振り下ろす。ごとりと音を立て、猿曳きの首が落ちた。奈津が「ひっ」と喉を鳴らし、咲に縋《すが》りつく。

「こ奴は、このあたりをねぐらにしておった。二度とこのようなことの無きよう、今後は怠りなく、しかと周囲に目配りいたせ。間者を見つけて我らに報せた者には、相応の恩賞が与えられようぞ」

刀の血を拭って鞘に納め、鎧武者は続ける。

「そなたたちが飢えに苦しんでおるのは、殿もようおわかりくださっておる。されど、大義は我らにある。敵が幾千、幾万おろうとも、最後に勝つのは我らぞ。この苦しみの先には、必ずや勝利がある。そのことを肝に銘じ、日々に励むがよい。播州人の誇りを見せるは今、この時ぞ！」

勇ましく声を張り上げ、鎧武者は踵を返す。部下の兵も、近くにいた者たちに骸を城外へ捨てるよう命じ、引き上げていった。

大仰に語られても、感じるのは白々しさばかりだった。それよりも、よくもあんなに大声が出せるものだ、お腹は空いていないのだろうかという疑問の方がずっと大きい。きっと、あの武者たちは武士であるという理由だけで、民よりもたくさん食べているのだろう。

同じようなことを思っているのか、集まった民は皆、鼻白むような顔で残された骸を眺めている。

「咲ちゃん。あの猿曳きのおじさん、ほんまに間者やったのかな。すごくええ人に見えたけど……」

「わからへんよ、うちには」

考えるな。考えても、苦しさが増すだけだ。自分に言い聞かせ、咲は骸から目を背けた。

三

天正七年も残すところあと数日となったある日の早朝、咲は空の籠を背負い、城の北にある三ノ丸の広場にいた。

あたりはまだ暗く、吹きつける風は氷でできた刃のように冷たい。だが、集まった女たちが身を硬くしているのは、寒さのせいだけではなかった。

「ほんまに大丈夫やろか」「不安やわ」「うち、幼い娘がおるのに」そんな声が、方々から聞こえてくる。

炊き出しの他にも、城内の女たちの仕事は山のようにあった。水汲み、将兵の着物の洗濯、負傷者や病人の世話はもちろん、不要な建物を潰して薪にするのも、伐った竹から矢柄を作るのも、女の仕事だ。

この日は城外に出て、放棄された村から衣類や道具類、食糧になりそうな物を探して回収するという役目だった。選ばれるのは、若くて足腰の丈夫な百姓の娘が多いが、咲がこの役目に就くのははじめてだった。

城下はあらかた探し尽くしたので、この三月ほどは三木郊外の村々を回っている。まだそうした例は無いが、城から離れている分、敵と出くわす恐れもあった。

回収に当たるのは、咲も入れて十人。これに、同じ人数の護衛が付くことになっている。

咲は帯に差した短刀に手をやり、その感触を確かめた。短刀は、万一の時のために支給された物だ。これで敵と戦えということなのか、それとも自害しろということなのか。いずれにしても、考えただけで胃の腑がきゅっと縮まるような感覚を覚える。

「あんた、顔色悪いけど大丈夫？」

近くにいた女が声をかけてきた。

「はい、べっちょないです。ちょっと緊張しとうだけで」

「そう。それならいいけど。辛くなったら言いなよ」

あまり見かけない顔だ。播州訛《なま》りも無い。

よく見れば、色白で目鼻立ちの整った美人だった。歳は、二十代半ばくらいだろうか。立ち姿には村娘たちに無い色香が漂い、唇には薄っすらと紅も引いている。

「あたしはゆき。よろしくね。あんたは？」

歩きながら、先刻の女が話しかけてきた。

「うちは咲、言います」

訊ねてもいないのに、ゆきは身の上を語り出した。お喋りが好きな質らしい。

「あたし、生まれは東国なんだけど、色々あって子供の頃に京に上ってね。それからはあちこちを転々として、一昨年《おととし》の三月からは三木城下のお店で働いてたんだ。けど、播磨へ来て早々に、この戦騒ぎでお城に逃げ込む破目になって」

どんな店かは訊ねなかった。よくは知らないが、たぶん遊女の類だろう。

「だから、お城にほとんど知り合いはいなくってね。咲ちゃん、お友達になってよ」

あっけらかんと言うゆきに、咲は目を瞬かせた。変わった人だと思いながら「はあ、ええですけど」と答えると、ゆきは嬉しそうに笑う。

「静まれ」

野太い声が響き、女たちの私語がぱたりと止まった。

前に立った鎧武者を見て、咲は「あっ」と小さく声を上げる。

「今回、護衛に当たる櫛田伝蔵だ。よろしく頼む」

櫛田はちらとこちらに目を向けたが、気に留めるふうもない。

「そなたたちの役目は、少しでも多くの糧食を確保し、無事に城まで戻ることだ。いざという時は我らが楯となるゆえ、脇目も振らず城へ逃げ帰れ。よいな」

櫛田の下知で門が開き、武者たちを先頭に一行が進み出した。

城に逃げ込んで以来、城外に出るのははじめてだ。不安は拭えないが、久しぶりに広い場所に出られたことが、ほんの少しだけ嬉しくもある。

冬枯れの野を、無言のまま歩いた。ここからでも織田方の本陣が置かれた平井山が見えるが、かなりの距離がある。もし見つかったとしても、わざわざ襲いには来ないだろう。

あの平井山から城へ逃げ戻る途中で、父は死んだ。咲とりつの名を呼びながら。

あそこに父を殺した敵がいて、今ものうのうと生きている。そう思うと、憎しみで腹の底が熱くなる。

四半里ほど歩くと、目指す村が見えてきた。ここから見る限り、二十軒ほどある家はすべてそのまま残っていて、略奪に遭った形跡もない。ありがたいことに、鶏の姿まで見える。久しく忘れていた卵の味を思い出し、喉が鳴った。

「よし。二人一組に分かれ、捜索にかかれ」

櫛田の下知を受け、咲はゆきと組んで一軒の民家に入った。

さして大きくもない、土間と板の間があるだけの普通の民家だが、咲はどこか懐かしさを覚えた。

一年半以上も放置されていたとあって、中はひどい有様だった。

一歩足を進めるたびに、埃が舞い上がる。織田勢の襲来で、慌てて逃げ出したのだろう。囲炉裏には鍋がかけられたままだ。鍋の中身は腐り果て、何だったのかもわからない。

鼻と口を手拭いで覆い、目ぼしい物が無いか物色する。

「なんか、盗人になったみたいだね」

ゆきの呑気な軽口を受け流して台所を漁《あさ》っていると、梅干しの入った壺が出てきた。匂いを嗅いでみる。何とか食べられそうだ。

「見て。こっちはお味噌があったよ」

「うん、ちょっと黴《か》びてるけど、そこだけ捨てればいけそうや。食べられそうなのは、これくらいやね」

「じゃあ、次は着物、行こうか」

どこかはしゃいでいるようにさえ見えるゆきに半ば呆れかけた咲は、ふと視界の隅に違和感を覚えた。

板の間に置かれた、小ぶりな葛籠《つづら》。蓋は開いているが、中身は無い。床に動かした跡があるが、そこにはなぜか、埃が積もっていなかった。

「まさか……」

思い至り、どっと汗が噴き出す。

「ゆきさん！」

叫んだ刹那、外から女の悲鳴が聞こえた。ゆきと二人で外に飛び出す。

向かいの家から、胴丸を着け、刀や槍を手にした数人の足軽が駆け出してくるのが見えた。一人の持つ刀の切っ先からは、血が滴っている。胴丸に描かれているのは忘れもしない、木瓜の紋。

「織田勢だ、討ち果たせ！」

櫛田が叫ぶ。たちまち、駆けつけた別所の武者たちと斬り合いがはじまった。怒号が響き、血飛沫が上がる。櫛田が刀を振った。足軽の腕が飛び、咲の足元に落ちる。

「ひっ……」

喉の奥から悲鳴が漏れた。思わず尻餅をつく。

腕を飛ばされた足軽が、うずくまったまま咲を見た。残った片腕で刀を摑み、立ち上がる。

「返せ、俺の腕……！」

幽鬼のような声音で言って、足軽がこちらへ向かってくる。

悪い夢でも見ているような心地だった。恐怖のあまり、まともに息もできない。

「咲ちゃん、逃げて！」

ゆきが叫ぶ。耳に届いてはいるが、体がまるで言うことを聞かない。足軽が刀を振り上げる。咲は思わず目を閉じた。

だが、痛みは感じなかった。恐る恐る目を開く。

足軽は、咲の目の前で立ち尽くしていた。その首に、短刀が突き刺さっている。短刀の柄を握っているのは、ゆきだった。

ゆきが刃を引き抜く。傷口から噴き出した血がゆきに降り注ぎ、咲の頬にもかかった。

足軽が膝をつき、崩れ落ちていく。

助かった。安堵と同時に、返り血に染まったゆきに、恐怖を覚えた。噎《む》せ返るような血の臭いに、気が遠くなっていく。

「咲ちゃん、しっかり！」

咲の耳には、ゆきの声が、ここではないどこか遠いところで響いているように聞こえた。

四

城を囲む織田兵は時折、軍規を犯して陣を抜け、焼かれていない村で金目の物の略奪を行うことがあるという。咲たちが出くわしたのも、恐らくはそうした者たちだろうと、後から説明を受けた。

あの後、城に戻った咲は熱を出し、床に就いた。

「俺の斬り方が甘かったせいで、恐ろしい思いをさせた。すまん」

見舞いに訪れた櫛田伝蔵は、そう言って干《ほ》し飯《いい》の入った袋と鶏の卵をくれた。詫びの証《しるし》ということらしい。

それからも、櫛田はたびたび咲の小屋を訪れ、なけなしの食糧を置いていってくれた。

「何で、うちにこんなにも？」

一度訊ねてみると、櫛田は笑みを浮かべて「こう見えても、俺は少食でな」と戯言めかした後で答えた。

「俺は、人であることをやめたくないのかもしれん」

その言葉の意味は、咲にはわからない。だがその笑みは、これまで見た櫛田からは想像もつかないほど弱々しかった。

侍は怖い。でも、この人はほんの少しだけ、他の侍よりましかもしれない。

久しぶりの米と卵のおかげか、熱はすぐに下がった。だが、立ち上がって動けるほどの力は戻ってこない。体がどうこうという以上に、気力がどうしても湧いてこないのだ。

奈津と弥一、そしてゆきは、よく見舞いに来てくれた。加代は務めの合間を縫って、こっそりと食べ物を差し入れてくれる。それは女武者組に支給される干し飯だったり、加代がどこからか捕まえてきた田螺《たにし》や小指の先ほどの小魚だったりした。

母が不在のある日、咲はゆきにせがんで京の都の話を聞かせてもらった。

神社仏閣や市に並ぶ珍奇な品々。艶やかな小袖や打掛に、綺麗な細工の施された櫛や髪飾り。南蛮人という、鼻が天狗のように高く、金色の髪を持つ人々の話も聞いた。中でも興味を惹かれたのは、金平糖という南蛮渡来の菓子だ。綺麗な色をした砂糖菓子で、口に入れると甘く溶けていくのだという。

「ええなあ、美味しそう。いつか、食べてみたいな」

「この戦が終わったら、行ってみようよ」

そう言ってゆきは笑うが、そんな日はきっと訪れない。それでも、この城の外にも広い世界があって、様々な人が生きている。ゆきの話は、そんな当たり前の事実を思い出させてくれた。

「ゆきさん、あの時はありがとう。ゆきさんがおらへんかったら、うち……」

「もういいよ。お互い、もう忘れよう」

「うん」

咲を助けるために、人を殺《あや》めた。だがそれを、ゆきはおくびにも出さない。思えば、あの時のゆきには、一切の躊躇《ちゅうちょ》がなかったように思える。

もしかすると、ゆきはこれまでにも、人を殺めたことがあるのだろうか。思ったが、訊けることではなかった。

「そんなことより咲ちゃん、あのお侍様とはどうなってるの？」

「え？」

「櫛田様。何度もお見舞いに来てくれてるんでしょ。嫁に来てくれとか、言われてないの？」

考えてもみなかった。ゆきはにやにや笑いを浮かべながら、「どうなの？」と咲の顔を覗き込む。

「で、でも、うちは百姓の娘で身分も違うし、その、今はみんなが大変な時やから……」

「そんなの関係ないよ、咲ちゃん。あたしたちはこんな目に遭ってるんだから、少しくらいわがまま言ったって、罰は当たらないよ」

ゆきが、咲の痩せた手を握る。その手は温かく、声音は穏やかで優しい。

「うん」と頷いてはみたものの、咲には誰かに嫁ぐ自分が上手く想像できなかった。

幸せな自分の姿を思い描くたび、どこかから声が聞こえる。父や妹が死んでも涙さえ見せない人間が、人並みの幸福を望むのか。そんな声が、脳裏に響く。

このまま足腰が萎えて、ゆっくりと死んでいくのかもしれない。

それはそれで、敵兵に嬲《なぶ》りものにされた後で斬り殺されるよりはずっとましだ。早く元気になれ。こんなことで負けるな。死んだりつの分まで、しっかりと生きろ。そんな声はすべて、綺麗事にしか聞こえない。

臥せっている間に年が明けた。

去年と同じく、新年らしい浮かれた雰囲気はどこにもない。それでも去年は、城内の者に小さな餅が配られた。しかし、今年はそれも無い。

炊き出しの粥は、三月前のさらに半分ほどにまで減っていた。手で触れただけでわかるほど、頬の肉が落ちた。寝返りを打つのさえ億劫になった。母も次第に口数が減り、その足取りは覚束《おぼつか》なくなっている。

月のものが、来なくなった。たぶん、滋養が足りないせいだ。普段はあんなに憂鬱なのに、来なければ来ないで不安になる。

水源だけは確保されているので、喉が渇くことはない。しかしそれが逆に、このまま死にたくないという思いを掻き立てもする。

わずかな食べ物を巡る諍《いさか》いが、城のあちこちで起きていた。時には刃傷沙汰になり、人死にが出ることもあるという。

高砂屋惣兵衛が死んだという話を耳にした。何でも、徒党を組んで城を抜け出し、織田勢に投降しようとしたが、露見して別所兵に斬られたのだという。一党の首は、城内で晒し物になったそうだ。

こんな状況でも、別所吉親は徹底抗戦を呼びかけていた。

名門別所家が敗れるはずがない。今は苦しくとも、耐え続ければ必ずや光明は射す。吉親本人か、あるいはその取り巻きが訴える声が聞こえてくるが、胸に響くものは何も無い。別所家中では、和睦や降伏を訴える者は次々と役職を解かれ、一兵卒に落とされているらしい。

時々、どこかから肉を煮る匂いがした。それは決まって、夜中のことだ。城の中にはもう、鼠一匹いないはずだ。肉など、どこにもあるはずがない。

ああ、そうか……あれは、人だ。


枕元に、一匹の蟻がいた。

考えるより先に重い腕を持ち上げ、指でつまむ。口に放り込んで歯で潰すと、口中に酸味が広がった。

生きた虫を口にすることに、もう抵抗は感じない。早く楽になりたい。頭ではそう思っても、体は浅ましいほどに滋養を求めている。米も魚も、芋虫や木の根も、飲み下してしまえばさしたる違いは無い。

城の者たちはここまで弱りきっているのに、敵はなぜ、攻めてきてはくれないのだろう。罰でも与えているつもりなのだろうか。それほどの罪を、自分たちは犯したのだろうか。

もういい。面倒だ、眠ってしまおう。そう思って目を閉じた時、「御免」という聞き覚えのある声が聞こえた。母はいない。苦労して上体を起こし、「どうぞ」と促す。

筵をめくって入ってきたのは、櫛田だった。鎧は着けず、平服姿だ。手には、竹筒と椀を持っている。

「それは？」

「重湯だ。飲め」

椀に注がれたのは、透き通った汁だった。かすかに湯気が立つその汁には、小さな肉片のような物もいくつか浮いている。ただの重湯でないことは、その匂いが示していた。

「まずは汁だけ飲んで、胃の腑を慣らせ。肉はそれからだ」

何か重大な、後戻りのできない選択を迫られている。これを口にすれば、残りの一生を後悔の念に苛まれながら生きることになるかもしれない。それでも、久しく嗅いでいない脂の匂いに、口の中からは自然と唾が湧き出した。

「櫛田様。一つだけ、訊いてもええですか?」

「何だ」

「これを飲んで、お肉を食べても、うちは人でいられますか?」

数拍の間を置き、櫛田は「ああ」と答えた。

「俺も食った。それが罪だと言うのなら、それでも構わん。生きていれば、その分罪は増えていく。それも、人というものだろう」

「けど……」

「城の上の方の連中は、しっかりと腹を満たしている。領民に与える糧食を削ってな。将兵の中にも、おこぼれに与るために奴らにすり寄る者は多い」

陰で囁かれている噂だった。吉親やその取り巻きたちの壮健ぶりを見て、民は疑いを暮らせている。やはりそうか、という程度の感慨しか浮かばない。

「奴らはもう、人であることをやめている。だが俺は、あの連中と同じにはなりたくない。たとえこの戦に敗けて死ぬのだとしても、せめて、誰か一人くらいは救うことができたと思いながら死んでいきたい」

「ご自分が満足して死んでいくために、うちを救うてくださるんですね。何やら、身勝手な話やな」

腹の底に、熱いものが点った。なぜか、頭に浮かんだことがそのまま口を衝く。

「あんたらお侍の都合で戦をはじめて、あんたらの都合で情けをかけられる。けど、うちらを童の玩具《おもちゃ》と一緒にせんでください。こんなに痩せ細っても、心の臓は動いてる。ちゃんと生きてるんや」

斬られるかもしれない。そう思ったが、溢れ出す言葉は箍《たが》が外れたように、自分でも止めることができない。これまで忘れていた、いや、見て見ぬふりをしてきたものが、体の奥深い場所から突き上げてくる。

そうだ。これは、怒りだ。うちは、怒ってるんや。頭の片隅で思いながら、より強い口調で言葉を吐き出す。

「誰かを好きになったり、子を産んだり、そんな普通のことを、うちはまだ何にもやってへん。うちよりずっと若いりつも、死んでしもうた。全部……全部、あんたら侍のせいや！」

それだけ言うと、もう言葉は出てこなくなった。狭い小屋の中に沈黙が降りる。

荒い息を吐きながら我に返り、顔を上げた。

櫛田は激昂することもなく咲の顔をじっと見つめていた。それから、少し悲しげな笑みを浮かべて言う。

「そうだな。お前の言うことは、一つも間違っていない。今日のことは忘れてくれ」

櫛田が腰を上げる。

何か大切なものが指の間から零れ落ちていくような気がして、咲は手を伸ばし、櫛田の袴の裾を握った。

「飲みます。飲ませてください」

「……いいのか？」

「あなたが背負った罪を、うちも背負います」

櫛田は少し驚いたように束の間こちらを見つめ、頷く。

咲は椀を取った。食欲と後ろめたさが同時に込み上げる。意を決し、まずは汁を啜った。ほんのわずかだが、貴重な塩で味つけがしてある。飲み込むと、胃の腑がかすかに温かくなった。

震える箸で、肉片を摘まむ。じわりと、恐怖が込み上げた。蟻や芋虫を口にするのとは質が違う、もっと根の深い恐怖。

食べろ。頭の中で、誰かが囁く。生きるためだ。このまま死にたくはないだろう？

そうや。うちは、死にたない。こんな阿呆みたいな戦に、殺されてたまるか。

肉片を口に入れ、嚙み潰す。味わうという意識もないままに咀嚼《そしゃく》し、飲み下した。滞っていた血が、ゆっくりとだが流れ出すような心地。元が何であろうと、滋養を摂り入れた体は喜んでいる。

椀の汁をすべて平らげると、頰のあたりが熱くなった。なぜか、目の前の櫛田の姿が滲んで見える。

涙。父やりつが死んでも流れなかったものが、なぜか今、止めどなく溢れてきた。それはすぐに、嗚咽へと変わっていく。

「ほんま最低やな、うちは。こんな醜い女、生きてへん方がええのかも……」

自嘲したが、櫛田は笑ってはくれなかった。

「命があることを恥じるな。それこそ、生きたくとも生きられなかった者たちへの侮辱だ」

櫛田の眼差しは、真剣そのものだった。きっと、自分とは比べ物にならないほどの死を、目の当たりにしてきたのだろう。その中にはもしかしたら、咲の父もいたかもしれない。そんなことを考えていると、櫛田が顔を背け、ぽつりと呟いた。

「少なくとも俺は……」

「え、何ですか。よう聞こえへんかったわ」

「いや、いい。何でもない」

「気になるやないですか。言うてください」

「いいと言っているだろう」

怒ったようにそっぽを向く櫛田に、咲は思わず噴き出した。

「うちに死なれたら困るんやったら、ちゃんとうちの顔見て言うたらええのに」

「お前、最初から聞こえていたのか！」

うろたえる櫛田と顔を見合わせ、それから二人で声を上げて笑う。

これはきっと作り笑いじゃないと、咲は思った。

五

少しずつ、立って歩いてみることをはじめた。

最初のうちは小屋の中を歩き回るだけで精一杯だったが、しばらく続けているうちに外へも出られるようになってきた。

小屋に籠もっていたのは半月足らずだが、城内の様子は一変していた。

あちこちに生えていた木々は、皮がすべて剝ぎ取られ、雑草の一本も見当たらない。地面は、虫を捕るために掘られた穴だらけだ。小屋が建ち並ぶあたりは静まり返り、出歩く人の姿はほとんど見られない。

炊き出しは、数日前を最後にとうとう行われなくなった。城外での食糧調達はまだ続いているが、織田勢に待ち伏せされることが増え、死者が続出しているらしい。

城内の警戒に当たるはずの足軽は、城壁にもたれて座り込み、虚ろな目を虚空に投げている。それを咎める武者たちの姿は見えない。

郭の隅には、無数の骸が放置されていた。誰もが、他人を埋葬する体力を惜しんでいるのだろうか。それとも、骸はすでに単なる食糧と化し、手近なところに置いておかれるのか。

二人の男が、のろのろと歩いてくるのが見えた。咲には目もくれず、郭の隅へ向かっていく。二人は言葉を交わすこともなく、いくつかの骸を確かめ、選んだ一体を運び去っていく。無表情の貼り付いた虚ろな顔つきは、まさに餓鬼そのものだった。

咲は、嫌悪の念に背筋が冷たくなるのを感じた。だが、あの男たちを責めることはできない。自分も、そして恐らくはこの城にいるほとんどの者も、同じ罪を背負っている。

二人の姿が見えなくなると、咲はその場にへたり込んだ。吐き気が込み上げるが、胃の腑の中には吐き出せる物など何も無い。

ようやく立って歩く気になれたのに、目に映るのは地獄のような光景ばかりだ。

「……助けて」

掠れた声が漏れた。

「誰か、助けて……」

再び口にした刹那、法螺貝の音が響いた。どこか遠くで喊声が上がり、地鳴りのような足音が聞こえてくる。

いつもの威嚇か。だが、まだ日は高い。小屋の中から、わらわらと人が出てくる。

城内で早鐘が打ち鳴らされた。敵襲。物見櫓から、兵が叫んでいる。ついに、敵が総攻めをはじめたのだ。

「敵は南から来るぞ。女子供は二ノ丸へ逃れよ！」

駆けつけた武者が叫んだ。瞬く間に混乱が巻き起こる。民は恐慌を来し、我先に北の二ノ丸へ逃げはじめた。倒れた誰かを別の誰かが踏みつけ、悲鳴が上がる。

呆然と座り込む咲は、視界の隅に奈津と弥一を見つけた。加代はいないのか、二人で不安そうに身を寄せ合っている。

「……冗談やない」

呟き、立ち上がった。思うように力の入らない両足を殴りつけ、二人に駆け寄る。

「咲ちゃん！」「咲姉！」

縋りつく二人の頭を撫でた。

「べっちょない。あんたらは絶対、うちが死なせへんよ」

喊声はもう、城のすぐ近くまで迫っていた。鉄砲の音も聞こえてくる。加代は、またどこかで戦っているのだろうか。母は、無事に逃げているだろうか。敵が城に雪崩れ込んできたら、自分たちは……。

「べっちょない」

もう一度呟き、足に力を籠めた。

絶望している暇はない。どれほど重い罪を背負おうと、生きてやる。絶対に、みんな揃って生き延びてやる。

咲は二人の手を取り、二ノ丸へ向けて駆け出した。

第六章　餓鬼と修羅

一

敵襲を告げる早鐘の音を掻き消すように、怒号と喊声が押し寄せてきた。

地鳴りにも似た足音と耳を聾するほどの筒音が、敵が相当な大軍であることを知らせている。

「ようやく来たか」

掠れた声で、蔭山伊織は呟いた。

これまでのような牽制や虚仮威《こけおど》しではない。敵は、本気でこの戦を終わらせるつもりだろう。来るべき時が、ついに来たということだ。

陣屋の柱にもたれかかっていた伊織は、腰に下げた革袋から、小石ほどの肉片を取り出す。燻《いぶ》して保存できるようにしてあるが、これがいざという時のために取っておいた、最後の〝肉〟だった。

城内に逃げ込んできた民よりましとはいえ、もう二月《ふたつき》以上も米を口にしていない。四肢は痩せ細り、胃の腑は寝ても覚めても痛みを訴える。体を動かすことはおろか、何か考えるのさえ億劫になっていた。

肉を口に放り込み、ゆっくりと咀嚼する。今生で最後に口にする食い物になるかもしれないが、味わっている暇などない。軟らかくなった肉を飲み下すと、胃の腑が熱を持ち、体に血が巡りはじめるような気がした。

できれば、無様な最期を遂げたくはない。ほんの一時だけ、立って戦える力。それさえ得られれば十分だ。

伊織は胸に下げた匂い袋を鼻に押しつけ、大きく息を吸った。

以前よりも、香りはだいぶ弱くなっている。それでも、慣れ親しんだ甘く涼やかな香りに、安らぎを感じることができた。この香りを嗅ぐのも、これで最後だろう。じきに、お香に会える。この世に生まれ落ちることのできなかった我が子の顔を見ることも、できるかもしれない。

刀を摑み、立ち上がる。まだ滋養が行き渡っていないせいか、体がふらついた。以前は体の一部のように馴染んでいた刀さえ、ひどく重く感じる。敵が攻めてきたというのに、頭の働きはどこか鈍く、戦がはじまるという緊張さえ感じない。

重い鎧兜は身に着けず、鎧直垂に籠手《こて》と脛当てだけの小具足姿だ。他の将兵も、鎧兜を着けた者はほとんどいない。痩せ細った顔に表情と呼べるものはなく、緩慢な足取りで持ち場へと向かっている。

伊織が配されているのは、三木本城の南に築かれた出城、鷹尾山城だった。以前は別所吉親が守将だったが、昨年九月の平田、大村の合戦に敗れて以来、吉親は三木本城の本丸に詰めている。代わって長治の弟友之《ともゆき》が守将を務めていた。

敵が攻め立てているのは、目と鼻の先にある宮《みや》ノ上《うえ》砦だ。鷹尾山のさらに南に位置する、八幡山の尾根に沿って築かれている。

東西に長く屛風のようにそびえる八幡山は、鷹尾山や三木城が築かれた台地よりも高く、砦からは城内の様子が丸見えだ。ここと鷹尾山城の二つを落とされれば、三木城は首筋に刃を突き付けられたも同然だった。

宮ノ上砦には五百の守兵が置かれているものの、満足に戦える者はほとんど残っていないはずだ。

鷹尾山城にも五百の兵がいるが、戦に耐えられそうな者は半数にも満たない。守りを固めるのに精一杯で、とても救援に向かう余裕はなかった。宮ノ上砦の陥落は、時間の問題だろう。

矢倉門の手前では、すでに味方の兵が持ち場についていた。加代や藍ら、女武者組の姿もある。

長い籠城と飢えで、女たちも例外なく疲弊していた。いずれも、長かった髪を肩のあたりで切り揃えている。少しでも体を軽くするためか、あるいは、すでに死を覚悟しているということなのか。顔も身に着けた小袖や袴も汚れきり、かつての華やかさは見る影もない。立っているのがやっとの者も、少なくはなかった。

塀際では、百名ほどが弓や鉄砲を手に待機しているものの、力はほとんど残っていないように見える。この様子では、長く鉄砲を構えることも、弓を引き続けることも難しいだろう。

苦労して矢倉門に登ると、波と友之の姿があった。

「叔母上。まことに、救援の兵を出さぬのですか？」

友之が、苛立たしげな面持ちで波に訊ねた。まだ二十一歳と若く、血気に逸っている。平井山合戦で討たれた末弟、治定の仇討ちという思いもあるのだろう。

「兵を出したところで、焼け石に水。今は守りを固め、宮ノ上から敗走してくる味方を一人でも多く収容することこそ肝要です」

諭すような口ぶりで、波が答えた。毅然と振る舞ってはいるが、白磁のようだった肌はかさつき、美しく艶のあった髪には、白い物がかなり増えている。

宮ノ上の将兵にはすでに、守りきれないと見たら速やかに引き上げるよう伝えてあった。

「門を開け。じきに、宮ノ上砦から味方が引き上げてまいる。弓、鉄砲衆は、追ってくる敵をよく狙って放て。無駄な力は使うでないぞ」

波の下知が響いた。

砦を捨てて逃げ出した味方が、山を下ってこちらへ向かってくる。具足も着けず、足取りも覚束ない兵たちは、敵の矢玉の格好の餌食だった。ある者は血を撒き散らしながら、次々と斜面を転がり落ちていく。戦とも呼べない、一方的な殺戮だ。

向かってくる味方は、百名いるかどうか。後は降るか、討たれたかだろう。追ってくる織田兵は、少なく見積もっても三百は下らない。

「十分に引きつけろ。間違っても、味方に当てるなよ」

伊織は右手を上げ、叫んだ。味方が開かれた門をくぐり、次々と郭に駆け込んでくる。

「よし。鉄砲、放て！」

轟音が響き、敵兵がばたばたと倒れた。

だが、敵の勢いは衰えない。続けて、弓衆が塀に穿《うが》たれた狭間から矢を放つ。

「門、閉じよ！」

門の外にはまだ十数人の味方がいるが、郭まで辿り着ける見込みは薄かった。これ以上、門を開いて待っていては、敵が雪崩れ込んでくる。

音を立てて、門扉が閉じられた。その間にも味方の射撃は続き、敵を射倒していく。

逃げ込んだ宮ノ上の兵たちが、糸が切れたようにその場に倒れ込む。そのまま事切れる者も出ているようだ。

敵も玉除けの竹束を前面に押し立て、矢玉を放ってきた。鉄砲の数は、こちらの数倍だろう。兵たちに力がある分、こちらより狙いも正確だ。

伊織たちの前に置かれた鉄の楯にも玉が当たり、甲高い音を立てている。狭間から飛び込んだ敵の矢玉を受け、味方の何人かが倒れた。

しばらく射ち合いを続けると、宮ノ上砦で法螺貝の音が響いた。

敵が斜面を引き返し、後退していく。このまま一気に鷹尾山城まで攻め込むつもりはないらしい。

「退いてくれたか……」

友之が欄干に手をかけ、大きく息を吐いた。

どうやら、今日ここで死ぬということはなさそうだ。伊織は醒めた気分で思った。

「逃げ込んできた兵たちを手当てしてやれ」

「はっ」

波の命を受け、伊織は矢倉門を下りた。とはいえ、薬もろくにない現状では、できる手当てなどたかが知れている。

さほど長い戦いではなかったが、兵たちの消耗は激しい。目の前の砦を占拠されたとあっては、緊張に耐えられない者も出てくるだろう。

「蔭山伊織殿、だな？」

逃げ込んできた味方の一人が、声をかけてきた。

足軽雑兵とは違い、鎧直垂を着ているところを見ると、名のある将だろう。身なりも痩せこけた顔も、垢や煤、土埃で汚れきっているが、眼光だけは異様に鋭い。そして、幾度も死線を越えた者特有の、どこか荒んだ気配を身にまとっていた。

右のこめかみから口元に走った傷跡を見て、伊織は男の名を思い出した。

「これは、櫛橋殿でしたか」

櫛橋左京。別所家傘下の国人で、志方城の主だった男だ。伊織とは、平井山合戦で同陣していた。

居城が落とされた後は、麾下とともに三木城に逃げ込み、幾多の戦に参加している。しかし昨年の九月からは、捨石のように、三木城に最も近い宮ノ上砦へ配されていた。

「門が開いていたおかげで、命拾いした。礼を言う」

「何の。櫛橋殿こそ、ご無事で何より」

「だが、家来のほとんどは死んだ。腹を空かせ、ろくに戦うこともできぬままにな」

左京が乾いた笑みを漏らす。その笑いの底にあるのが自嘲の念なのか、それとも吉親への怒りなのか、伊織にはわからない。

「波殿も、この城におられると聞いたが」

伊織は頷いた。波とその麾下の女武者組が、突然この城の守備を命じられたのは半月ほど前、昨年暮れのことだ。

九月十日の平田、大村の合戦の直後から、長治は病の床に就いているという。代わって、吉親が城内の実権を握っていた。

城の中心は今や、吉親一派で固められ、反吉親派は本丸から遠い郭や出城に追いやられている。長治に目通りすることもできず、その病状を知ることすらかなわない。

兵や民の間では、長治はすでに没したとの噂までひそかに囁かれているが、真偽は定かではなかった。吉親派は城内の民の締めつけも強め、しばしば見せしめの処刑も行っている。迂闊なことを口にすれば、間者として処刑されかねない。

そうしたやり方に反発した波は、吉親に度々諫言《かんげん》していたが、ついに三木本城から遠ざけられ、この鷹尾山城に追いやられていた。

「櫛橋殿。敵は、すぐに攻め寄せてくると思いますか？」

「いや。宮ノ上を攻めた織田勢は、せいぜい三千。一気に片を付けるつもりなら、全軍で四方から攻め寄せるはずだ」

「同感です。まずは宮ノ上を落とし、こちらの様子を窺うつもりでしょう。開城を呼びかける使者も、送られてくるやもしれません」

「あの吉親殿が、降伏を肯ずるとも思えんが」

度重なる敗戦で、吉親の考えは反織田に凝り固まっている。降伏を受け入れるくらいなら、全員が城を枕に討ち死にすることを選ぶだろう。

「いや、開城を呼びかけてくるならまだましか」

左京は表情を曇らせ、呟くように言う。

「どういうことです？」

「ここまで手こずらせたんだ。羽柴筑前……いや、信長は、俺たちを許すだろうか」

「織田勢が、三木城の撫で斬りを目論《もくろ》んでいると？」

武士と民、老若男女の別なく、そこにいる者すべてを斬り捨てる。織田勢はしばしば、そのやり方で戦の決着をつけてきた。比叡山延暦寺《ひえいざんえんりやくじ》、伊勢長島や越前の一向一揆。数千、数万に及ぶ殺戮の噂は、これまで幾度も耳にしている。別所家が織田から離反したのも、秀吉が播磨上月城で行った撫で斬りへの反発が一因だった。

「まだわからん。だが、これまでの織田家のやり方を見る限り、あり得ないとは言えまい」

左京は答えると、口元に凄惨な笑みを浮かべる。

「いずれにせよ、いよいよ終わりが見えてきたな」

伊織は無言で頷いた。それがどんな形であれ、終わりの時は迫っている。

翌朝、宮ノ上砦には瓢箪の馬印が掲げられた。

そこに、羽柴筑前守秀吉がいるということだ。敵の総大将が目の前に現れても、こちらは手も足も出せない。それが、別所勢の現状だった。

「この有様では、敵が攻めてきたとしても、一刻も持ちこたえられはしません」

友之、波、左京ら十人ほどの将が集まる軍議の席で、伊織は率直に口にした。

「宮ノ上砦の兵を収容したことで、兵糧事情はさらに切迫しております。ここを放棄することも、視野に入れるべきかと」

「吉親叔父上は、いったい何を考えておられるのだ」

憤懣やるかたない口ぶりで、友之が吐き捨てた。

友之は再三、兵糧を送るよう本丸の吉親に使いを送っているが、〝余った兵糧は無い〟の一点張りだった。代わりに二百人の兵を送ってきたものの、足腰の衰えた兵を何人寄越されたところで、飢える者が増えるだけだ。

「我らに、捨石になれと言うのか。ここには、叔母上もおられるというのに」

一同の目が波に向けられる。だが、波は何か別のことを考えているように押し黙っている。

波と吉親の間にどんなやり取りがあったのか、伊織は知らないし、訊ねようとも思わない。だが、そこで夫婦に決定的な亀裂が入ったのは、吉親について一言も語ろうとしない波の態度を見れば容易に察せられた。

「伊織。残りの〝肉〟は、いかほどか？」

波が口を開いた。その言葉に一瞬、座の空気が張り詰める。

蓄えた米が完全に底を突き、牛馬や魚、野鳥に鼠の類まで食い尽くした。木の根や皮、藁や虫では、戦う力など湧かない。戦に耐え得る滋養が摂れる食材はただ一つ、死んだ者の肉だった。

最初は、空腹に耐えられなくなった者たちがひっそりと、やがて誰もが、罪の意識や後ろめたさを抱えながらも、公然と口にするようになっていた。

「とても、兵たち全員に行き渡る量はございません」

「ならば、新しいものを取りに行くしかあるまい」

その言葉の意味は、すぐに察しがついた。昨日の戦で、門の外には多くの敵味方の骸が転がっている。それを、城に持ち帰ろうというのだ。

「叔母上、それはあまりに……」

言いかけた友之に、波は鋭い目を向けた。

「何を躊躇《ためら》われる。兵糧は底を突いた。敵は目の前に迫っている。この鷹尾山を捨てて本城に退いたとて、何も解決せぬ。ならば少しでも、敵を食い止める力を得ておくべきでしょう」

理が波にあることは、伊織にも理解できた。だが誰もが、言葉にし難い嫌悪の念をその表情に滲ませている。

これまでも、死んだ者の肉を口に入れてきた。しかし、戦で死んだ敵味方の骸を〝食糧〟として扱うのは、人として越えてはいけない一線の向こう側にあるのではないか。

黙する一同に、波はさらに語気を強める。

「では貴殿らは、ここで何もせず、敵が攻めてくるのを待つのか。飢えて動けぬまま、敵の槍にかかるのを肯ずるのか。貴殿らが民を犠牲にしてまで守ってきた播州武士の誇りとやらは、その程度のものか」

波を見つめる諸将の目に、かすかな熱が点った。

空腹と、まるで光明の見えない戦況に抑えつけられていた、わずかな矜持。骸を持ち帰れば、ほんの一時でもこの飢えを忘れられるかもしれないという打算。

「戦は、終わってはおらん。最後の最後まで、生きることを投げ出すな。私にはまだ、為すべきことが残っている。たとえ餓鬼畜生に成り下がろうとも、今ここで死ぬつもりはない」

一同を見回し、波は命じた。

「今宵、夜陰に乗じて門外の骸を回収する。力の残っている者、生きる意志のある者は、私に従え」

もはや、異を唱える者はいなかった。

強くなったと、伊織は思う。己の価値を示そうと戦を求めていた波は、敗戦と夫との決別を経て、何にも屈しない強さと、生きようとする意志を手に入れた。

かく言う自分は、この戦で何か変わったのだろうか。己を省みる伊織の脳裏に、いつか加代に言われた言葉が蘇る。

死ぬことは許さない。逃げずに戦って、織田勢を追い払え。まったく、無茶を言う奴だと、伊織は小さく苦笑する。だがその言葉がなければ、自分はとうにどこかの戦で死んでいた。

恐らく、この戦はあと数日で終わるだろう。逃げずに戦いはしたが、織田勢を追い払うことはおろか、今も民百姓に塗炭の苦しみを強いている。

ならばせめて、この戦の結末を見届けるまでは生きてやるか。

胸中に呟いた伊織は波に向かい、「それがしも、お供いたします」と告げた。

二

女武者組に割り当てられた粗末な陣屋で、加代は壁にもたれかかり、ぼんやりと格子窓の向こうに広がる空を見上げていた。

日は昇りはじめたばかりで、まだ眠っている者も多い。すぐ隣では、加代より二つ年下のお松《まつ》が寝息を立てている。

明けきらない空を、鳥たちが飛び交っていた。その啼き声は、気ままに飛べることを謳歌しているようにも、下界の人間の愚かさを嗤《わら》っているようにも聞こえる。

宮ノ上砦が落ちて、すでに五日が経っていた。

あれから織田勢は、まったく動く気配を見せていない。降伏を呼びかける使者を送ってくることもなかった。

こちらがさらに疲弊するのを、高所からじっと見下ろしているのだろう。夜になると酒宴でも開いているのか、敵陣から笑い声や唄声まで聞こえてくる。はじめのうちは腹も立ったが、今はもう、怒りすら湧かない。

ここには加代をはじめ、二十数人が寝起きしている。

これだけの人数の女たちが集まっているからには、戦の最中にあってもお喋りがやむことなどなかった。以前は戦が一段落すれば、夫の愚痴や想い人とののろけ話などに花が咲き、目付役の藍に叱られるという光景をしょっちゅう目にしたものだ。

だが、敵の兵糧攻めが本格化して飢餓の恐怖が身近なものになると、女たちの顔から笑みが消えた。皆、口数を減らし、無駄な力を使わないように努めている。

そして、今から半月ほど前、あの〝肉〟を口にした。

無論、これが何の肉で、どこから調達されてきたのか、説明はなかった。しかし誰もが察し、顔を見合わせ躊躇する。空腹と、禁忌への恐れ。女たちは葛藤に震え、動くこともできない。

そうした中、最初に手を伸ばしたのは加代だった。

うちは、奈津と弥一を守らなあかん。その一心で、恐怖に耐え、咀嚼した肉を飲み込む。堰を切ったように、他の女たちも後に続いた。

人として、何か大事なものを失ったという自覚はある。だがそれでも、妹弟を守るため、飢えて死ぬわけにはいかなかった。

それからは、誰もが怯えるような目つきで周囲を窺い、声を発することすらほとんどなくなった。罪悪感。後悔。地獄に堕ちる恐怖。それでも、体が食べることを欲する後ろ暗さ。

戦がはじまった時には五十人いた組は今や、半数以下にまで減っていた。

ある者は戦場で、ある者は飢えや病で。普段と変わらない様子で床に就き、翌朝目覚めなかった者や、罪の意識に耐えきれず、自ら命を絶った者も少なくない。加代と親しい者も、そうでない者も、戦は等しく命を奪っていく。

いっそ、奈津と弥一を連れて城から逃げてしまおうかと、何度も考えた。

女子供の三人連れなら、織田勢もわざわざ斬り捨てはしないだろう。だが、長治が病に倒れてからは城内の締めつけが一層厳しくなり、脱走を試みて捕まった者は例外なく処刑されている。それに、幼馴染の咲や、波や伊織ら女武者組の面々を置いて、自分たちだけ逃げることはできない。

何気なく髪をかき上げると、抜け落ちた髪が何本も指にまとわりついた。

嘆息し、妹弟の顔を思い浮かべる。

奈津と弥一には、もう半月以上も会っていなかった。二人は仲良くやっているだろうか。弥一は負けん気が強いくせに寂しがりだから、奈津を困らせているかもしれない。寝込んでいる咲のことも心配だ。早く、みんなに会いたい。

再び溜め息を吐いた刹那、法螺貝の音が響いた。

宮ノ上砦からだ。加代は目を見開き、立ち上がって格子窓から外を窺った。まだ寝ていた女たちも慌てて体を起こし、刀や薙刀を手にする。

「敵襲です！」

威嚇や牽制ではない。宮ノ上砦から、しっかりと隊列を組んだ数千の軍勢が押し出してきている。

すぐに、筒音が聞こえはじめた。

「全員、得物を持って外へ。まずは、御方様と合流する！」

藍の下知に、女たちが陣屋を飛び出していく。加代も、薙刀を手に外へ出た。肉で滋養を得ていたおかげで、万全ではないが体は動かせる。

いきなり、前を行く一人の頭が弾け、血飛沫が加代の顔に降り注いだ。続けて、別の一人の胸に矢が突き立つ。女武者組の面々は小袖に袴、せいぜいが籠手や脛当てという軽装だ。矢の一本も命取りになる。

「散れ。物陰に隠れよ！」

藍の声。わけもわからないまま、加代は藍を追って物見櫓の陰に飛び込む。

大きく息を吸い、吐き出す。幾度か繰り返すと、ようやくあたりを見回すことができた。

敵は八幡山の斜面に弓鉄砲を並べ、絶え間なく矢玉を射ちかけてくる。矢倉門のあたりも、激しい戦になっているようだ。

敵の侵入は許していないものの、城の中はすでに地獄絵図と化していた。降り注ぐ矢玉に、味方が次々と倒れていく。うずくまり、手を合わせて念仏を唱える者。恐怖のあまり錯乱し、笑い出す者。侍たちの中には抗戦を諦め、腹を切る者も出ている。

「藍様……加代さん……」

ふらふらと近づいてきたのは、お松だった。まだ幼さの残る顔は蒼白で、唇の端からは一筋の血が流れている。

「いやや、うち……こんなとこで死ぬんは……」

言い終わる前に、お松は口から大量の血を吐いた。膝をつき、そのまま前のめりに倒れる。

「お松ちゃん！」

加代が咄嗟に抱き止めると、その背中に一本の矢が突き刺さっているのが見えた。お松の目は、開かれている。頬には温もりも残っている。それでも、確かめるまでもなく死んでいた。

叫び出したい衝動を、唇を噛んで堪えた。もう見慣れたはずの、戦場の光景。それでも毎回、足が震える。喉がひりつき、噎せ返るような血の臭いに吐き気を覚える。

何かが焦げる臭いが鼻を衝いた。敵が、火矢を射込んできたらしい。顔を出すと、陣屋の一つが炎を上げている。

「藍様、このままやと、うちらも……」

「わ、わかっておる！」

叫んだものの、藍も為す術がないようだった。端整な顔を歪め、俯いたまま「落ち着け、落ち着け……」と繰り返している。

やむなく櫓の陰でじっとしていると、矢倉門のあたりから喊声が聞こえてきた。数十人の味方が、こちらへ逃げてくる。その中に、伊織と波の姿もあった。

「蔭山様、ご無事で……」

顔を上げ、泣き出しそうな声で藍が言った。

ああ、そうか。藍様は、蔭山様のことを。場違いに浮かんだ考えを掻き消すように、波の声が響いた。

「矢倉門が破られた。ここはもう持ちこたえられん。北門から外へ抜け、本城に向かえ！」

藍と顔を見合わせ、櫓の陰から飛び出した。同士討ちを恐れてか、矢玉はもう飛んでこない。

北門には、味方の兵が殺到していた。門は小さく、その先の道も狭いため、人の流れが押し止められ、人だかりができている。

波と伊織の周囲に、女武者組を含め五十人ほどが集まってきた。

「友之殿はすでにここを出られた。我らは殿軍となり、味方が落ち延びる時を稼いだ後、本城へ退く！」

楯が並べられ、波は弓を構えた。

矢倉門へと続く坂を、織田勢が駆け登ってくる。数は多いが、城内の通路は狭く、要所を堀や土塁で仕切られているため、数の利は活かせない。

波は素早く矢を番え、密集して進む敵に向けて次々と放つ。他の味方も矢を射掛け、敵兵を倒していく。織田勢は楯と弓鉄砲を前に出してきた。すでに玉薬が尽きているのか、味方に鉄砲を持っている者はいない。

激しい射ち合いになった。加代の隠れた楯にも、何本もの矢が刺さっている。轟音が響き、楯を突き破った鉄砲玉が頰を掠めた。

火箸を押し当てられたような痛み。流れた血が顎を伝い、滴り落ちる。

痛みよりも、恐怖で全身が震えた。あと一寸ずれていれば、確実に死んでいる。すぐ隣では、眉間を撃ち抜かれた足軽が、見開いた目を空に向けていた。

近くで、甲高い悲鳴が上がった。女武者組の一人だ。恐怖に耐えられなくなったのか、立ち上がり、背を向けて逃げ出す。だが数歩も走らないうちに鉄砲玉を浴び、棒きれのように倒れた。

やがて、味方の矢が尽きた。好機と見た敵が、楯を捨てて突撃してくる。

「まいるぞ。播州者の意地、とくと見せてやれ！」

波の檄《げき》に、味方が飛び出していく。薙刀を摑み、加代も立ち上がった。

戦わなければ、殺される。殺される前に、殺さなければ。その思いだけが、足の震えを止めている。

楯を蹴り倒し、駆け出した。

敵は、こちらに女が多いことに戸惑っている。加代は叫び声を上げながら、正面の鎧武者に向けて薙刀を振り下ろした。

「おのれ、女子を戦に出すなど……」

薙刀を槍で受け止めながら、鎧武者が呻くように言う。

薙刀の柄と、槍の柄で押し合う形になった。が、すぐに力負けして、加代はたたらを踏んだ。鎧武者が前に出る。その横合いから、藍が斬りかかった。膝の裏を斬り裂かれた鎧武者が仰向けに倒れ、藍はすかさずその喉元に薙刀を叩きつける。

「藍様……！」

「よそ見するな。来るぞ！」

背後から足音。慌てて振り返る。向かってきた足軽の槍を薙刀で弾き、そのまま相手の喉元へ突き出す。

柄を通して、肉を抉る手応えが伝わってきた。

口から血を溢れさせた足軽と目が合う。相手の年頃が自分と変わらないことに、加代は気づいた。足軽は死の恐怖に顔を歪ませながら、血で汚れた唇を動かす。

「おっ母……」

掠れた声で言うと、足軽は崩れ落ちていった。

覚えず、加代は口から呻き声を漏らした。四肢が強張り、頭が痺れ、吐き気が込み上げる。

うちは、何でこの人を殺さなあかんのやろう。命じられて、嫌々戦うてただけかもしれへんのに。この人にも、帰りを待っとう母親がおったのに。何で、うちは……。

「……おい！」

肩を揺さぶられ、加代は我に返った。

「引き上げだ。敵を憐れむ暇があったら走れ！」

伊織。加代の手を摑むと、北門へ向かって走り出す。慌てて、加代も足を動かした。

駆けながら振り返る。敵は、いったん退いたようだ。敵味方の無数の屍が、方々に転がっている。一瞬、お松の亡骸が目に入った。

ごめんな。埋めてあげることもでけへん。心の中で詫び、視線を前に戻す。

背後から、また筒音が響いた。味方に倒れる者が続出している。波や藍の姿も見失った。それでも、立ち止まるわけにはいかない。

北門を抜けて斜面を下り、空堀に架けられた橋を渡れば、そこは本城の二ノ丸だった。

そこまで逃れれば、奈津と弥一、咲に会えるはずだ。

まだ、死ぬわけにはいかへん。

祈るような思いで伊織の手を握り返し、加代は走り続ける。

三

滑るように斜面を下った波は、脇目も振らず、空堀に架かる橋を駆け抜けた。

「馬鹿な」

門をくぐって二ノ丸に入った波は、唖然とした。

二ノ丸から、さらに城の奥にある東ノ丸へ続く門に、夥しい数の民が殺到していた。

そして方々に建てられた粗末な小屋には、まだ多くの病人が残っている。

敵が再度攻め寄せた場合、鷹尾山が落ち、二ノ丸が戦場になることが考えられる。そのため、友之は吉親に、二ノ丸にいる民を東ノ丸へ移すよう具申していたのだ。しかし、避難はまるで進んでいなかった。

「波の方様、ご無事でしたか！」

二ノ丸の守将の一人、岩崎源兵衛《いわさきげんべえ》が駆けてきて言った。

「私のことはよい。それより何ゆえ、民がまだおるのだ？」

「はっ、あまりに人数が多く、またほとんどの者が足腰も弱っておりますゆえ、時がかかるのも致し方ないかと……」

「それは、とうにわかりきっていたことではないか。なぜ、もっと早く移しておかなかったのだ」

「申し訳ございませぬ。吉親様が、民を東ノ丸へ入れるは、鷹尾山が落ちてからでよいと……」

波は舌打ちした。吉親は、追い詰められた民が自分に牙を剝くことを恐れているのだ。この期に及んで保身を捨てられない夫に、改めて失望を覚える。

「言い訳はよい。弓と矢を。ここの指揮は、私が執るぞ。民が東ノ丸に移るまで、時を稼ぐ！」

荒い息を吐きながら振り返る。波に続き、最後まで鷹尾山に踏みとどまっていた味方が、次々と駆け込んできた。五十以上いた人数は、半分以下にまで減っている。

波は今しがた駆け下ってきた斜面を見据えた。

敵は鷹尾山の制圧を優先し、追撃には来ていない。二ノ丸を攻めるとしても、一度態勢を整え直してからだろう。

「よし、橋を落とし、門を閉じよ。弓鉄砲衆は、塀際で待機。戦えぬ者は、動けぬ民を手助けし、東ノ丸へ連れていってやれ。気を抜くな。敵は、いつ攻め寄せてくるかわからんぞ！」

「波様、まずは」

いつの間にか側に来ていた伊織が、竹筒を差し出した。その隣には、加代の姿もある。

かなりの人数を失ったが、藍や左京ら主立った者たちは無事のようだ。

竹筒を受け取った。渇ききった喉に水を流し込むと、いくらか生き返る心地がした。

思い出したように、胃の腑が空腹と痛みを訴える。

飢えから目を逸らすように、波は鷹尾山城に視線を向けた。城の方々に放たれた火は、すでに消し止められている。城には敵の旌旗が林立し、秀吉の馬印も見えた。

「防ぎきれると思うか？」

二ノ丸の守兵と、鷹尾山から逃げ込んだ兵を合わせても、味方は五百足らず。そのほとんどが、歩くのもやっとという有様だ。

「鷹尾山と時を同じくして、中嶋《なかじま》丸、平山《ひらやま》丸も落ちたとの由。ここで防ぎきるは、難しいかと」

中嶋丸は三木城の西端、平山丸は東端に位置する出丸だ。これで、鷹尾山城と合わせ、すべての出丸が落ちたことになる。

二ノ丸は、周囲に深い空堀と高さ二間の土塁を巡らせた堅固な要害だが、味方は疲弊しきり、矢玉もほぼ尽きている。伊織の言う通り、守りきることは不可能だろう。

戦はいよいよ、詰めの段階に来ている。通常ならば、寄せ手が降伏を呼びかける使者を送り、開城の交渉が行われるところだが、秀吉にその気は無いのだろう。また、使者が送られてきたところで、吉親がそれを受け入れるはずもない。

「波殿、一つお訊ねしたいことがある。よろしいか」

声をかけてきたのは、櫛橋左京だった。背後に従えた三人は、わずかに生き残った櫛橋家の家臣だろう。

「別所の殿は、本当に病なのか。吉親殿はまこと、殿から采配を託されたのか。波殿、あなたならば本当のことを知っているはずだ。御教え願えまいか」

左京らの発する鋭い気を感じ取り、伊織が波を守るように前に出た。降って湧いた剣呑な気配に、近くにいた藍と加代も身を硬くしている。

放つ気は鋭いものの、左京の目に害意は見えない。恐らく最後となる戦の前に、どうしても真実を知っておきたいということだろう。

「控えよ、伊織」

ふっと息を吐き、波は左京を見つめた。

「殿は、病などではない。昨年九月の平田、大村の合戦の後に降伏を決断された殿を、我が夫吉親が子飼いの者たちを動かし、本丸御殿に幽閉いたしたのだ。私はその行いに異を唱えたため、鷹尾山城に追いやられることとなった。今まで黙っておって、皆にはすまぬと思うておる」

薄々感づいていたのか、伊織にそれほど驚いた様子はない。左京も、口元に皮肉めいた薄い笑みを浮かべている。

「なるほど。つまり、ここ四月余りの戦は、吉親殿のつまらぬ意地のために為されたということにござるな。巻き込まれて死んだ兵や民百姓は、よい面の皮だ」

「櫛橋殿、お言葉が過ぎまするぞ」

「よさぬか、伊織。左京殿の申される通りだ。我が夫のせいで、死なずともよい者が多く死んだ。夫を翻意させられず、それからは口を噤んできた私も、同罪であろう」

波は一同に向かい、これまでの経緯を語った。

長治を幽閉し、自身が実権を握る。そう言い出した時、吉親はすでに、以前とはまるで人変わりしていた。

いや、元々あった臆病さが、長い戦の間に手もつけられないほど大きくなり、吉親そのものを呑み込んでしまったのだろう。自らが采配を振った戦で敗北を重ね、他者から力量を疑われる屈辱。筆頭家老の座から引きずり下ろされる恐怖。降伏した後の、自身の処遇に対する不安。吉親はそれらを直視することができず、ただひたすらに目と耳を塞いでいるのだ。

波が気づいた時には、すでに遅かった。波の反対を押し切り長治を幽閉した後も、吉親は「籠城を続ければ、必ず毛利の援軍が来る。大義ある我らが、敗けるはずがない」と念仏のように繰り返していた。その言葉を、自分自身でも信じているわけではないだろう。だが、そう言い聞かせなければ、己を保つことができないのだ。

「そこまで愚かな御仁だったとはな」

左京が呟くように言った。

この四月ほどで、左京はほとんどの家臣を失った。しかしその戦は、本来ならやらなくてもすむはずだったのだ。その怒りがどれほどのものかは、察するに余りある。だがその声音には、怒りを通り越した憐れみすら滲んでいた。

「知っていることはすべて話した。これで満足か、左京殿。もしも、我ら夫婦がどうしても許せぬというなら、我が首を刎《は》ねてもらっても構わぬ」

「御方様！」

声を上げる藍を目で制し、波は続けた。

「これまで、城内の者が少しでも長く生きられるよう努めてまいった。だが、戦はすでに終わったも同然。私にできることなど、もう何もない」

鷹尾山城に追いやられてからは、幾度も自害を考えた。思いとどまったのは、配下の者たちと、守るべき民百姓がいたからだ。自分一人が逃げ出すことはできない。だからこそ、あの〝肉〟を口にしてまで生き延びてきた。だがそれも、空腹から逃れるための、自分自身への言い訳に過ぎなかったのかもしれない。

私には、吉親の弱さを責める資格などなかった。追い詰められれば、人は容易《たやす》く自分自身を騙すものだ。

もういい。疲れた。早く楽になってしまいたい。その思いに抗いきれず、波は言った。

「女の身で、腹を切るというわけにもまいらぬ。左京殿、お願いいたす」

三木城はもはや、全滅を待つばかりだ。織田勢に討たれるのも、ここで左京に斬られるのも、さして違いはない。むしろ、別所家が滅びる様を目の当たりにせずにすむだけ、ましというものだ。

左京は感情の見えない目で波を見据え、無言のまま刀の柄に手をかける。伊織らに「これは自害と同じ。左京殿に手出しは無用」と命じ、波は地面に膝をついた。

「女武者組の采配は伊織、そなたに託す。藍、加代。何も報いてやれぬ不甲斐ない主だが、許せ」

微笑してみせたが、上手く笑えたかどうかはわからない。思えばずいぶん前から、笑い方を忘れているような気がする。

左京が刀の鯉口を切り、抜刀した。これで、ようやくすべてが終わる。胸中で呟いた波は、加代が不意に発した「逃げるんですか?」という問いに、閉じかけた目を開いた。

「この戦で、たくさんの人が死にました。うちの父も、村のみんなも、女武者組の人たちも。りつちゃんはまだ八つやのに、薬があれば、すぐに良うなるような病やったのに……」

「よせ、加代」

制止しようとする伊織の手を振り払うと、加代は左京の刀も目に入らないかのように、波の傍らへと歩み寄った。

「でも、お城にはまだ、生きてる人がたくさんいる。あそこには、うちの妹と弟もおるはずです。きっと、お腹を空かせながら、怖くて震えてる」

「……何が言いたい？」

「この戦をはじめたのは、このお城の偉い人たちやないですか。勝ち敗けなんて、うちらにとってはどうでもええ。けど、はじめたんやったら、ちゃんと終わらせてください。まだ生きてる人たちまで、道連れにせんといてください」

「黙れ！」

怒声を発したのは、藍だった。形のいい目に涙を溜め、これまで聞いたことがないほどの大声で叫ぶ。

「そなたのような百姓の娘に、何がわかる。御方様がこれまでどれほど苦しまれたか……どれほど重い荷を背負い、それに耐えてこられたか、そなたなどにわかるものか！」

だが、加代の視線は波に向けられたまま、動じることがない。

「苦しいのは、みんな同じです。一人で逃げんと、耐え抜いてください。お城にいる人たちを、救ってください」

その目の奥にあるのは、紛れもない怒りだった。

播州武士の矜持。名門別所家の誇り。そんな曖昧なものを守るために戦をはじめ、どれほど敗北を重ねても降伏の決断さえできない。領地を、民を守ると言いながら、村が焼かれるのも防げず、満足な食糧も薬も与えられない。

それは波一人ではなく、別所家の者たち全員に向けられた怒りだった。

はじめたなら、終わらせろ。その当たり前の理屈に、定めた死の覚悟が揺らいでいる。

脳裏に浮かぶのは、いつか城内で言葉を交わした、加代の妹と弟の顔だった。苦しい時は、いつまでも続かぬ。この城もそなたらも、我らが必ずや守る。二人に向かって、波はそう約束していた。

約束を果たせぬばかりか、自分だけ先に、楽になるつもりか。もう一人の自分の問いかけに、波は首を振る。

「左京殿。この命、しばし預かっていただきたい」

顔を上げて言った波は、左京の放つ気から、鋭さが消えていることに気づいた。

「波殿は、よいご家来衆をお持ちだ。大事になされるがよい」

静かに、左京は刀を鞘に納めた。もしかすると、波を斬るつもりなど、最初から無かったのかもしれない。

「波殿。くれぐれも、つまらぬ死に方はなされるな」

左京は踵を返し、家臣を従えて歩み去っていく。

最後まで、己の務めを果たせ。そう言われたのだと、波は思った。

自分の為すべきことが、ようやく見えた。力ずくでも吉親を説き伏せ、一刻も早くこの戦を終わらせること。そして、少しでも多くの者を生き延びさせることだ。

それにはまず、もうすぐ攻め寄せてくるであろう織田勢を撃退して、時を稼がなければならない。二ノ丸が落ちれば、敵は一気に城の奥まで雪崩れ込み、この城にいるすべての者を撫で斬りにするだろう。

織田勢を撃退し、吉親に降伏を説き、さらに秀吉と交渉して、城内の者の助命を認めさせる。気が遠くなるほど険しい道のりだが、やるしかなかった。絶望に打ちひしがれ、うなだれている暇などありはしない。

大きく息を吐き、加代に顔を向けた。

「よく言ってくれた。おかげで、己の為すべきことがわかった。礼を言う」

「礼やなんて……。すんません、つい、失礼なことを言うてしまいました。うちの悪い癖で……」

叱られた童のようにうなだれる加代に、波は苦笑した。この娘は強い。たぶん、自分や吉親などよりも、ずっとだ。

「加代、ここはもうよい。東ノ丸へ行って、奈津と弥一に顔を見せてやれ」

「でも……」

「心配はいらぬ。そなた一人おらずとも、この二ノ丸は、私が守り抜いて見せる」

笑みを作ろうとしたその時、物見櫓で早鐘が打ち鳴らされた。続けて無数の筒音が轟き、喊声が沸き起こる。

「来たか」

弓を摑み、波は立ち上がった。

「波様、うちも戦います」

薙刀を手に、加代が決意の籠もった目で言う。

「わかった。妹弟に会うまで、死ぬでないぞ」

敵は、南と東の門を中心に攻め立てている。ここよりも高い鷹尾山の中腹からは矢玉が射ち込まれ、動きの鈍い味方の兵が次々と餌食になっていた。どん、という腹に響く音は、敵が門扉に丸太を叩きつけている音だろう。民の避難が終わっているのが、せめてもの救いか。

「慌てるな。小屋を楯に、矢玉を防げ！」

幸い、二ノ丸には民の建てた小屋が密集しているため、楯には事欠かない。しかし、敵が門を破って侵入するのを防ぐことは、難しいだろう。

「御方様、南の門が！」

藍が叫ぶ。小屋の陰から覗くと、南門の門扉が音を立てて破れるところだった。同士討ちを避けるため、鷹尾山からの射撃がやんだ。敵が南門から殺到してくる。数十人の味方が食い止めようと壁を作るが、呆気なく突き破られた。

波は立ち上がり、矢を番えた。組頭らしき、派手な兜の武者。心気を研ぎ澄まし、狙いをつける。

放った。武者の喉に矢が突き立ち、敵が束の間動揺する。

さらに、続けざまに矢を射掛けた。伊織も、どこかで拾った弓矢で応戦している。

矢は二十四本。そのほとんどを命中させると、さすがに敵も怯んだ。すかさず弓を捨て、槍を握って駆け出す。

百人ほどの味方が後に続いた。十間ほどを一気に走り抜け、敵中に斬り込む。縦横に槍を振るい、三人を薙ぎ倒した。横から突きかかってきた足軽を、藍が斬り伏せる。伊織が見事な太刀捌きで、二人、三人と血祭りに上げていく。

味方は善戦しているが、敵は後から後から二ノ丸へ押し寄せてくる。次第に、倒れる味方が増えてきた。

いったん退くべきか。逡巡した刹那、目の前に槍の穂先が来た。首を捻ってかろうじてかわす。頰が切れ、血が噴き出した。

体勢が崩れた。敵が刺突の構えに入る。ここまでか。思った直後、敵の首が飛んだ。

鮮血を撒き散らして倒れた敵の背後に、左京の姿がある。

「ここはそれがしに任せ、いったん退かれよ」

そう言った左京の顔から、血の気が失せていた。

視線をわずかに下げ、波は息を呑んだ。左京の鎧直垂。脇腹のあたりが、どす黒く染まっている。明らかに、致命傷だった。

「左京殿……」

「さあ、急がれよ！」

頷き、後退を命じた。追いすがる敵を槍の柄で打ち倒し、踵を返して走り出す。

「我こそは志方城主、櫛橋左京。討ち取って手柄とせよ！」

背後から大音声が響く。唇を噛み、振り返らずに駆けた。

東ノ丸へ通じる門の手前で立ち止まり、態勢を立て直す。

周囲に集まったのは、七十人ほどだった。残りは、二ノ丸の東門に押し寄せる敵を迎え撃っている。東門はまだ破られていないものの、それも時間の問題だろう。

「櫛橋左京殿、討ち取った！」

敵から喊声が上がった。槍で突き刺した左京の首が、高く掲げられている。

味方は、すでに限界が近い。座り込んだまま動けなくなっている者も少なくない。誰もが息も絶え絶えで、半数以上が手傷を負っている。

「波様。ここは、二ノ丸を捨てて東ノ丸へ入るべきかと」

　致し方ないか。そう思った時、東ノ丸の門が開き、二百ほどの兵が出てきた。

「助太刀にまいった。何としても二ノ丸を死守せよとの、吉親様の仰せである！」

　二百を率いる将が叫んだ。横田《よこた》主膳《しゅぜん》という、吉親派の家臣だ。先頭を駆けるのは吉親の近習、櫛田伝蔵だった。

　今さら、しかもたった二百とは。相変わらず、吉親は戦を見る目が無い。内心で毒づいたものの、疲弊しきった兵たちの顔に、わずかに生気が戻っている。

「よし、門を背に陣を組め。二ノ丸から、織田勢を一人残らず叩き出す」

　左京を討ち取って勢いづいた敵が、一斉に押し寄せてくる。

　正面からぶつかった。これまで、波たちの戦いを傍観していた二百の士気は高い。対する敵は、こちらの予想外の奮戦に腰が引けている。

　味方の兵の多くは、すでに死を恐れていない。いや、それどころか、死を求めてさえいる。飢えて死ぬことよりも、戦って散ることを望んでいるのだ。そうした兵が発する異様な気魄に、敵は気を呑まれていた。

　乱戦になった。波も槍を振るい、群がる敵兵を突き伏せていく。

「ええい、飢えた敵を相手に何を手こずっておる！」

　派手な兜をかぶり、大太刀を手にした大柄な武者が、足軽を掻き分けて前に出てきた。

「女の将に後れを取るなど、恥を知れ！」

こちらを見据え、武者が喚く。

「羽柴筑前守が家来、篠原源八郎《しのはらげんぱちろう》。別所吉親の妻は、たいそう勇猛な将だと聞いたが、そなたのことか」

「いかにも」

「ならば、降るがよい。我が殿が、そなたにいたくご執心でな。撫で斬りの命は出ておるが、そなたは別じゃ」

「私を、羽柴筑前に献上すると？」

「まこと、女子とは羨ましきものよ。生まれつき見目がよいというだけで、この地獄から抜け出せるのだ。どうだ、腹が減っておるのだろう。降れば、今よりもずっとよい暮らしができるぞ」

「家臣領民を見捨てて、筑前の妾《めかけ》になれと申すか」

「さよう。悪い話ではあるまい？」

下卑た笑みに、腹の底が熱くなった。

強者が弱者を踏みつけ、嘲笑い、奪い尽くし、それを恥じることもない。奪った命の数を競い合い、出世の糧とする。弱い者は力を求め、自らが強者の側に回れば、また同じことを繰り返す。

それが世の道理だというなら、私は絶対に認めない。この命に代えても、否定してやる。

「御免蒙《こうむ》る。たとえ戦に敗れたとしても、恥は捨てぬ」

波は槍を構え直し、篠原に穂先を向けた。

「憐れな。所詮、女子は情で動く生き物か」

嘆息し、篠原は大太刀を構えた。

「誰も手出しするでないぞ。この女子は、わしが斬る」

篠原が動いた。上段から、斬撃が放たれる。刃風を頬に感じながらかわし、波は槍を繰り出す。

直後、槍が柄のところで両断された。後ろへ跳びながら槍の柄を投げつけるが、篠原は難なくかわす。体軀《たいく》に似合わず、速い。

波は刀を抜き、低く構えた。

篠原が再び大太刀を振り上げ、前に出た。波も同時に踏み込む。体を深く沈め、篠原の左膝に斬りつける。呻き声を上げた篠原の体が傾いだ。波は伸び上がる勢いで、刀を振り上げる。

重い手応え。篠原の左腕が飛んだ。

篠原は顔を歪めながら、右腕一本で大太刀を横に薙ぐ。これまでの速さは見る影もない。屈んで難なくかわし、刀を突き出す。

切っ先が、篠原の目に突き刺さった。甲高い悲鳴が上がる。

「女子の分際で……！」

「言いたいことは、それだけか」

吐き捨て、刀をさらに深く突き入れる。びくりと巨軀を震わせ、篠原の体から力が抜けた。

「おのれ、篠原殿の仇！」

篠原の配下が、一斉に斬りかかってくる。一騎討ちを見守っていた味方も前に出て、再び乱戦になった。

振り下ろされた刀を弾き返し、喉を抉る。続けて向かってきた雑兵の槍をかわし、踏み込んだ。首筋に刀を押しつけ、力任せに押し込む。鮮血を噴き上げ、雑兵が頽れた。

不意に、ひどい眩暈《めまい》に襲われた。その場に膝をつきそうになるが、刀を杖に何とか堪える。

気づくと、あたりが静まり返っていた。敵は後退し、こちらを遠巻きにしている。敵兵の表情には、明らかな怯みが見えた。

まだ、倒れるわけにはいかない。残る力を振り絞り、血に濡れた刀を高く掲げる。

「女と思い侮るな。我こそは別所山城守吉親が妻、波である。我こそはと思う者はいざ、名乗り出るがよい！」

返り血に染まった顔で笑ってみせると、敵は背を向けて逃げはじめた。

「波様！」

倒れかけた波を、伊織が抱き止めた。

「まこと、鬼神のごとき戦ぶりにございました」

喜怒哀楽に乏しいこの男には珍しく、笑みを浮かべている。

「よい。一人で立てる」

刀を杖に、自分の足で立った。

「敵が、二ノ丸から退いていきます。ひとまずは、我らの勝利です」

法螺貝の音が聞こえた。敵の、撤退の合図だ。いつの間にか、空が赤く染まっている。

今日のところは、敵も矛を収めるだろう。

「加代はおるか？」

「はい」

歩くのもやっとという足取りで、加代が近づいてきた。小袖は返り血で汚れ、薙刀は
刃毀《はこぼ》れがひどい。

「ここはもうよい。東ノ丸へ行って、奈津と弥一に顔を見せてやれ」

「はい！」

汚れきった顔を綻ばせ、加代はそれまでが嘘のような軽い足取りで駆けていく。その様子に、波も頬を緩ませた。

だが、まだすべてが終わったわけではない。波は振り返り、三木城の本丸を見上げる。

本当の戦いは、ここからだ。

四

別所山城守吉親は本丸の自室で、燭台の火を飽きることなく眺めていた。

蠟燭《ろうそく》も油も、城内にはほとんど残っていない。だが、もしも敵が夜襲を仕掛けてきた時、指揮を執るのは自分だ。灯りが無ければ、具足を着けるのにも手間取ってしまう。そして何より、夜の闇は人を不安にさせる。

長い長い一日が、ようやく終わりかけていた。将兵も民も疲れ果て、城内は静寂に包まれている。

早朝からはじまった戦で、鷹尾山城が落ち、二ノ丸まで攻め込まれた。しかし、敵は二ノ丸を落とすことができず、引き上げていったという。

宮ノ上に続いて鷹尾山まで奪われたのは、確かに痛い。だが大局的に見れば、これは勝ったも同然だ。味方の兵は飢え、痩せ衰えているにもかかわらず、敵は尻尾を巻いて逃げていった。これが、勝利でなくして何だというのか。

敵が二ノ丸から退いていく様を物見櫓から眺め、吉親は感涙に咽《むせ》んだ。兵たちは飢えてなお、播州武士の意地を織田勢に見せつけたのだ。そして、二百の増援を送るという自分の判断は、やはり間違っていなかった。

天運はようやく、こちらに向きはじめている。これまで、度重なる敗戦にも屈することなく、耐えに耐えてきたのだ。その闘志に、天は応えてくれた。

ならば、数日中にも毛利の援軍が現れ、織田勢を蹴散らすだろう。あるいは、織田家中で謀叛が起こり、敵は播磨から引き上げていくかもしれない。

いずれにしろ、こんな苦しみがいつまでも続くはずがない。戦は必ず、我らの勝利に終わるはずだ。

不意に、腹の虫が鳴いた。今日は、薄い稗の粥をほんの少し食べただけで、それ以来、何も口にしていない。

耐えられそうもなかった。厳重に鍵をかけた葛籠から椀と箸、革袋を取り出す。革袋の中の干し飯は、不安になるくらい少ない。ほんの少しだけ椀に出し、水差しの水を注ぐ。

兵も民も、米を口にできなくなって久しい。そんなことは、百も承知だった。だがいざという時、家中を導くべき自分が空腹で動けないなどということがあってはならない。

それに、吉親も毎日のように米を口にしているわけではなかった。この長い籠城で、頬の肉は削げ落ち、腕や足はずいぶんと細くなった。自分は兵や民と、苦しみを分かち合っているのだ。

いくらか軟らかくなった米を口に入れた。

米は古く、臭いも味もひどい。名門別所家に生まれた自分が、こんな物しか食べられないとは。口惜しさが込み上げるが、それもあと少しの辛抱だ。じきに、米も魚も、好きなだけ食べられる。酒も、浴びるほど呑めるようになる。

並べられた羽柴秀吉と織田信長の首級を眺めながら呑む酒は、さぞ美味だろう。想像し、吉親は笑みを浮かべる。

「申し上げます」

廊下から声がした。近習の、櫛田伝蔵だ。吉親は椀と箸を、灯りの届かない場所へ押しやった。

「いかがした」

「波の方様が、お目通りを願い出ておられます」

小さく舌打ちした。

長治の幽閉に強く反対し、その後も何かと諫言してきたので、目につかないところへ追いやっていた。鷹尾山の守備を命じたのは、敵が攻めてくるなら北からだと考えていたからだ。何も、真っ先に戦って死ねと思ったわけではない。

しかし、敵は南から攻め寄せてきた。波は鷹尾山を放棄しながらも二ノ丸で奮戦し、織田勢の撃退に一役買ったという。

その波が自分に会いに来たということは、また何か面倒なことを言い立てるためだろう。

「わしはもう休んでおる。明日にいたせ」

答えると、荒々しい足音が響き、襖が開かれた。

「お久しゅうございます」

波は許しも得ぬまま部屋に入り、吉親の前に端座する。

半月ぶりに会った波は、まるで人変わりしたように見えた。痩せているのは当然としても、その眼光は鋭く、発する気配は野の獣のようだ。血の臭いさえ、漂わせているように思える。

「何用か」

面倒な挨拶は飛ばし、吉親は訊ねた。

「無論、今後の戦のことにございます。兵も民も限界に達し、もはやこれ以上の抗戦は不可能。一刻も早く、降参を申し出るべきかと存じます」

「何を言っている。今日の戦は勝ったではないか。織田勢は敵わじと見て引き上げた。

幾度攻め寄せてきたとて、我らの勝利は疑いない。何ゆえ、降参などせねばならんのだ？」

　唖然とした様子で、波はこちらを見つめる。どれほど武勇に優れていようと、やはり女子に戦の大局はわからないのだ。憐れみにも似た思いが込み上げる。

「上方で生まれ育ったそなたにはわかるまいが、多少腹が減ったくらいで、我ら播州武士が敵に屈することなどない。今頃は、毛利の大軍が播磨へ向けて出陣しておろう」

「まだ……まだそのような世迷い言を。しかと目と耳を開き、現状を見つめられませ。飢えて死んでいく者、残された者たちの嘆きを。苦しみから逃れるため、敵中へ斬り込む兵たちの悲しみを。絶望に抗い、痛みを堪えて剣を振る者たちの声を」

　波は声を震わせた。その目からは、涙も流れている。

「弓矢の家に生まれた者ならば、それも致し方ありますまい。しかし城内には、多くの罪無き民がおりまする。今この時も、多くの民が飢え、力尽きているのです。たとえ戦に勝ったとて、民が死に絶えては何の意味がありましょう」

　吉親は延々と続く繰り言に辟易し、嘆息を漏らした。これだから、女子という生き物は始末に負えない。

「波よ」

　愚図る子をあやすように、穏やかな声音で語りかけた。

「そなたはまことに、民には何の罪も無いなどと思うておるのか。彼の者らは望みもせぬ戦に、無理やり巻き込まれたとでも？」

「違うと仰せですか」

「羽柴筑前が上月、福原で撫で斬りを行った際、民は織田家の蛮行に怒り、憎悪した。織田家は恐ろしい。誰か、追い払ってはくれぬものか。言葉にせずとも、多くの民がそう願ったはず。我らはその望みを叶えるべく、兵を挙げたのだ」

「そのような……」

「戦になれば、飢えることも、死ぬることもあろう。だがそのようなこと、最初から覚悟の上ではないのか。まことに戦が嫌ならば、他国へ逃げるなり、一揆を起こして我らを追い出すなりすればよかったのだ。自らは何もせず、旗色が悪いからと我らを恨むは、筋違いというものよ」

波は答えない。吉親の言葉の正しさに、反論の余地も無いのだろう。

「情に流されてはならぬ。そなたの民を想う気持ちは尊いが、勝てば状況は変わる。今日、飢えて苦しんでおる民草も、明日には織田領に攻め入り、略奪で潤うやもしれん。さすれば、我らに感謝こそすれ、恨むはずがあるまい。民草とはそもそも、そうしたものよ」

吉親は先日耳にした噂を思い出し、眉間に皺を寄せた。

「それに聞くところによれば、民の中には、口にするのも憚《はばか》られるような行いまでして食い繋ぐ者もおるとか。かくも罪深き者たちのために、そなたが心を痛めることもあるまい」

死人の肉を食らう者がいる。その噂を聞いた時に覚えたのは、言いようのない嫌悪の念だった。

そこまでして生き延びたいのかと、吉親は思う。

人の肉を食って生き長らえるなど、畜生の行いそのものではないか。武士ならば、命よりも名を重んじなければならない。名門別所家に生まれた者であれば、なおさらだ。生きながら餓鬼道に堕ちれば、父祖の名を汚すことになる。自分がその立場なら間違いなく、潔く死ぬことを選ぶだろう。

だが、それも致し方ない。下賤の者たちは、意地や誇りより、どれほど浅ましくとも生きることに執着するものだ。

「もうよかろう。そなたは疲れておるのだ。つまらぬことは考えず、今宵はゆっくりと休むがよい」

努めて優しく、穏やかに言ったつもりだった。だが波の表情は、ひた隠しにしてきた秘事を暴かれたかのように強張っている。

言葉がまるで通じない。苛立ちに怒声を上げかけたが、かろうじて堪える。

「……まさか」

ふと疑念が生じ、吉親は訊ねた。

「まさかそなたまで、人の肉を口にしたのではあるまいな？」

覚えず、体が震えた。自分の妻が……落ちぶれたとはいえ、名門畠山家の娘である波が、そのようなおぞましい真似をするはずがない。

しかし、波の口は固く閉じられたまま、開かれる気配がない。

この重苦しい沈黙が、波の答えなのだ。理解した途端、怒りとも恐怖ともつかない感情が吉親を支配した。目の前にいる妻の見慣れた顔が、たまらなく穢れたものに映る。

「……下がれ。そなたの顔は、見とうない」

気づくと、口走っていた。

波は唇を嚙み、うなだれる。やがて、ゆっくりと立ち上がり、幽鬼のような足取りで部屋を後にした。

長くともに暮らしてきた妻は、餓鬼道に堕ちてしまった。言葉が通じないのも無理はない。

戦は、人を変えてしまう。それはひどく悲しいことだ。しかし人の上に立つ者は、その悲しみにも耐えなければならない。

「櫛田」

襖の外に声をかけた。

「はい、ここに」

「明朝、評定を開く。主立った者たちにその旨、伝えておけ」

「ははっ」

「今日の大勝利で、将の気が緩んでおるやもしれぬ。こうした時こそ、しかと引き締めておかねばなるまい」

「殿には、ご出座いただきますか？」

吉親には、その問いの意味がわからなかった。この長い籠城で、櫛田も混乱しているのだろう。

「何を申しておる。別所家当主は、このわしではないか」

数瞬の沈黙の後、櫛田は「承知いたしました」と答え、歩み去っていった。

ようやく静けさを取り戻した部屋で、吉親は椀の米が残っていたことを思い出す。妻から不快な話を聞いて食欲は失せているが、捨てるのも気が引ける。

明日の勝利への糧だ。一粒たりとも、無駄にはするまい。

吉親は椀と箸を取り、残った米を掻き込んだ。

第七章　深淵の彼方に

一

今日も、朝から戦だった。

四日前に鷹尾山を落とした敵は連日、二ノ丸とその西隣にある西ノ丸へ、矢玉を射ち込んできていた。喊声、銃声、打ち鳴らされる早鐘。とうに聞き飽きた、戦場の音色。ああ、うるさい。東ノ丸に建てた小屋の柱にもたれかかりながら、加代は心の中で毒づいた。

小屋にいるのは加代と、奈津、弥一、咲の四人だ。

方々から拾い集めた木材で建てた小屋は狭く、全員が横になると、寝返りも打てなかった。壁は筵を垂らしただけで、床も無く、土の上に敷いた夜着にくるまって眠るしかない。

この戦がはじまって、もう一年と十月《とつき》が経つ。その間、敵もたくさんの死人を出しているだろう。そこまでして落とす価値がこの城にあるのか、加代にはわからなかった。

それでも、攻めてくるからには、戦わないわけにはいかない。座して死を待つことだけは、したくない。

二ノ丸は波や伊織ら、五百の軍勢が守っている。城中から玉除けに使う竹束を集めてあるので、それほどの被害は出ていないはずだ。だが、昨日、一昨日と比べて、今朝の攻撃は熾烈《しれつ》だった。射ち込まれる矢玉の数が、比べ物にならないほど多い。

「これより二ノ丸の救援に赴く。戦える者は集まれ！」

別所家の侍たちが声を張り上げている。その中には、櫛田伝蔵の姿もあった。総勢で、二百人ほどだろう。

東ノ丸には、千人を超える民が逃げ込んでいる。その多くは女子供で、戦える者などほとんど残っていない。誰もが戦いに向かう侍たちに、虚ろな目を向けていた。

加代は傍らに置いた薙刀を握り、腰を上げる。

「今日も、行くの？」

奈津が訊ねた。その隣で、弥一がこちらを見上げている。二人とも、頰は削げ落ち、肌もすっかり色艶を失っていた。声は掠れ、加代を見上げる目の光も弱々しい。

「うん。みんなも戦ってるから」

「だからって……」

奈津は口にしかけた言葉を呑み込み、小さく首を振る。

「うん、何でもない。気をつけて」

無理に作った笑顔に頷きを返し、加代は筵の上に横たわる咲に目をやった。

咲は、奈津と弥一を連れてこの東ノ丸に逃げ込んだ直後、倒れ込んだきり起き上がれなくなっていた。

無理もない。昨年の暮れから年明けにかけて、咲は気の病でずっと寝込んでいた。立って歩けるようになったのも、ここ数日のことだ。

目は閉じられているが、息をするのも苦しそうだった。たぶん、また戦がはじまったことにも気づいていないだろう。顔は土気色で、美しかった黒髪は半分以上が白くなっていた。変わり果てた姿を視界に入れるたび、加代の胸は痛む。

咲の母は、九日前に亡くなっていた。敵が宮ノ上砦に攻め寄せてきた際、逃げ惑う群衆の下敷きになって圧死したのだ。咲にはもう、家族と呼べる者はいない。

「大丈夫、咲ちゃんはうちと弥一が見てるから」

「うん、お願い」

加代は薙刀を握り直し、立ち上がった。

咲とはもう、笑い合うことはできないかもしれない。ふと浮かんだ不安を、首を振って追い払う。

「死ぬなよ、加代姉」

弥一に頷きを返し、歩き出した。


二ノ丸へ続く門扉を開くと、そこは一面の針山だった。敵の放った夥しい数の矢が、地面や城壁に突き立っている。

四日前に破られた南門は、板を打ちつけて塞がれていた。味方は竹束に身を隠し、降り注ぐ矢玉の雨をやり過ごしている。

波は十間ほど先、二ノ丸の東門に近い竹束の陰にいた。側には、伊織と藍の姿もある。

加代は身を低くして、波のところまで一息で駆けた。

「来たか」

こちらに向けた波の顔は、さすがに疲労が色濃く滲んでいた。藍の顔色も蒼白で、じっとしているだけでも息が荒い。

「妹弟は？」

「べっちょないです。あの二人は、強いですから。波様も、ご無事で」

「気を抜くでないぞ。敵は今日、二ノ丸を抜くつもりだ」

波が言うと同時に、どん、という腹に響く音が聞こえた。敵が、東門の門扉に丸太を打ちつけているのだ。

「愚かな連中だ。わざわざ矢を送ってくれるとはな」

波の足元には、矢が山のように積まれている。敵が放った物を拾い集めたのだろう。ほどなくして、東門が破られた。殺到してきた敵に、味方が容赦なく矢を浴びせる。だが、敵は楯を掲げ、屍を乗り越えて続々と攻め寄せてくる。

「行くぞ」

波が弓を捨て、薙刀を摑んで走り出す。加代も、伊織や藍とともに後に続いた。激しい乱戦になった。攻めかかったものの、味方のほとんどは、得物を持つのがやっとという有様だ。次々と斬り立てられ、倒れていく。

四日前は、波や櫛橋左京の奮戦で敵を撃退することができた。だが本来ならば、味方はすでに戦える状態ではない。

これで終わるのか。頭をもたげた恐怖を断ち切るように、加代は目の前の敵へ薙刀を振り下ろした。刃が首筋に食い込み、盛大に血が噴き出す。すぐに刃を引き抜こうとしたが、肉に食い込んで抜けない。横合いから、鎧武者が刀で斬りかかってきた。腰の脇差を抜いて、かろうじて敵の刃を受け止める。

二度、三度と繰り出された斬撃はどうにか防いだものの、勢いに押され、尻餅をついた。鎧武者が刀を振り上げる。

斬られる。思わず目を閉じた時、法螺貝の音が響いた。圧倒的に押していた敵が、追撃を警戒しつつ整然と引き上げていく。西ノ丸に攻め寄せていた敵も、潮が引くように後退していった。

味方に、追い討ちをかける余裕などなかった。兵たちのほとんどは力尽きたように、その場に膝をついている。波も伊織も荒い息を吐きながら、遠ざかる敵をただ見つめていた。

「こちらがどれほど戦えるか、試したということか」

近くにいた櫛田伝蔵が、吐き捨てるように言った。

加代はあたりを見回した。倒れているのは、ほとんどが味方だ。敵に斬られたのではなく、体力が尽き果てた者も多いのだろう。

視界の端に、見知った小袖が映った。目を見開き、駆け出す。

「藍様！」

仰向けに倒れた藍の胸元が、血に染まっていた。槍で胸を突かれたのだろう。かなりの血を吐いたのか、口元も赤黒く汚れている。

気づいた波と伊織も駆け寄ってきた。

「御方様、お役に立てず、申し訳……」

「何を愚かな。そなたがいてくれねば、私は」

「私がおらずとも、御方様はしかと……ご自身の務めを、果たされませ」

藍の視線が、何かを探すように彷徨《さまよ》う。

「蔭山様……おられ、ますか？」

「ああ。ここにいる」

伊織が、そっと藍の手を握った。藍の汚れた口元に、かすかな笑みが浮かぶ。その目から、一筋の涙が零れ落ちた。

「藍は、果報者に、ござい……ます」

虚空を見つめる藍の目から、生の光が失われていった。伊織が無言のまま、開いた瞼を閉じさせる。

「見事な最期である！」

背後から、声がした。東ノ丸からの援軍を指揮する、横田主膳という重臣だ。

「女子の身でありながら、別所の御家を守らんがため、得物を手に最後まで戦い、壮烈なる討ち死にを遂げた。かの者こそ、播州の女子の鑑《かがみ》ぞ！」

主膳は生き残った兵たちに向け、さらに声を張り上げる。

「皆もこの女子を見習い、手本といたせ。命を惜しむな、名こそ惜しめ。決して降ることなく、誇りを抱いて討ち死にせよ！」

こんな人に……。覚えず、加代は拳を握り締めた。こんな人に、藍の死を語ってほしくない。

立ち上がった加代の腕を、波が強く摑んだ。

「やめよ。つまらぬことに、力を使うでない」

「でも……」

「あんな愚物に怒りをぶつけたところで、何かが変わるのか？」

低く問われ、加代は答えに窮した。伊織もこちらを見つめ、「よせ」と言うように首を振っている。

主膳に異を唱えたところで、どうなるものでもなかった。それどころか、無礼討ちになるかもしれない。口惜しさに涙が込み上げるが、歯を食い縛って耐える。

「我らはまだ、敗けてはおらん。心を一つとして、織田勢を打ち破ろうではないか！」

主膳の檄に応える者は、数えるほどしかいなかった。吉親の近習を務める櫛田伝蔵でさえ、俯いたままだ。

誰もが疲弊し、いつ果てるとも知れない戦の日々に、嫌気が差している。戦い続けたところで、勝利など望めるはずもない。ほとんどの者が理解していても、戦を終わらせることはできない。

「絶望に吞まれるな」

耳元で、波が囁いた。

「あと少しだけ耐えれば、この暗く深い淵からも、光が見える。必ずだ」

結局、日が落ちるまで敵が攻め寄せてくることはなかった。

破られた東門は板で塞がれたものの、敵がその気になれば、すぐに打ち破れる程度のものだ。

「案ずるな。敵はまた、数日は様子を見るはずだ。ここで無理押しして、兵力を磨り減らすことはしないだろう」

そう言って、伊織は加代に、小ぶりな革袋を押しつけてきた。

「今朝の戦で倒した敵のものだ。皆で分けたのでわずかしかないが、持っていけ」

中身は、ほんの一握りの干し飯だった。思わず、ごくりと喉が鳴る。

「ありがとうございます」

一礼して、東ノ丸へ向かう。

門をくぐると、弥一が駆け寄ってきた。加代が戻るのを、ずっと待っていたらしい。

その切迫した様子に、鼓動が速まる。何があったか訊く前に、加代は小屋へ向かって走り出した。

「咲ちゃん！」

体から力が抜け、倒れ込むように膝をついた。

「加代姉、遅いよ……」

掠れた声で、奈津が言った。

横たわる咲の傍らには、ゆきの姿もあった。加代が鷹尾山城にいる間、咲と親しくなったという女人だ。

咲は、穏やかに眠っているだけのように見えた。すっかり痩せた頰に触れてみる。まだ、かすかな温もりが残っていた。だが、息はしていない。

「……嫌や」

意図せず、言葉が漏れ出した。

父は、織田の軍勢に殺された。菊もりつも、藍も咲も、みんな死んでしまった。加代も、たくさんの人を斬った。この戦がはじまらなければ、出会うこともなかったはずの人たち。自分の、親しい人の命を守るために、見知らぬ他人の命を奪ってきた。

なんで、こんな目に遭うんやろう。なんで、戦わな、殺さなあかんのやろう。なんで、なんで、なんで……。尽きることのない疑問に、何一つ答えることができない。

「もう嫌や……耐えられへん」

声が震えた。息が苦しい。自分の無力さに、腹が立って仕方がない。

「加代さん、気をしっかり持って」

ゆきの手が、加代の両肩を摑む。振り解《ほど》き、加代は立ち上がった。

「吉親様に会ってくる。会って、こんなしょうもない戦はやめて、降参してくださいって言う」

「どうするつもり？」

「駄目」

ゆきも立ち上がり、加代の行く手を塞いだ。

「そんなことしても、加代さんが斬られるだけ。誰も救えない」

「ほんなら、いったいどうしたらええの？　教えてや！」

喚いた途端、堰を切ったように涙が溢れ出す。視界が滲み、嗚咽が漏れる。

「大丈夫。大丈夫だから」

穏やかな声音で言って、ゆきは加代を抱きすくめる。その両腕に籠められた力は、はっとするほど強い。

「あたしが帰るまで、咲ちゃんの側にいてあげて。明日の朝には、きっと帰ってくるから」

「帰ってくるって、どこから？」

「きっと、みんな助かるから。それまで、望みは捨てないで」

そう言うと、ゆきは加代の体を離し、小屋を出ていった。

二

本丸御殿の書院にあるのは、深い闇だけだった。

長治は、床に端座したまま思案に耽っていた。窓からわずかに射し込む月明かりの他、部屋に灯りの類は無い。灯りを取るためのわずかな油すら、今の長治は意のままにできなかった。

隣の寝所では、正室の照子と四人の子らが眠っている。

幽閉された当初は、外に出たい、腹が減ったと泣き喚いていた子らも、今では泣く力さえ惜しんでいる。城内の民は毎日のように餓死者を出しているというが、妻子の誰一人欠けていないことが、長治にとってはせめてもの救いであり、後ろめたさにもなっている。

長治が本丸御殿に幽閉されて、四月余が過ぎた。その間、戦況は日に日に悪化し、ついにはすべての出城を失い、残すは三木本城のみとなっている。

織田勢は今朝、二ノ丸と西ノ丸へ攻め寄せてきたものの、波たちが迎え撃つ構えを見せると、すぐに引き上げていったという。

恐らく、こちらにまだ戦える者がいると知った羽柴秀吉は、再び兵糧攻めに切り替えるつもりだろう。そして、別所勢が戦う力を完全に失ったその時、秀吉が下したという撫で斬りの命は、実行に移される。織田勢は武士、百姓、老若男女の別なく刃を振り下ろし、別所の家は跡形も無く消滅する。

早ければ、あと二日か三日というところだろう。惨劇を阻止するために残された時は、あまりに少ない。

不意に、闇の中に気配が生じた。部屋の隅に、薄っすらと人影が見える。

「近《ちこ》う寄れ」

囁くような声音で、長治は影に向かって言った。衣擦れの音も立てず、影が近づく。

「待っておったぞ、ゆき」

この女が初めて書院に忍んできたのは、長治が幽閉された直後のことだった。

吉親の放った刺客。そう察して身構えたものの、女に殺気はなかった。

「ゆきと申します」

近くにいれば明瞭だが、ある程度離れれば、その声はまったく聞こえない。書院の外にいる見張りが、長治以外に人がいると気づくことはないだろう。

ゆきは、羽柴秀吉が将来の中国攻めを見据えて放った間者だという。三年近くも前から三木城下に潜伏して別所家の動きを探り、戦がはじまってからは、城内の様子を織田勢に報告していたらしい。

「その間者が、私に何用あって姿を現した？」

「もはや、三木城の陥落は不可避。機を見て殿の許へ忍び入り、降伏を説くつもりでおりました。されど、吉親殿が実権を握られれば、敵味方ともに、数多くの無用な犠牲を出し、やがて三木城に籠もる者はことごとく撫で斬りとなりましょう。罪無き民草までが殺し尽くされる光景は、見たいものではございませぬ」

「それは、羽柴筑前守の考えか。それとも、そなた一人のものか？」

「我が独断にて」

「何ゆえ、間者が我が民を救おうとする。長く我が領内で暮らし、情が移ったか」

「忍びにあるまじき振る舞いであることは、重々承知の上。されど殿には、いま一度実権を取り戻し、和睦の道を探っていただきたく存じます」

そう言って、ゆきは深々と頭を下げた。

それ以来、ゆきは十日に一度はこの書院に忍び込み、外の状況を知らせてきた。それだけでなく、連絡役として長治と反吉親派の家臣の間を行き来している。

だが、そうした動きに対する吉親の警戒は、尋常なものではなかった。吉親は城内のあらゆる場所に見張りを立て、監視を強化している。反吉親派は本城の外の出城へ追いやられ、内通の罪を着せられて処刑された者も少なくなかった。間者狩りも執拗に行われ、ゆきとともに潜伏していた者は、ゆきを除いて全員が斬られている。

城内の反吉親派を結集して実権を取り戻すという計画は、すでに頓挫している。本丸御殿の警固も、四月前に比べてかなり厳しくなっていた。ゆきがここへ来るのもおよそ半月ぶりで、それも相当の危険を冒してのことだろう。

「事態は切迫しております。あと数日で、城内に戦える者は一人としていなくなるでしょう」

「わかっている。だが、私は相変わらず身動きが取れん。城内の味方とも連絡さえままならぬ有様では、どうにもなるまい」

「確かに、城内で動くのは難しゅうございます。ですが今ならば、城外に密使を送ることは可能かと」

「城外だと？」

「相次ぐ出城の陥落で、吉親殿の求心力は低下しております。将兵の士気が辛うじて保たれているのは、織田勢の撫で斬りを恐れるがゆえ。しかし、降伏しても命が助かるとわかれば……」

「吉親派を切り崩し、叔父上を追い落とすことができる、か」

「御意。すでに波の方様の同意は得ております」

「そうか」

姿を見せない間、ゆきは波に接触していたのだろう。

「だがそれには、羽柴筑前を説き伏せる必要がある。撫で斬りの下知を撤回させるだけの条件を示さねばなるまい」

言いながら、腹は決まっていた。元より、己の命を惜しむ気持ちなど、とうに捨てている。

長治は文机に向かい、取っておいた最後の蠟燭に火を点した。紙と筆を用意し、墨を磨る。


城中、既に兵糧尽き、士卒、戦ふべき力無し。依《よっ》て来《きた》る十七日、長治、友之、吉親右三人、速やかに切腹遂げるべく申し候。然《しか》る上は、従兵共何の罪も無く候。残らず一命を助けたまふべく候。この旨、よろしく披露願ひたく候。恐惶謹言《きょうこうきんげん》

別所小三郎

「この条件、羽柴筑前が呑むと思うか？」

書き上げた書状を渡し、訊ねた。

「それはわかりません。ですが、何もせねば、この城にいる者はすべて殺されます」

「そうだな。最後の最後まで足掻《あが》き続ける。それが、当主たる者に課された務めというものであろう」

「しかし、よろしいのですか？」

寝所へ続く襖に少し目をやり、ゆきが訊ねた。

長治ら三人が自害しただけでは、撫で斬りを撤回させることはできない。秀吉は禍根を断つため、長治らの妻子の自害も求めてくるはずだ。

妻子を想えば、胸が押し潰されそうな心地になる。しかしそれでも、城内のすべての者が死に絶えるよりはいい。照子も、きっと理解してくれるだろう。

「致し方あるまい。差し出せるものは、すべて差し出す。それ以外に、城内の者たちを救う手立てはない」

小さく息を吐き、ゆきは書状を懐にしまった。

「弁の立つ方と、腕の立つ護衛を、一人ずつお教えください。敵陣への案内は、私が承ります」

「わかった」

心当たりの名を挙げ、長治は頭を下げた。

「すまぬ。今の私には、そなたの献身に何一つ報いてやることができぬ」

「報いが欲しくてやっているわけではございません。これ以上、戦に巻き込まれた民草が殺されていくのを、見たくないだけです」

「そなた、播磨へ来る前は何処《いずこ》にいた？」

「越前にございます」

その答えで、おおよその察しはついた。

越前は五年前、織田勢による撫で斬りを受けている。彼の地を支配していた越前一向門徒は殲滅され、死者は一万余、奴隷として他国に連れ去られた者は、三万から四万にも上ったという。その地獄を、ゆきも目の当たりにしていたのだろう。

「当家に縁もゆかりも無いそなたに、このような役目を担わせるは心苦しい。されど、我らの命運はそなたにかかっておる。何としても、その書状を無事に届けてほしい」

「この三木の地に来てようやく、私は己が人であると思い出すことができました。ゆえにこれは、誰のためでもない、私自身のための行いです」

そう言って、ゆきは立ち上がる。現れた時と同じく、音も立てず闇の中へと消えていった。

三

「何とご立派な……」

手燭《てしょく》のか細い光で書状を一読し、宇野右衛門《うのうえもん》は声を詰まらせた。

「別所家当主の名に恥じぬ、見事なお覚悟ではないか。のう、蔭山殿」

二ノ丸の西端近くに位置する、粗末な小屋だった。

波に、ゆきと名乗る女と引き合わされたのは、ほんの四半刻ほど前のことだ。知らない顔だったが、腕が立つのは一目でわかった。

長治の密命。そう聞いて、伊織は疲れ果てた体に鞭打ち、合流場所であるこの小屋へ出向いてきた。

吉親派の目を盗んで城を抜け、長治からの書状を羽柴本陣に届けるというのが、密命の中身だった。伊織の役目は、使者となる宇野右衛門の護衛である。

右衛門は、四十絡みの目立たない家臣だった。主に商家との折衝を受け持つ役人で、武功にはまるで縁が無い。雄弁な質ではないが、朴訥《ぼくとつ》な人柄と粘り強さで、周囲から信頼を得ている。城内を吉親派で固められた現状では、まずは妥当な人選だろう。

「殿が、これほど我らのことを思っておられるとは……」

長治は、自身と弟の友之、叔父吉親の自害と引き換えに、士卒の助命を求めていた。

そこには当然、城内に逃げ込んだ民も含まれる。

見事な覚悟だった。だが、この条件を秀吉が呑んだとしても、それで戦が終わるわけではない。長治が城内の実権を取り戻し、吉親に自害を受け入れさせる必要があった。

越えなければならない障壁はまだ多くあるが、今はまず、書状を届けることだ。

「感慨に浸っている暇はございません」

冷ややかとも言える低い声音で、ゆきが窘《たしな》めた。

「そうじゃな」と頷き、右衛門は書状を畳んで懐にしまう。

「何があろうと、宇野様だけは生き残り、羽柴本陣に辿り着いていただきます」

「しかし、わしに羽柴筑前を説き伏せるなどという大役が務まるであろうか」

「案じたところでどうなるものでもありますまい。宇野殿の他に、適役はおらぬのです。覚悟を決められませ」

「わかった、伊織殿。わしはこの戦で妻も親兄弟も亡くしたが、残った一人娘だけは、何としても救うてやりたい」

「では、すぐに出立いたします。私の後に従ってください」

一行はまず織田軍の将、浅野弥兵衛長政《あさのやへえながまさ》の陣へ向かうことになっていた。長治の書状も、宛先は秀吉ではなく、浅野長政となっている。

長政は秀吉の縁戚に当たり、羽柴家中でもその影響力は大きい。かつて長治が上洛した時から親交があり、仲介役としては適任だという。形としては秀吉の直臣ではなく信長の臣であるため、秀吉としてもその意見を軽んじることはできない。そう踏んでのことだった。

羽柴秀吉は、鷹尾山のさらに南にそびえる八幡山の頂に建つ、宮ノ上砦を本陣としていた。長政の陣は、その西側の麓に置かれている。ここから浅野の陣に向かうには、二ノ丸から西ノ丸を経て、城外へ抜ける必要があった。

問題は、どうやって西ノ丸を抜けるかだ。西ノ丸の守将は、吉親に近い岸源三郎《きしげんざぶろう》。守兵も、その麾下で固められている。

岸源三郎は、別所家中ではその勇猛さで知られる、反織田派の急先鋒だった。こちらの目的が知れれば、ただではすまないだろう。織田の間者として、その場で斬り捨てられる恐れさえある。

「二ノ丸からならば、城壁を越えて鷹尾山城に駆け込む方が早いのではないか。何も、危険を冒して西ノ丸を通り抜けることはあるまいて」

不安げに言う右衛門に、ゆきは頭《かぶり》を振った。

「敵はこれまで、脱走兵と見れば即座に矢玉を射掛けてまいりました。城壁を乗り越えて敵陣へ向かった場合、敵に脱走兵と見做《みな》される恐れがあります」

波の協力を仰ぎ、二ノ丸の門を開くという手もあったが、吉親派に察知されれば、そのまま全面的な内乱に発展しかねない。そうなれば、敵は好機と見て総攻めを仕掛けてくる。

「我らの目的はあくまで、味方の誰にも知られることなく浅野弥兵衛殿に書状を届け、羽柴筑前に撫で斬りの下知を撤回させること。それを果たすまで、討たれるわけにはいきません」

ゆきを先頭に、息を殺して進んだ。満月に近いが、今夜は幸いにも雲が多い。伊織は動きやすいよう具足を外し、腰に脇差、刀は背に負っている。右衛門とゆきは小袖に袴、腰には脇差という、百姓のような身なりだった。

先行したゆきの合図で城壁をよじ登り、西ノ丸側へ下りた。方々に転がる骸は、餓死者か、今朝の戦で死んだ者たちだろう。骸を片付ける余力さえ、残っていないらしい。郭内のところどころに、松明の灯りが見える。郭の四方に建つ物見櫓でも、篝火《かがりび》が焚かれていた。

見張りの他に、人の姿は見えない。それ以外の兵は、陣屋の中で疲れ果てて眠っているのだろう。

再び身を低くして陣屋や楯に身を隠し、何も無いところでは這うようにして進んだ。このまま南西の城壁を越え、土塁を下りれば、織田の陣はすぐそこだ。

伊織の前を進む右衛門の息が、荒くなってきた。元々が文官肌で、しかもこの数日、ほとんど食べていないとあっては無理もない。

不意に、右手の陣屋の戸が開いた。中から現れた足軽が先頭のゆきと鉢合わせ、声を上げかける。

いきなり、ゆきが動いた。足軽の背後に回り、懐剣を喉に突き立てる。ほとんど音もなく、足軽が倒れた。ゆきが、急ぐよう身振りで伝えてくる。厠《かわや》にでも立つところだったのだろう。伊織は呆気に取られている右衛門を促し、足を速める。

数間進んだところで、右衛門が地面に転がる骸の足に躓《つまず》いた。右衛門は近くの竹束に倒れ込み、派手な音が上がる。

「脱走だ、出会え！」

物見櫓から声がした。

ゆきは十間ほど先で、すでに城壁の上にいる。伊織は右衛門に肩を貸し、走り出した。

「あそこだ。討ち果たせ！」

後方から声がする。足音からして、追ってくるのは十人ほどか。

「急がれよ！」

右衛門を先に行かせ、伊織は刀を抜いた。追手の先頭を駆ける足軽に向かって踏み込み、刀の峰で首筋を打つ。昏倒した足軽を見て、追手の出足が鈍った。

「おのれ、裏切り者め！」

鎧武者が叫び、横合いから斬りかかってくる。後ろへ跳んで避けた刹那、首から下げた匂い袋の紐が切れた。

ほんの一瞬、気が逸れた。直後、背中に鋭い痛みが走る。斬られた。だが、深くはない。振り返り、刀を薙ぐ。後ろにいた足軽が首から血を噴き出して倒れる。味方とはいえ、手加減している余裕はない。間髪を容れず、鎧武者の喉元に突きを放つ。

鎧武者が倒れるのも確かめず身を翻したその時、銃声が響いた。

左肩に激痛が走り、前のめりに倒れる。背後から足音。膝立ちになり、追ってきた足軽の脛を断ち割る。だが、追手は二十人ほどに増えている。

ここまでか。覚悟を決めかけた時、追手の一人が口から血を噴いて倒れた。ゆき。脇差を手に、さらに一人、二人と斬り伏せていく。

「ここは私が。あなたは先へ！」

「すまん」

激痛を堪え、再び走り出した。弾は肩を掠めただけだが、左腕は言うことを聞かない。失血で、吐き気が込み上げる。

「蔭山殿、急がれよ！」

右衛門が城壁の上から叫んだ。刀身を口に咥《くわ》え、片手でゆきの架けた縄梯子を登る。

外に目をやった。城壁と土塁を合わせ、高さは三丈（約九メートル）近くあるだろう。

右衛門が、ごくりと喉を鳴らした。下り方を誤れば足の骨を折りかねないが、躊躇っている暇はない。

ゆきはまだ、追手に一人で立ち向かっている。追手の人数はさらに増え、ゆきは肩で息をしている。手傷も負っているようだ。

一瞬、目が合った。行け。そう、口を動かしている。頷き、右衛門とともに城壁から身を躍らせる。

滑るように、土塁を下りた。着地と同時に、全身に凄まじい衝撃が走る。覚えず、口から呻き声が漏れた。うずくまったまま、立ち上がることもままならない。

「蔭山殿、生きておるか？」

「何とか。宇野殿こそ、お怪我はないか？」

「ああ、運がよかったようじゃ。だが、ゆき殿は……」

伊織は首を振った。恐らく、助かりはしないだろう。

「……わしも、腹を括らねばなるまい」

絞り出すような声音で言い、右衛門は正面に顔を向けた。いくつもの松明の灯りが、こちらへ近づいてくる。

「別所の脱走兵か？」

誰何《すいか》の声が飛んだ。織田勢。数十人はいる。鉄砲の音を聞いて出てきたのだろう。

「さにあらず！」

右衛門が立ち上がり、答えた。

「我らは別所家当主、長治が使いの者にござる。至急、浅野弥兵衛殿の陣所へ案内願いたい」

「たわけたことを申すな！」

組頭らしき鎧武者が、槍を手に怒鳴る。

「使者が城壁を乗り越えてくるはずがあるまい。こちらの陣を探る間者ではないのか！」

「主命により羽柴殿の陣を訪おうとしたところ、城内の慮外者らに襲われ、かくなる仕儀と相成ったのだ。そもそも、今さら織田の陣を探って何になる。我らがどう足掻いたところで、戦の大勢が覆るはずもあるまい！」

「黙れ。我らは、城から出る者はすべて斬り捨てよと下知を受けておる！」

「たとえ戦場であろうと、守るべき道義がござろう。それとも羽柴筑前殿は、命を賭して罷《まか》り越した使いの者を斬り捨てるような、武人の礼節を弁《わきま》えぬ御仁であるか。ならば我ら両名、ここで腹を切ってご覧に入れよう。しかる後に、それがしの携えし書状を浅野殿、羽柴殿に献上されるがよい」

右衛門の口ぶりは、人が変わったように堂々としていた。突きつけられた槍に見向きもせず、右衛門は胡坐《あぐら》を掻き、脇差に手をかける。その気魄に、組頭がたじろぎを見せた。

「そこまでにいたせ」

組頭の背後から、声がした。

松明の灯りに、小具足姿の男の顔が照らされる。慌てて、組頭が片膝をついた。

「これは、小一郎様」

「何の騒ぎかと思って来てみれば、使いの者ではないか。脱走兵は討てと命じたが、使者は別だ」

「はっ。申し訳ございませぬ」

「まあよい」

男がこちらに向き直った。

「配下の無礼、ご容赦いただきたい。それがしは、羽柴小一郎秀長と申す」

秀吉の弟だった。年の頃は、四十手前か。あの秀吉の弟と思えないほど、顔つきも話しぶりも温厚で、敵に対しても礼節を持って臨んでいるように見える。伊織と右衛門は片膝をつき、頭を下げた。

「それがしは別所家家臣、蔭山伊織」

「同じく、宇野右衛門にござる。主、長治より羽柴筑前守殿に書状を届けるべく、罷り越しましてございます」

「さようにござったか。ならば、本陣へはそれがしが案内いたそう」

思いがけない僥倖だった。あとは、右衛門が秀吉を説得できるかどうかだ。

か細いが、希望はまだ、すべて断たれたわけではない。伊織は右衛門を促して立ち上がり、秀長の後に続いた。

四

まったく、愚かな道を選んだものだ。月明かりも届かない深い闇の中、ゆきは自嘲した。

西ノ丸の一角にある牢屋。ゆきは手足を縛られ、剝き出しの土の上に横たわっていた。舌を嚙まないよう、猿轡もされている。檻の向こうには、武装した兵が二人。外には、何人の兵がいるかわからない。逃げ出す手立ては無かった。

全身に、無数の傷を負っていた。槍の柄で打たれた時に罅でも入ったのか、息をするたびに脇腹が痛む。土の上は凍えるほど冷たいが、体を起こすこともままならない。

瞼がひどく重い。このまま眠れば、二度と目覚めないかもしれない。ゆきは睡魔に抗うべく、必死に頭を働かせた。

蔭山と宇野は、無事に城を抜けられただろうか。書状を届けられたとして、秀吉は降伏を認めるのか。だが、考えたところでどうなるものでもない。やれるだけのことはやった。後は、運を天に任せるしかない。

天、か。声に出さず呟き、ゆきは少し笑った。もしも神や仏が本当にいたとして、どうせろくでもない連中に違いない。神仏が慈悲の心を持っているのなら、この地獄はいったい何の罰なのか。三木の人々は、それほどの罪を犯したというのか。

神や仏に縋るな。私は、そうやってこれまで生きてきた。


父と母の顔を、ゆきは知らない。物心ついた頃にはすでに、〝頭《かしら》〟の下で修業に明け暮れていた。

頭が言うには、ゆきの両親は百姓で、戦に巻き込まれて足軽に殺されたらしい。残されたゆきは人買い商人に売られ、市場で頭に買い取られたという。

ゆきの暮らす小屋は、甲賀《こうが》の山深い里にあった。小屋には同じ年頃の童たちが十人ほどいたが、修業が進むにつれ、その数は減っていく。崖を登る途中で転げ落ちた者。体術の稽古で昏倒し、そのまま目を覚まさなかった者。逃げ出そうとして、頭に斬られた者もいる。

頭の命は絶対で、逆らうことなど許されない。修業を終えたゆきは、頭に命じられるまま、諸国で忍び働きを続けた。

仕事のほとんどは、敵地で遊女として暮らし、要人に取り入って情報を得ることだ。戦の場に出ることも、敵の忍びと斬り結ぶこともない。よほどの下手を打たなければ、敵に追われるようなこともなかった。

見知らぬ男に体を売ることには、すぐに慣れた。どれほど不快な相手であっても、目と耳を塞ぎ、心を殺してしまえば、役目だと割り切ることができる。床で相手の口を軽くする手管《てくだ》さえ覚えてしまえば、欲しい情報を得るのもさほど難しいことではない。

自分の役目に、罪の意識は無かった。ゆきが盗んだ情報は、侍たちが戦に役立てるだけだ。あの連中がどれだけ殺し合いを続けようと、自分の知ったことではない。

役目をつつがなく果たし続ければ、いずれは自由の身になれる。その時には、それまでの働きに応じた銭を与える。頭は配下に、そう約束していた。

その日が来たら、何をしよう。嫁に行く気は無いので、何か生業《なりわい》を見つけなければ。櫛や簪《かんざし》、扇を売る店を開くのも悪くない。店はどこで出そう。扇の色や柄は……。男たちに組み敷かれている間、ゆきは決まってそんなことを考えていた。

越前での仕事も、いつもと同じはずだった。

仕事の中身は、大坂本願寺の門徒が支配する越前で、情報を集めるというものだ。頭が得意先にしている、織田家からの依頼だった。

ゆきは越前府中《ふちゅう》の遊女屋で働きながら、店を訪れる本願寺の坊官たちから、情報を聞き出しては織田家へと送った。どこの城に守兵が何人いるのか。兵糧や矢玉はどれほど蓄えられているのか。拍子抜けするほど簡単に、坊官たちは口を割った。

ゆきが潜入した時点で、越前は内側から崩れかけていた。大坂から送られてきた坊官が圧政を布いたことで、越前の民は反感を募らせ、年貢の徴収や兵の召集に応じなくなっていたのだ。

結局、織田勢が越前に攻め入ると、本願寺勢は瞬く間に総崩れとなり、呆気なく瓦解する。越前は織田の版図に組み込まれ、戦は終わるはずだった。

しかしゆきが目にしたのは、地獄と化した越前の山野だった。門徒たちが立て籠もる城砦はおろか、町や村までもがことごとく焼かれ、門徒と見られれば老若男女の別なく斬り捨てられる。あちこちに死体の山が築かれ、川も大地も血に染まった。織田信長は、門徒の撫で斬りを命じたのだ。

ゆきが一年余りを過ごした府中の町も、一面の焼け野原と化していた。世話になった遊女屋の主人や、店で働く女たちは殺された。ゆきを姉のように慕っていた遊女は、足軽たちに嬲りものにされた挙句斬り殺され、裸のまま野ざらしになっていた。

「仏敵信長を討て」「本願寺に逆らう者は、地獄へ堕ちる」

そう言って民を煽り、信長との戦に駆り立てた坊官の多くは、民を置いて逃げ去った。残された民は、戦に加わった者も、加わらなかった者も、等しくすべてを奪われた。

どこかから、悲鳴が聞こえた。織田の兵が、生き残った民を狩り立てているのだろう。数珠《じゅず》繋ぎにされた男女が、引き立てられていくのが見える。すでに死んだような目で歩く一行の中には、年端もいかない童の姿もあった。その一方で、織田の足軽たちが積み上げた略奪品の前で、分け前を巡って言い争っている。

ゆきは目を閉じ、耳を塞ぎ、逃げるように越前を離れた。

自分の果たした役目が、この光景を作り出したのか。いや、そんなはずはない。自分が役目を果たそうと果たすまいと、こうなることは決まっていた。

私は悪くない。奪われ、殺されるのは、弱いからだ。

惨状を目の当たりにしながら、ゆきは念仏のように幾度も唱えた。

強くなければ、この乱世を生き抜くことはできない。私は弱くなどない。己にそう言い聞かせなければ、何かが折れてしまいそうだった。

甲賀に戻ると、ゆきは何事も無かったかのように忍び働きを続けた。そして二年後、頭から最後の命が下る。

依頼主は、羽柴筑前守秀吉。播磨三木城下に潜伏し、別所家の内情を探る。それが、新たな役目だった。

「恐らく、数年がかりの役目となろう。無事に務め上げた暁には、甲賀を出て別の生き方を探すも、ここに残って忍びとして生きるも、好きにいたせ」

忍びとしては、用済みということだろう。頭の配下には、ゆきよりも腕が立ち、若く見目のいい女忍びが多く育ってきている。

それでも、思いの外早く訪れた最後の務めに、ゆきの心は躍った。この仕事を終えれば、はじめて自分自身の生を生きられる。他人を欺くことも、己の心を殺すこともなく、日の当たる場所で、人並みの暮らしを手に入れられる。

別所の家中に食い込むのは、いとも容易かった。別所家には、織田家のように熾烈な戦を勝ち抜いてきた経験が無い。裏の戦を取り仕切る家臣はおらず、お抱えの忍びもいない。

得た情報は、同じく城下に潜伏している仲間の忍びに託し、羽柴筑前のもとへ送った。仲間は、行商人や僧侶、あるいは猿曳きに扮して城下に出入りしている。

やがて、別所家が織田から離反すると、ゆきの役目は重要さを増していった。ゆきが別所勢の平井山襲撃を前もって報せなければ、戦の勝敗はどうなっていたかわからない。

しかし織田勢の包囲が完成すると、忍び働きは難しくなった。城内の警戒も厳しくなり、仲間たちは次々と狩り立てられていく。城外へ出ることもできないまま、ゆきは三木の人々とともに、城に取り残された。

幽閉された長治と会い、反吉親派の結集に動いたのは、ただ己が生き延びたいがためだ。吉親が実権を握ったままでは、降伏はあり得ない。飢え死にするか、織田勢に撫で斬りにされるか。いずれにしろ、生きて城を出る道は断たれる。

しかし事は上手く運ばず、やがて、本丸に近づくことすら難しくなった。そんな折、思いがけず城の外に出る機会がやってきた。領内の村から、物資を回収する役目だ。

初めは、隙を見て逃げ出すつもりだった。だが、そこで出会った咲という少女が足軽に襲われかけた時、思わず体が動いた。かつて、越前で見殺しにした遊女たちの姿が、咲と重なって見えたのだ。

結局、ゆきは逃げ出す機会を失い、咲は死んだ。そして今、こうして死の淵に立っている。

ろくでもない一生だったが、これも因果応報というやつだろう。人並みの生を手に入れようなど、忍びの自分には大それた望みだったのだ。

どれほどの間、横たわっていただろう。外から足音が聞こえてきた。

ここまでか。この地獄から解き放たれるのなら、知っていることを洗いざらい吐いて、さっさと首を刎ねられるのも悪くない。

そこまで考えて、ゆきは小さく頭を振った。長治が降伏に向けて動いていることを知れば、吉親は長治を殺すだろう。そうなれば、三木城の行く末は撫で斬りしかない。もしも蔭山と宇野が秀吉の説得に成功しても、すべては無駄になる。

檻が開き、数人の男たちが入ってきた。猿轡が外され、無理やり座らされる。足軽が手燭を近づけ、ゆきの顔を照らした。

「この者が、織田の間者か」

一軍の将らしき、具足姿の男。西ノ丸の守将、岸源三郎だろう。ゆきの顎を摑み、顔を上げさせる。その目の奥には、劣情がありありと見て取れた。

「女子の分際で、武人が己の命と誇りを賭した戦の場にしゃしゃり出てまいるとはな。なるほど、下賤の者に相応しい、卑しき顔をしておるわ」

こんな連中のために、咲は、この城の民は、苦しみながら死んでいったのか。ゆきは、腹の底に熱が点るのを感じた。

いいだろう。死んでなどやるものか。最後の最後まで、抗ってやる。

ゆきは岸の顔に唾を吐きかけ、ありったけの蔑みを籠めて笑った。

「その言葉、吉親の奥方の前でも吐けるのか？」

「黙れ、忍び風情が！」

岸が拳を振り下ろした。頬に衝撃。口の中に血の味が広がる。それでも、口元に浮かべた笑みは消さない。

「その忍び風情に、別所家のお偉方は皆、喜んで御家の内情を話してくれたぞ。おかげで、こちらはずいぶんと仕事がはかどったな。播州武士は愚か者揃いだが、好色ぶりだけは大したものよ」

はだけた襟元を見せつけるように胸を突き出し、岸を見上げた。

取り巻く兵たちが、唾を呑み込む。岸は舌打ちし、追い払うように配下を外へ出した。

「どうした。女に飢えているのだろう、好きにいたせ。それとも腹が減って、一物も役に立たぬか？」

「よかろう。その減らず口、後悔するでないぞ」

岸が具足を解き、袴を下ろす。

これで、少しは時が稼げそうだ。岸に蔑みの眼差しを向けながら、ゆきは思った。

五

「ようやく、降参する気になりおったか」

男は書状を読み終えると、甲高い声で言った。

羽柴本陣が置かれた、宮ノ上砦の陣屋。上座に着く小具足姿の男が、羽柴筑前守秀吉だった。左右には小一郎秀長、浅野弥兵衛長政、小寺官兵衛孝高、そして長治のもう一人の叔父、別所孫《まご》右衛門《えもん》重宗が居並んでいる。秀吉の軍師だという、竹中半兵衛重治の姿は見えない。

伊織の左肩の傷は、ここへ通される前に簡単な手当てを受けていた。今は、左腕を布で吊っている。痛みはひどいが、動けないほどではない。

伊織は、上目遣いに秀吉の顔を窺った。

禿鼠《はげねずみ》とも称されるという、皺だらけの顔。小柄で、腕は立ちそうに見えない。それでもこの男の采配で、別所勢は敗北を重ね、城は地獄と化した。

できることなら、自らの手で斬り殺してやりたい。だが、この体では傷一つつけられはしないだろう。万一成功したとしても、三木城の者が一人残らず殺されるだけだ。秀吉から視線を外し、凝り固まった憎悪を押さえ込んだ。

「よもや、別所の小倅がこれほど粘るとは思わなんだわ。いや、粘ったのは叔父の吉親の方か。それにしても、ずいぶんと手こずらされたものよ」

城の内情は、すべて把握しているということだろう。城兵がすでに戦える状態ではないことも、熟知しているはずだ。

「宇野右衛門とやら。何か、申し添えることはあるか？」

「はっ。山城守吉親の専横を許し、戦をこれほどまでに長引かせたこと、主長治は大いに悔いておりまする。されど、士卒と城内の民に罪はございませぬ。何卒、寛大なご処置を」

右衛門に倣い、伊織も深く頭を下げた。

「なるほどのう。さて皆の衆、いかがしたものかな」

「長治、吉親以下、別所一族の自害。士卒と民の命と引き換えるには、妥当なところでしょうな」

最初に答えたのは、小寺孝高だった。膝に深手でも負ったのか、片足を投げ出すようにして座っている。

これまで会ったことはないが、孝高は播磨の生まれだった。かつては小寺政職に仕えていたが、秀吉が播磨に進出すると主家を見限り、その帷幄の臣となっている。その妻は、亡き櫛橋左京の妹だった。

「それがしも、官兵衛殿と同意見にござる」

秀長が言うと、他の諸将も口々に賛意を示した。別所勢にほとんど戦う力が残っていないとはいえ、力攻めにすれば、織田勢にも少なくない犠牲が出る。このまま戦が終わるのであれば、それにこしたことはないのだろう。秀吉が利に敏《さと》い男であれば、降伏を受け入れるはずだ。

「気に入らんな」

顎鬚を撫でながら、秀吉がぽつりと言った。

「蔭山伊織と申したな」

思いがけず名を呼ばれた動揺を押し殺し、視線を上げる。

「そなたの目の奥には、決して消えることのない憎悪がありありと見えるぞ。そなた同様、三木城の者たちはわしをひどく恨んでおろう。そのような連中を織田家の版図に迎え入れるは、いかがなものか」

「お、お待ちくだされ……」

　言いかけた右衛門を制し、秀吉は続ける。

「そなたたちは、わしを血も涙もない鬼のように思うておろうが、我らとてこの戦で、多くのものを失《うしの》うた。別所家が無謀な戦を起こさねば、多くの将兵は死なずにすんだ。竹中半兵衛の病も、ゆるりと癒やすことができたであろう」

　秀吉の顔に、苦渋の色が浮かんだ。半兵衛の名を聞き、他の諸将も俯いている。詳しくはわからないが、竹中半兵衛はこの戦で陣没したのだろう。

「何より、二年近い時を無駄にした。これで、上様の天下布武が大きく遅れたかと思うと、腸《はらわた》が煮えるわ」

　人たらしと言われる秀吉の顔が、憤怒に歪んでいた。

　話に聞く限り、秀吉は自身を引き立ててくれた織田信長を、神のごとく崇めているという。信長の覇業を邪魔立てされたことを、秀吉は腹に据えかねているのだろう。

「民草もろとも別所家を消し去れば、上様の溜飲も下がり、織田家に恨みを抱く者を抱え込まずともすむ。どうじゃ、一石二鳥ではないか？」

　その顔からは苦渋の色が消え、凄惨な笑みが浮かんでいる。

　理屈ではあるまいと、伊織は思った。三木城を撫で斬りにしなければ、腹の虫が治まらない。それに、後から理由を付けているだけのことだ。

「これは、織田家一の出頭人とは思えぬお言葉にござるな」

伊織ははじめて言葉を発した。

「何」

「三木の民草を根絶やしにしたところで、憎悪が消えることなどござらぬ。羽柴様、そして織田家の非道は風のように諸国へと伝播し、人々の心に根付きましょう。そしていつの日か、憎悪は実を結び、織田家に大きな災いをもたらしまする」

「其の方、何が言いたい？」

秀吉は目を細め、伊織を見据える。背筋に冷たいものが流れるのを感じたが、腹に力を籠め、先を続けた。

「我らが起ったは、上月、福原両城における撫で斬りに憤ったがため。同じように、降伏を申し出た我らを撫で斬りにいたせば、いまだ織田家に従わぬ諸大名は死に物狂いで抵抗いたしましょう」

「それがどうした。我が織田家は、逆らう者をことごとく討ち果たし、天下に覇を唱えたのだ。比叡山、伊勢長島や越前の一向門徒ども。数え上げればきりがないわ」

「されど」

声を上げたのは、右衛門だった。秀吉の鋭い視線に臆することなく、胸を張って口を開く。

「ご無礼ながら、三木城攻略に二年近くの時を費やした信長公に、それほどの時が残されておりますかな」

信長は当年四十七。西国の毛利、島津《しまづ》、東国の武田、上杉《うえすぎ》、北条《ほうじょう》といった大大名は、いまだ織田家に従っていない。そのすべてを跡形も無く討ち滅ぼしていけるほど、信長は若くはなかった。

「信長公ご存命のうちに天下布武を成し遂げたくば、三木城の撫で斬りは下策中の下策。そもそも、民の恨みを軽んじる御方に、天下など獲れはしませぬぞ」

秀吉は怒りを露わにすることなく、伊織と右衛門を交互に見据える。

脳裏に、いくつかの顔が浮かんだ。波、加代、ゆき。ともに戦ってきた別所の将兵たち。その全員の命が、秀吉の次の一言に懸かっている。

「羽柴様」

何かに衝き動かされるように、伊織は右手を床についた。

「この目が気に入らぬと仰せであれば、この場で抉り出してご覧に入れましょう。それでも足らぬのであれば、首を刎ねるなり何なりなされませ。されど、城内には自ら命を絶つことすらできぬ飢えた者たちが、いまだ何千とおります。この戦がなければ、田畑を耕し、商いをし、好いた相手と子を生《な》し、育てていたはずの者たちです」

情に訴えるなど、俺らしくもない。頭の片隅で思いながら、なおも言葉を重ねる。

「別所の家臣は、殺されることを厭いませぬ。しかし、城中の民だけは何卒……何卒ご容赦くださいますよう、伏してお願い申し上げまする」

額を床に擦りつける。隣の右衛門も、それに倣った。武士の誇りなど、お香が死んだ時にとうに捨てている。恥を恥とも思わず受け流し、死んだように生きてきた。敵将に頭を垂れることなど、何ほどのこともない。

「言いたいことは、それだけか？」

秀吉の声が、重い沈黙を破った。

「それだけならば、面を上げよ」

「はっ」

息を整え、ゆっくりと顔を上げた。こちらを見下ろす秀吉の顔から、感情は窺えない。

「これより、別所長治殿への返答を申し伝える」

一同が注視する中、秀吉が口を開いた。

六

一睡もできないまま、夜が明けようとしていた。

奈津と弥一は、加代に縋りつくようにして寝息を立てている。こうして身を寄せ合って眠っているおかげで、凍える夜も、どうにか耐え忍ぶことができていた。それでも、寒さと抗いようのない空腹は、加代の残り少ない体力を容赦なく奪っていく。

ひどい眩暈と胃の痛みだった。伊織にもらった干し飯は、弥一と分け合って食べるように言って、奈津にすべて預けてある。昨日から、口に入れたのは城内の井戸で汲んだ水だけだ。

咲の亡骸は、東ノ丸の端にある死体置き場まで運んだ。もう城内の誰にも、墓穴を掘る力は残っていない。

結局、ゆきが戻ってくることはなかった。どこへ行き、何をしようとしたのか。考えたが、答えが見つかるはずもなく、空腹で頭も上手く回らない。

真夜中には脱走騒ぎがあり、西ノ丸の方角から銃声まで聞こえた。逃げようとした者がどうなったのかはわからないが、恐らく斬り捨てられたのだろう。

朝日が昇りはじめた。

矢狭間《やざま》から覗いて見る限り、敵陣に動きはない。伊織が言った通り、また数日は様子を見るようだ。

あと何日、生きられるだろう。城壁にもたれかかり、ぼんやりと霞がかかったような頭で思う。

次に敵が攻めてくる時には、もう誰も戦うことなどできない。波も伊織も討たれ、別所家は滅びる。自分も、奈津も弥一も、城内の命ある者は皆、敵兵の槍にかかって殺される。飢え死にと槍で突き殺されるのでは、どちらが苦しいだろう。

そこまで考え、加代は小さく頭を振った。

必ず、光明は射す。波はそう言った。ここで諦めたら、今までのすべてが無駄になる。生きることを投げ出すのは、死んだ人たちへの冒瀆だ。

不意に、どこかから言い争いの声が聞こえてきた。二ノ丸からだろう。声の数は、かなり多い。

喧嘩沙汰だろうか。もしかすると、謀叛。加代は立ち上がり、南の二ノ丸に面した城壁から様子を窺った。

百人ほどの軍兵が二組に分かれ、数間を隔てて睨み合っている。

一方は波たちで、もう一方を率いる将には見覚えがあった。確か西ノ丸の守将を務める、岸源三郎だ。岸の側にはなぜか、縄で後ろ手に縛られた女人の姿が見える。

ここからではよく聞こえないが、波と岸が何事か激しく言い合っている。

何が起こっているのか、皆目見当がつかない。ともかく、尋常ではない事態になっているのは確かだ。加代は急いで、二ノ丸に向かった。

近づくと、張り詰めた気が漂ってきた。双方とも殺気立ち、今にも斬り合いをはじめそうだ。人垣を掻き分け、波に歩み寄る。

「加代か。ちと、厄介なことになった」

「いったい、何が……」

言いかけて、加代は息を呑んだ。

縛られた女人は、ゆきだった。顔の形が変わるほどひどく殴られているが、着ている小袖も体つきも、紛れもなくゆきのものだ。

声を上げかけた加代を、ゆきが目で制した。よせ。声に出さず、そう言っている。

「さあ、お聞かせ願おうか」

岸が胴間声を張り上げた。

「この者が織田の間者であることは明白。そして昨夜、この者と行動をともにし、城外へ逃れていった二人のうちの一人は、波の方様の麾下である蔭山伊織に間違いないと、我が配下が証言いたしておる。これはいかなることか！」

言われて、加代は伊織の姿が見えないことに気づいた。

加代は狼狽《ろうばい》した。ゆきが織田の間者。伊織が城外へ逃げた。岸が何を言っているのか、まるで理解できない。

伊織がいない。言葉にして考えただけで、加代はなぜか、とてつもない不安に襲われた。夜の海に一人で放り出されたような寄る辺の無さが、全身を包み込む。

「岸源三郎」

波が毅然とした口ぶりで言った。

「そなたは、山城守吉親の正室である私が、敵と内通しておると申すつもりか？」

「そのようなことがあるはずはない。そう思うておるがゆえ、こうしてお訊ねしておるのです。されど、こちらの納得がいくお答えが無くば、その時は……」

「愚か者どもめ！」

いきなり、ゆきが叫んだ。

「昨夜、城外へ逃れたのは、私の仲間だ。蔭山などという者は、会《お》うたこともないわ。もっとも、そなたたちが内輪揉めで殺し合《お》うてくれれば、こちらの手間も省けるというもの。さあ、存分にやり合うがよい！」

そう言って、ゆきは声を上げて笑う。

「おのれ、間者風情が！」

岸が、ゆきの顔を殴りつけた。倒れたゆきを、さらに何度も踏みつける。飛び出しかけた加代の腕を、波が摑んだ。

「耐えよ。あの者の思いを無にいたすな」

低い声で窘め、岸に向けて言い放つ。

「もうよかろう。縛られた女子に乱暴を働くは、播州武士として恥ずべき行いぞ」

「よろしい」

岸はゆきから足をどけ、波に向き直る。加代は笑みさえ浮かべる岸の目に、かすかな狂気を感じた。

「では、返答をお聞かせ願おう」

「その者も申しておろう。蔭山伊織が、敵と内通することなどあり得ぬ。蔭山は野口城、平井山、大村での合戦と、常に陣頭に立って戦ってきた。それを知らぬとは言わせぬぞ」

「確かに存じており申す。されど、間者の言葉など、信ずるに足りませぬな。内通が濡れ衣だと仰せであれば、この場に蔭山を連れてまいり、申し開きをさせよ!」

「生憎《あいにく》だが、蔭山はここにはおらん。とある重大な役目に就いておってな。いかなる役目かは、誰にも話すわけにまいらぬ」

「話になりませんな。ならば、こちらで手分けして捜させていただくとしましょう」

「この二ノ丸は我が任地。勝手な真似は許さぬ」

波の手が腰の刀に伸びた刹那だった。

「敵陣、鷹尾山城に動きあり!」

二ノ丸の物見櫓の上から、見張りの者が叫んだ。

「源三郎、内輪揉めは後じゃ。加代、ついてまいれ」

そう言って、波は鷹尾山城と正対する南門の櫓に登った。岸も、後ろからついてくる。

だが、鷹尾山城と二ノ丸の間に軍勢の姿はなかった。代わりに、二人の男が具足も着けず、こちらに向かって斜面を下ってくる。

「波様……！」

思わず、加代は声を上げた。

二人のうちの一人は、伊織だ。布で腕を吊り、ひどく消耗しているようだが、間違いない。

伊織がこちらを見上げた。大丈夫だと言うように、頷いてみせる。

不意に、視界が滲んだ。なぜ、伊織が敵陣にいたのか、役目とは何だったのか、何一つわからない。それでも、つい先刻までの寄る辺の無さは、きれいに消えていた。

「城内の皆、聞いてくれ。わしは別所家家臣、宇野右衛門じゃ！」

南門の手前で足を止め、一人が叫んだ。

「我らは殿の命により、開城の使者として羽柴筑前殿と会うてまいった。羽柴殿は、撫で斬りの下知は撤回すると、しかと約束してくださったぞ。これで、戦は終わる。城内におる兵と民は、誰も死なずにすむのじゃ！」

「馬鹿な！」

波の隣で、岸が叫んだ。

「そのようなこと、聞いておらぬぞ。開城など、誰が決めた！」

「源三郎。開城は確かに、殿のご下命である。従えぬとあらば、謀叛の罪によりそなたを捕らえねばならぬ」

「おのれ……」

歯ぎしりしながらも、岸は口を噤んだ。張り詰めたものが切れたように、岸の配下から殺気が消えていく。

「門を開け。二人を迎え入れてやるのだ」

波が命じ、加代に向かって微笑する。

「言ったであろう。光は必ず見えると」

「……はい」

答えると同時に、涙が零れた。

第八章　命、散りゆけど

一

東ノ丸の民の目に、かすかだが希望の光が戻っていた。

噂はすでに伝わっているのだろう、まるで神仏を拝むように、波や宇野右衛門に手を合わせている者も少なくない。

波は右衛門、伊織を伴い、五十人の麾下を率いて本丸へ向かっていた。これから本丸で、主立った者すべてを集めた評定が開かれることになっている。

吉親派の将兵もさすがに、波に手を出すことはできない。撫で斬りの下知が撤回されたと知り、力が抜けた者も多くいるのだろう。

加代には、ゆきの手当てを命じた。薬もろくに無いが、腫れたところを水で冷やすくらいのことはできるだろう。

『衆命助けられたき由、まことに士道を愛する良将といふべし。士卒の助命の儀、相違あるべからず候』

秀吉は返書でそう述べ、起請文《きしょうもん》も添えられていた。起請文は、熊野牛王宝印《くまのごおう》と呼ばれる護符の裏に認《したた》められている。この護符に記した起請文は、約定《やくじょう》を違《たが》えればたちまち神罰が下ると言われていた。

波はすぐに秀吉の返書の写しを取り、重臣たちに届けさせた。これで、城内の風向きも大きく変わるだろう。

本丸へ続く門をくぐると、麾下の軍勢をとどめ、主殿の広間に入った。

まだ、油断はできない。今の吉親は、正常な判断力を失っている。開城をつつがなく行うにはやはり、長治に実権を取り戻してもらうしかなかった。

広間には、すでに重臣たちが集っていた。友之や家老の三宅治忠ら、吉親によって遠ざけられていた者も復帰している。

だが広間の雰囲気は、戦が終わる喜びには程遠かった。すべてが上手く運んだとしても、失うものはあまりにも大きい。それを、誰もが理解している。

吉親派の家臣たちは神妙にうなだれているものの、さほど飢えているようには見えない。吉親に追従することで、他の者たちより多く食糧を得ていたのだろう。民や末端の兵の痩せ衰えぶりが、まるで嘘のようだった。

奥の襖が開き、吉親が現れた。さも当然のように、上段の間に腰を下ろす。

自分はこれから、夫に自害を勧めなければならない。大きく息を吸い、上段の間を見上げた。

「波。そなた、五十もの軍勢を引き連れてきたそうだな。評定に参じるにしては、ちと大仰すぎぬか？」

「いえ、そのようなことはございませぬ。前途を悲観し、不埒な真似に及ぶ者がおらぬとも限りませぬゆえ」

「ふむ、まあよい。使いの件、聞いておる。殿のお下知と称し、愚かしい条件を出して、城内の者の助命を勝ち取ったと騙《かた》る者がおるそうじゃな」

波は啞然とした。数日前に会った時もそうだったが、まるで周囲が見えていない。現実と自分の望みが、まったく区別できていないのだ。

「そのような約定、あの羽柴筑前が守るはずがあるまいに。城を出た途端、皆殺しに遭うのは火を見るよりも明らかであろう。のう、そうは思わぬか？」

吉親はくぐもった笑いを漏らすが、追従する者はもはやいない。吉親派の面々も、気まずそうに視線を逸らしている。

「お、お待ちくだされ！」

声を上げたのは、宇野右衛門だった。

「羽柴筑前殿はそれがしに、しかと約束いたしました。戦が終わった暁には、兵と民に十分な食糧も配るとの由にございます」

「右衛門、そなたは騙されておるのだ。すべては、我らに城を開かせるための謀《はかりごと》ぞ。そもそも、羽柴筑前とは何者か。本を正せば、士道など解さぬただの百姓ではないか。目端が利くというだけの、成り上がり者に過ぎぬ」

「その百姓に、我らは敗れたのです」

波が言い放つと、吉親のこめかみがぴくりと震えた。

「勝敗はもはや、いえ、とうに決しております。ここで我らが約定を反故にすれば、織田勢は今度こそ、総力を挙げて攻め込んでまいりましょう」

吉親はこちらを見据えながら、親指の爪を嚙んでいる。苛立った時の、吉親の癖だ。

「我らは戦って死ねばよい。ですが、城には歩くこともままならぬ、飢えた女子供が多くおります。そうした者たちにまで、死ねと仰せですか？」

「当然であろう。我らが敗れれば、撫で斬りにされることもあり得る。そのことを承知の上で、彼の者らはこの城へ逃げ込んできたのではないか。我らはそれを受け入れたばかりか、食糧まで分け与えてやった。本来ならば将兵に与えるべき、戦のために蓄えた大切な食糧をな。そのおかげで、彼の者らは今日まで生き延びてこられた。感謝されることはあっても、恨まれる筋合いなどない」

己の言葉を、己の正しさを、微塵も疑っていない。これが、自分の夫の本性なのか。幾度も味わった失望を噛みしめ、波は吉親を見つめる。

吉親が顔を紅潮させているのは、激昂しそうになる自分を抑えつけているからだ。しかし、それだけではない。忙《せわ》しなく動く両目の奥には、消し難い憎悪の光が点っている。いったい、何をそこまで憎んでいるのか。考え、思い当たった波は、口を開いた。

「この期に及んで、御前様は何を望んでおられるのです。城内の者たちを道連れに滅ぶことですか。それとも、ご自身が生き長らえることですか？」

「何だと？」

吉親の眉間に、深い皺が寄る。

「わしは播磨の名門、別所家を……」

「別所家を滅ぼしては、父祖に申し訳が立たぬ。そう仰せなのであれば、ご案じ召されますな。三木城が落ちても、別所の家名は絶えませぬ。羽柴殿の幕下には、重宗殿がおられますゆえ」

「その者の名を口にするな！」

血走った目を見開き、吉親は怒声を上げた。ついに、感情の抑えが利かなくなったのだろう。

「我が弟でありながら織田家に追従し、あろうことか羽柴の陣に奔った裏切り者ぞ。あ奴を討ち果たしその首級を目にするまでは、降伏などあり得ぬわ！」

やはりそうかと、波は思った。

武芸にも学問にも優れ、人柄も温厚な重宗には、家中の人望が集まっていた。吉親は幼い頃から、事あるごとに弟と比較され、口惜しい思いをしてきたという。

長じて後は手を携えて長治を支えてきたものの、織田家への従属を巡り、対立は決定的になった。重宗は最後まで兄に翻意を促したが受け入れられず出奔、今は三木城を囲む織田勢の中にいる。

吉親が織田からの離反に舵を切ったのはすべて、功名心と、弟への嫉妬だった。そしてその結果、無辜《むこ》の民を巻き込み、自分の身はおろか、別所の家まで滅ぼしかけている。

この惨禍が己の招いたことだとは、吉親も心の奥底では理解しているのだろう。しかし、断じて認めるわけにはいかない。それを認めてしまえば、その罪の重さに、吉親の心は耐えることができないのだ。ゆえに、諫言に耳を塞ぎ、現状を受け入れることを拒絶する。

途方もない虚しさに、波は囚われた。もう、言葉は通じない。どれほど道理を説いたところで、吉親の耳には届かない。

「そこまでになされよ、叔父上」

静まり返った広間に、声が響いた。

「殿の、御成りである」

　廊下から別の声がして、襖が開く。ざわつく一同の前に現れたのは、長治と櫛田伝蔵だった。

　櫛田は、かすかに血の臭いを漂わせていた。長治には監視の兵が付けられていたはずだが、恐らく櫛田が斬ったのだろう。

「櫛田……そなた、わしを裏切ったか！」

「考え違いをなされるな。我が主君はあくまで、別所家当主である長治様。それがしは、貴殿の臣下にあらず」

　櫛田が冷ややかに言い放った。その声音には、静かな怒りが滲んでいる。

「吉親殿、一つお聞かせ願いたい。昨夜、一人の女子が死んだ。どこにでもいる、百姓の娘だ」

「何の話だ。それが、わしに何の関わりが……」

「その者は、戦の中で、父母も幼い妹も失った。想い人を作る。子を産む。そんな当たり前のことを何一つできないまま、飢えに苦しんでこの世を去った。貴殿はその女子に、少しでも詫びる気はあるか？」

「愚かな。人の上に立つ者が、そのような些事に構っていられようか。その女子が死んだのは、弱いからだ。何ゆえ、このわしが詫びねばならん？」

櫛田の目が、すっと細まった。総身から、殺気が滲み出る。何か言いかけた櫛田を制し、長治が前に出た。

「皆の者、久しいな。当家危急の折に姿を見せることもかなわず、すまなかった」

立ったまま、長治が言う。

「叔父上。この通り、病は吹き飛び申した。そこを、空けてはもらえぬか」

一同の視線が、吉親に注がれた。吉親は歯噛みしながら上段の間から下り、代わって長治が腰を下ろす。

「皆の者、これまでよく戦ってくれた。だが、もう終わりにしようではないか。民草まで焼き尽くして滅び去ることを、別所家の父祖は、誰一人として望んではおられぬ」

長治の口ぶりは穏やかで、一人一人に語りかけるかのようだった。

「織田からの離反は、我が生涯最大の過ちであった。詫びてすむことではあるまいが、この罪は、我が一族の死をもって償うことといたす」

「納得がいきませぬ！」

声を上げたのは、岸源三郎だった。

「それがしと麾下の兵たちは、まだ戦えまする。我らが故郷を焼き、この三木城を地獄と変えた織田勢に一矢も報いぬまま降参するなど、播州武士として耐えられませぬ！」

涙で声を震わせながら、岸が訴える。

「すまぬ、源三郎。されど、耐え難きを耐えてこその、播州武士ぞ」

それぞれの顔を見回し、長治は続けた。

「たとえ別所の家が無くなろうと、三木という土地そのものが滅びるわけではない。皆は、この先も三木の地に根を張り、民とともに生きてもらいたい」

方々から、啜り泣きの声が聞こえた。岸は肩を落とし、吉親は惚《ほう》けたように床の一点を見つめている。

一同に向け、長治は静かに告げた。

「別所家当主としての、最後の下知である。明日、当家は織田勢に降伏し、私と友之、吉親、並びにその妻子は自害いたす。一同は生きて、三木の復興に尽力いたすべし」

二

開かれた門扉に向かって列をなす民を、伊織は無言で見つめていた。

評定で降伏が決し、改めて羽柴の陣に使者が送られたのが、つい二刻ほど前のことだ。長治は、まずは城から民を出し、食糧を与えてほしいと要請していた。侍身分の者だけが城に残ることを警戒して断るかと思われたが、秀吉はあっさりと受け入れた。もう、別所の将兵に戦う力など無いと判断したのだろう。

開城が決しても、幽鬼のようだった民の表情にさほど変化はなかった。戦が終わったことを祝い、笑い合う力さえ、民には残されていないのだ。

列の左右に立つ武装した兵の袖印には、織田木瓜が染め抜かれていた。城内の要所はすでに、織田の兵が固めている。別所家の足軽や雑兵は武装を解き、民に交じって列に並んでいた。

伊織は、列の中ほどに目を向けた。木の枝を杖代わりに、ゆきが足を引きずって歩いている。ゆきは痣《あざ》だらけの顔をこちらに向け、軽く一礼した。

伊織が目礼すると、ゆきは微笑し、踵を返した。あの女子のおかげで生きて城を出られるとは、周りの者は誰一人として知らないだろう。

「蔭山様」

聞き慣れた声に振り返る。立っていたのは、薙刀を手にした加代だった。

「何のつもりだ。民は城を出ろと、触れがあったはずだぞ」

それには答えず、加代は怒ったような目を向けてくる。

「波様も自害なさると聞きました。まことですか？」

「まことだ。別所一族は、女子供にいたるまでことごとく自害。それが、開城の条件だからな」

今さら隠し立てすることでもない。包み隠さず話すと、加代は唇を噛んで俯いた。

「お前も早く、列に並べ。東の馬場で、炊き出しをするそうだ。妹と弟に、まともな物を食べさせてやれ」

諭すように言ったものの、加代は顔を上げ、「いえ」と頭を振る。

「城に残ります。うちは、波様の配下ですから」

「おい……」

「女武者組はもう、数えるほどしかおりません。波様はあれで寂しがりやから、誰かが付いていてあげんと」

娘を案じる母のような口ぶりに、伊織は苦笑した。こうなると、加代はこちらの言うことなど聞きはしない。

「辛いところを見ることになる。覚悟はできているな？」

唇を引き結び、加代が頷く。

「ならば、好きにしろ」

民が城を出ると、夕日に照らされた城内の景色は、ひどく寒々しいものに見えた。方々に積み上げられたまま野ざらしになっていた骸は、織田勢の手で片付けられた。民が建てた粗末な小屋が、城壁に沿っていくつも軒を連ねている。地面に見える夥しい数の穴は、木の根や虫を捕るために開けられたものだ。

「こんなところでも、辛くて悲しいことばかりでも、ここでみんなと、二年近くも暮らしてきた。そう思うと、ほんの少しだけ寂しい気がします」

廃墟を思わせる二ノ丸を眺めながら、加代が呟くように言った。

「城を出たらどうする。村に戻るのか？」

「そのつもりです」

加代は、城から南へ十五町ほどのところにある、小林村の出だった。だが、村は焼かれ、田畑も荒らされたまま二年近くが経っている。村を再興するのは、容易な道ではないだろう。

「村の生き残りが何人おるのかもわかりません。けど、戦が終わったら行き場のない人もたくさんおると思います。そんな人たちを受け入れたら、どうにかやっていけるかもしれません」

この女子はやはり強いと、伊織は思った。加代の目はもう、前を向いている。

「蔭山様は、これからどうなさるのです？」

「これから、か」

思えば、この戦がはじまった時、伊織は戦いの中で死ぬことだけを望んでいた。妻子を一度に失い、臆病者、死に損ないと蔑まれ、死んだように生き続ける日々。それを、この戦で断ち切りたかった。

だがどういうわけか、戦が終わった今も、自分は生きている。そしてこの先、どうやって、何のために生きていけばいいのか、途方に暮れている。

明日で、別所の家は滅びる。武士として生きるならば、どこか別の家に仕官するしかないだろう。だが、今後も武士としてあり続ける自分を、上手く想像することができない。これから先があるということすら、まるで実感が湧かなかった。

「そろそろ宴がはじまる。波様に会いに行くとするか」

答えをはぐらかすように、伊織は言った。

つい先刻、城内へ秀吉から、酒肴《しゆこう》が届けられた。酒二十樽、肴は十種。「これで別離の宴を開かれよ」とのことだった。宴を前に、別所一族と家臣たちは本丸に集まっている。

少しの間を空け、加代が「はい」と答える。その表情にはやはり、かすかな翳が差していた。

加代は妹と弟、そして死んだ父のため、生き残ることだけを望んでいた。しかしその望みをかなえるため、波は死ななければならない。

本丸には、百人近くが集まっていた。方々には篝火が焚かれ、すでに酒宴がはじまっている。

戸板が外された本丸の客殿には長治をはじめ、弟の友之、照子や波の方ら女房衆と重臣たちが座し、下級の家臣たちは庭に敷かれた筵の上に車座を作っている。とはいえ、宴と呼ぶには程遠い静けさだった。戦が終わった安堵と、主君の一族を犠牲にして生き長らえる口惜しさとが、一同の表情には入り交じっている。

「蔭山」

筵に座る櫛田伝蔵が声をかけてきた。加代とともに、その隣に腰を下ろす。すぐ近くで火が焚かれているので、それほど寒くはない。

目の前には、握り飯や焼き魚、豆や野菜の煮つけに焼いた餅、漬物、さらには干し柿や豆餅といった菓子の類までが並んでいた。火にかけられた鍋からは、味噌の匂いが漂ってくる。中身は、米の入った雑炊だ。

伊織は軽い眩暈を覚えた。蛙や虫、松の木の皮といった見慣れた食材は、当然ながらどこにもない。まともな飯を目にするのは、いったい何月ぶりだろう。これが、本当に食い物なのかという気さえしてくる。

「まずは、重湯で胃を慣らせ。いきなりがっつくと、死ぬぞ」

頷き、重湯の注がれた椀を摑んだ。思い出したように、腹の虫が鳴る。一口啜った。冷え切った体に、温もりが拡がっていく。体が温まると、わずかに活力を取り戻した胃の腑がきゅっと縮まり、逆に痛みを訴えはじめた。

伊織は雑炊をよそった椀を手に取り、匂いを嗅いだ。米と味噌の他に、大根や芋、魚の切り身も入っている。湯気を立てる雑炊に息を吹きかけ、恐る恐る、ほんの少しだけ口に入れた。

最初は、ろくに味など感じなかった。黙々と嚙み、嚥下《えんげ》する。

腹の底に、火が点ったような気がした。全身の血が勢いよく流れ出し、頭の中にかかっていた靄《もや》がきれいに吹き払われる。

胃の痛みが和らぎ、徐々に味がわかるようになってきた。味噌の塩気。魚の脂気。米や芋の甘み。気づくと、椀の中身は米一粒残らず腹に収まっていた。

「播磨で穫れた米だそうだ。別所領の外では、民は以前のように米を作り、商いに精を出しているらしい。まあ、当たり前の話ではあるが」

伝蔵が乾いた笑いを漏らす。

「皮肉なもんだ。俺たちが必死に守ろうとしたこの国の米を、敵から恵まれることになるとはな」

まあ呑めよ、と伝蔵は徳利を摑み、伊織の前に置かれた椀に酒を注ぐ。

「……美味しい」

雑炊を啜っていた加代が、ぽつりと漏らした。

「こんなに美味しいものやったなんて」

椀を宝物のように見つめ、消え入りそうな声で続ける。

「咲ちゃんに、食べさせてあげたかったな」

伝蔵の顔から、皮肉な笑みが消えた。少し目を伏せ、黙って椀の酒を舐める。

誰もが、この戦で大切なものを失くしている。だが伊織には、そもそも大切な何かなどありはしなかった。強いて言えば昨夜、城を抜ける際に失くした匂い袋くらいのものだ。

後ろめたさにも似た思いを抱え、酒を舐める。いったいいつ以来かもわからない酒だが、さして美味いとも思えない。

「そういえば」

広間に目をやり、伊織は言った。

「吉親殿がおらんようだが」

「殿の命で、東ノ丸の陣屋に押し込められている。あの様子では、また何をしでかすかわからんからな」

「監視の兵は付けてあるんだろうな」

「ああ。岸源三郎や横田主膳が、しかと見張っている」

「岸と横田だと？」

その二人は、吉親派の中心だ。昼間の評定でも、最後まで抗戦を訴えていた。

「言いたいことはわかる。殿に、お考えがあってのことだ」

「しかし……」

言いかけた時、背後から「伊織」と声がかけられた。

「酒が進んでおらぬようだな」

徳利を手にした波だった。小具足姿で、腰には刀を差している。まだ、戦が完全に終わったわけではないという心構えだろう。

「どうした。傷の具合でも悪いのか？」

「いえ、この程度の掠り傷、どうということもありません」

昨夜、肩に受けた鉄砲玉は、肉を抉っただけだ。羽柴の陣で受けた手当ても適切で、まだ痛みはあるものの、十日もあれば塞がるだろう。

「ならば呑め。今生の別れの酒だ」

「はっ」

「加代。そなたにも世話になった。女武者組の、いや、この戦で死んだすべての者たちの、弔い酒じゃ」

「はい。いただきます」

酌をする波は、これまでの険しい顔つきが嘘のように、穏やかな微笑を湛えていた。しかし加代の表情には、やはり翳りが見える。

「そう暗い顔をするな。じきに、すべてが終わるのだ」

波はふっと息を吐くように笑い、「いや、違うな」と続ける。

「これで終わるわけではない。これから先も、そなたの生は長く続くだろう。田畑を耕す。好いた男に添い遂げる。何でもいい。そなたは人として、当たり前の道を歩め。そして願わくは、この戦で荒れ果てた三木の地を、かつての豊かな、美しい土地に戻してほしい」

「波様……」

加代が声を詰まらせる。この戦ですっかり細くなった肩が、小さく震えていた。

「伊織。そなたもこれまで、よく働いてくれた。何も報いてはやれんが、礼を言う」

柄にもなく、波が頭を下げた。胸を衝くような痛みを感じながら、伊織は「何の」と頭を振った。

「また、死に損ないました。こうなったら、老いさらばえて足腰が立たなくなるまで、生きてやりますよ」

思わず口を衝いた言葉に伊織は驚き、苦笑した。これほどの地獄を目の当たりにしてもなお、俺は生きていたいらしい。

「そうか」

頭を上げ、波が言った。

「強くなったな、伊織」

「波の方様こそ」

互いに顔を見合わせ、微笑を交わしたその時、不意に喧噪が沸き起こった。本丸の隅、東ノ丸へと続く門。明け放たれた門扉から、鎧武者の一団が雪崩れ込んでくる。

伊織は立ち上がり、片手で脇差を抜いた。敵襲か。いや、あり得ない。この期に及んで秀吉が騙し討ちをする必要など、ありはしないのだ。

「下がられよ！」

「これはいかなる狼藉か！」

武者たちを制止しようとした足軽が、一刀の下に斬り伏せられた。さらに別の足軽が、槍の餌食になる。

あたりが騒然となった。女房衆が悲鳴を上げ、別所家家臣たちは立ち上がって抜刀する。織田の兵たちも、騒ぎを聞いて集まってきた。

「者ども、聞け！」

三十人ほどの武者たちを掻き分けて現れた男が、周囲を圧する大音声を上げた。

「戦はまだ、終わってはおらぬ。羽柴筑前がごとき百姓上がりに膝を屈するは、末代までの恥辱ぞ。心ある者は、我に続いて起て。この城におる織田の者らを血祭りに上げ、最後の一戦を遂げん！」

吉親。その周囲には、岸源三郎や横田主膳の姿もある。

伊織は、横目で波を窺った。

「やはり、来たか……」

小さく呟いた波は、刀を抜くこともなく、吉親の狂気に満ちた顔を見据えている。

三

波の胸の底から湧き上がってきたのは、憤怒とも憎悪とも別の、憐れみにも似た思いだった。

どこまで愚かなのだろう。いつまで、現実から目を背け続けるのだろう。武士の、男の誇りとは、これほどまでに人を歪めてしまうものなのか。

「方々、何をしておる。名門別所家の気概を、播州武士の矜持を示すは今、この時ぞ！」

吉親はなおも空虚な言葉を連ね、岸や横田は殺気に満ちた顔つきで周囲を威圧する。だがその目の奥にあるのは、怯えだった。死への恐怖ではない。敵に膝を屈すること、己の愚かさを認めることこそを、吉親たちは恐れている。

波は、広間に目をやった。長治。制止を振り払い、客殿の縁に出る。

「叔父上。降伏、開城は、当主である私が決定したこと。それに従えぬと言われるなら、謀叛人として討たねばならぬ。別所の家を支え続けた叔父上の名に傷が付くことになるが、それでもよろしいか？」

「何を申すか、別所を滅亡の淵に追いやった暗君が！」

その言葉に、周囲の家臣たちが殺気立つ。もはや吉親は、己が放つ言葉の意味さえも理解できていないのだろう。それでも三十人もの将兵が付き従っていることが、波を暗澹たる気分にさせる。

長治はほんの束の間目を閉じ、何かを振り払うように命じた。

「致し方あるまい。望み通り、討ち果たせ」

長治派の兵と織田勢が、吉親派を取り囲む。

吉親派を一ヶ所に集めるのは、賭けのようなものだった。何も起こらなければそれでよし。蜂起の動きを見せれば、後々の禍根を断つため、ことごとく討ち果たす。長治としても、苦渋の決断だっただろう。

できることなら、大人しく明日を迎え、潔く腹を切ってほしい。そんな波の願いはやはり、かなうことはなかった。

深く息を吐き、刀の鞘を払う。

「波様」

「よいのだ、伊織」

ここまで戦が長引いた責めは、吉親を止められなかった自分が負わねばならない。夫殺しの汚名を着ても、決着はこの手でつける。

「その腕では、ろくに戦えまい。そなたはここで、加代を守れ」

数拍の間を空け、伊織は「承知」と頷く。

「櫛田伝蔵。そなたには、露払いを頼む」

「ははっ」

張り詰めた気を破るように、長治の命が下る。

「かかれ」

味方が一斉に攻めかかった。たちまち、激しい斬り合いがはじまる。数の上では織田勢も加わったこちらが圧倒的に有利だが、狂気に駆られた吉親派の戦意は高い。

波と伝蔵は、味方を搔き分けるようにして前に出た。襲いかかってくる吉親派の兵を、伝蔵が一人、二人と斬り伏せていく。

「別所山城守吉親殿。御首級、頂戴いたす！」

夫だった男を見据え、叫んだ。

吉親の顔がこちらを向いた。憎悪。殺意。その裏に隠された、拭いきれない恐怖。視線に籠められたあらゆる感情を、波は正面から受け止める。

一人の兵が、波の前に立ちふさがった。曾根藤四郎《そねとうしろう》。波も目をかけていた、吉親の近習だ。まだ若く、実直で愛嬌のある若者だったが、許嫁《いいなずけ》が餓死してからは、人が変わったように織田勢を憎んでいる。

「どけ、藤四郎。私は吉親殿に用がある」

「なりません、波の方様。お下がりください。さもなくば……」

藤四郎の端整な顔が、苦渋に歪む。構わず、波は告げた。

「どかぬなら、斬る」

逡巡を振り払うように、藤四郎が雄叫びを上げた。突きが放たれる。遅い。難なく弾き、刀を振った。首筋を斬り裂かれた藤四郎が膝をつき、崩れ落ちる。

敵味方を問わず、この戦をくぐり抜けて生き延びたはずの者たちが、意味も無く命を落としていく。唇を嚙み、波は再び吉親に視線を向けた。

「いったいいつまで、こんな馬鹿げた真似を続けるおつもりか！」

「黙れ！　夫に逆ろうたばかりか、刃まで向けるとは、どこまでも見下げ果てた女子よ。播州武士の妻として、恥ずかしゅうはないのか？」

「播州武士の名を汚しているのは、御前様にございましょう。無駄な抵抗はやめて、潔く腹を召されませ」

「おのれ……何をしておる。この女子を討ち果たせ！」

吉親は刀を振り回して喚くが、その下知に従う者はいない。

斬り合いはすでに、終息していた。吉親派は岸、横田以下、ほとんどが討ち取られている。生き残ったわずかな将兵は、精根尽き果てたかのように、呆然と波と吉親のやり取りを見守っていた。

「なぜじゃ。なぜ、誰もわしを認めようとせぬのだ。これまで別所の家を支えてきたは、このわしぞ。敗れたは、ほんの少し運が悪かっただけのことではないか……」

吉親は刀を取り落とし、膝をついた。うなだれ、声と肩を震わせ、嗚咽を漏らす。

結局、この人は弱かったのだと、波は思った。別所家の命運と家臣領民の生き死にを背負うには、吉親の器はあまりに小さく、脆すぎた。

「もう、終わりにしましょう」

大きく息を吐き、波は言った。吉親への殺意は、徐々に萎えつつある。

「あるがままの現実を受け入れ、腹をお切りください。無論、殿お一人では行かせませぬ。私もすぐに、後を追いますゆえ」

自分でも意外なほど、穏やかな声音だった。憎悪も軽蔑の念も、すでに遠いものになっている。

「波……」

吉親が顔を上げた。ようやく母を見つけた迷い子のように、縋る目を向けてくる。

刀を納めて歩み寄ろうとした刹那だった。

視界の隅で、誰かが動いた。波の脇を駆け抜け、吉親へ向かっていく。

直後、吉親の顔が強張った。その喉元に、槍の穂先が突き立っている。

「波様、申し訳ござらぬ」

振り向いて言ったのは、櫛田伝蔵だった。

「この御仁だけは、我が手で討たねばなりませぬゆえ」

言うや、伝蔵は槍を引き抜いた。鮮血を噴き上げ、吉親が倒れる。

「これにて、今生で為すべきことは果たし申した。主筋《しゅうすじ》を手にかけし償いは、我が一命にて」

伝蔵は槍を捨て、鞘を払った脇差を自らの首筋に宛がった。止める間もなく刃が引かれ、伝蔵がその場に崩れ落ちる。

何か、吉親を自らの手で討たねばならない理由があったのだろう。この戦で死んだ者の中に、想い人でもいたのだろうか。だがそれももう、知る術はない。

仰向けに倒れた吉親の傍らに、膝をついた。まだ、かすかに息がある。

血で汚れた頬に触れた。吉親は恐怖に顔を強張らせ、目に涙を浮かべている。

「助けてくれ、波。声にならない声で、吉親が訴えた。

込み上げる感情を押し殺し、波は脇差を抜いた。切っ先を吉親の喉に当て、一息に押し込む。

脳裏に、いつか目にした景色が蘇った。

平井山の頂から見下ろす、播磨の大地。黄金色の稲穂。陽光に輝く川や溜池の水面。人々が穏やかに暮らす村々。あれは確か、輿入れした直後、吉親に遠乗りに誘われた時のことだ。吉親は播磨の美しさを誇らしげに語り、この景色も民も、そして波も、自分が守るのだと約束した。

どこで間違えてしまったのだろう。答えの出ない問いを振り払うように、切り取った遺髪を懐にしまい、立ち上がる。

いつの間にか、近くに伊織と加代が立っていた。

「波様……」

「よいのだ、加代。何も言うな」

二人の肩に手を置いた。

「夫婦というのは、なかなかに難しい。そなたたちは、こうはなるなよ」

戸惑ったように顔を見合わせる二人に、波は微笑した。

四

最後の夜が明けた。

波は白装束に身を包み、客殿に端座している。

隣に座るのは、吉親が前妻との間に遺した長男、そして妾に産ませた次男と長女だ。長男は十歳、次男は七歳、長女はまだ三歳だった。息子たちはこれから何が行われるかを理解し、身を硬くしているが、長女はそわそわとあたりを見回している。

三十畳ある客殿には、三宅治忠、宇野右衛門ら二十名ほどの家臣団と、織田家から遣わされた数名の検使役が居並んでいる。上段の間には白綾の布が敷かれ、別所家重代の具足の数々が並べられていた。末席には、伊織や加代をはじめ、女武者組の生き残りも何人か連なっている。

一同に向け、上座の長治が口を開いた。

「これより我ら別所一族、自害いたしまする。今後の三木のこと、羽柴筑前殿にしかとお頼み申す」

長治が深く頭を下げると、家臣と検使役の面々も、神妙な面持ちで平伏する。

「まずは我が叔父、別所山城守吉親が妻子より」

長治がこちらに目を向ける。波は小さく頷き、「さあ、まいりましょう」と子らを促した。周囲の緊張が伝わったのか、顔を歪めて泣き出した長女を抱え、客殿の中央に進み出る。状況を理解している長男と次男は、蒼褪め、体を強張らせていた。

「お先にまいり、三途の川にてお待ちいたしまする」

平伏し、頭を上げた波は、傍らに置いた脇差を摑んだ。

束の間、目を閉じる。初めて子らと会った、吉親に嫁いで間もない頃の記憶が過った。あの時、波はまだ十七歳で、次男は乳飲み子、長女は生まれてもいない。知り人もいない、故郷を遠く離れた土地で妻となり、同時に母親になる。あの時の不安と、自分にも子ができたのだという温かな感慨が蘇る。

思いを断ち切るように、目を開いた。

脇差の鞘を払うや、瞬きする間も与えず二人の息子を斬り、返す刀で娘の胸を貫く。目を見開いたまま頽れる娘を、波は両腕で抱き止めた。その小さな体から、命が抜け出していく。

声を上げることもなく、三人は息絶えた。恐らく、痛みも恐怖も、自分の身に何が起きたのかさえ、理解することは無かっただろう。

叫び出しそうになる己を、歯を食い縛って抑えつけた。娘の体を横たえ、手を合わせる。合掌を解き、女武者組に顔を向けた。

「そなたたちを戦の場に連れ出し、塗炭の苦しみを与えたこと、まことに申し訳なく思います。されど皆、実によく耐え、戦い抜いてくれました。そなたたち女武者組は、私の誇りです」

懸命に微笑んでみせると、女武者組の中から啜り泣きの声が漏れた。

だが加代だけは、肩を震わせながらも、しっかりと目を見開いてこちらを見ている。

波の、別所家の最後を、目を逸らすことなく見届けるつもりなのだろう。

その目に、波は心強さを覚えた。

別所の家が滅びたところで、この三木の地に生きる人々が根絶やしになるわけではない。愚かな戦を重ね、数多《あまた》の命を無駄に散らしはしたが、わずかな種だけは残すことができた。

残された種は、この三木の地に力強く根を張り、いつの日か花を咲かせ、より多くの種を残してくれるに違いない。それが、何百年、何千年と繰り返されてきた、人の営みというものなのだろう。

もう、思い残すことはない。長治に向き直り、辞世の歌を詠み上げる。


後の世の道も迷はじ思ひ子を　つれて出でぬる行く末の空

大きく息を吸った。脇差を逆手に持ち替え、左の胸に切っ先を当てる。小袖を通して、冷ややかで鋭利な感触が伝わってきた。じわりと滲んだ恐怖を、息を止めて押し殺す。

吉親様、すぐにまいります。心の中で呟き、両手に力を籠めた。刃が、心の臓へと吸い込まれていく。

波の視界には、いつか見た、陽光に輝く三木の大地が広がっている。

見事でした、叔母上。波の最期を、長治は心の中で讃えた。

血は繋がっていなくとも、幼い我が子を手にかけなければならない母の苦しみは、察するに余りある。だが、波は見事にやり遂げた。隣で手を合わせる照子の頰を、涙が伝っていく。

母子の亡骸を、女武者組が運び出した。その一人は、いつか城内で一度だけ言葉を交わした、加代という娘だ。生きていてくれたか。かすかな安堵を、長治は覚える。

女武者組が座に戻ると、長治は弟に顔を向けた。

「では、我が弟、彦之進《ひこのしん》友之と正室、春子《はるこ》」

「ははっ」

友之が頭を下げ、まだ十七歳の春子とともに、中央に進む。

春子が隣国但馬の山名《やまな》家から輿入れしてきたのは、この戦がはじまる直前のことだった。二人に子はおらず、夫婦らしい時を過ごす暇もほとんどなかっただろう。それでも、二人の仲は睦まじく、苦しい戦の日々を、互いを支え合って乗り越えてきた。

友之が脇差を抜き、春子に向き直った。介錯《かいしゃく》役を務める三宅治忠が刀を抜いて一礼し、友之の背後に立つ。

命をも惜しまざりけりあづさ弓　末の世までも名を思ふ身は

たのもしや後の世までも翼をば　並ぶるほどの契りなりけり

友之と春子が、それぞれの辞世を詠んだ。

春子が目を閉じ、合掌する。しかし、友之の顔は蒼褪め、脇差を握る手はかすかに震えていた。

重苦しい時が流れた。春子がゆっくりと目を開け、やわらかな声音で言う。

「死出の旅、二人で連れ立ちましょうぞ。三途の川も、手を組んで渡れば、これに勝る喜びはございませぬ」

春子は友之の手に掌を重ね、切っ先を胸へと誘う。覚悟を決めたように、友之は「南無阿弥陀仏」と静かに唱えた。

春子の体がびくりと震えた。眠るように息絶えた妻を横たえると、友之は小袖の前をはだけ、躊躇うことなく脇差を突き立てる。

治忠の刀が一閃し、友之の首が前に落ちた。

兄らしいことは、何もしてやれなかった。せめて後生では、夫婦で翼を並べ、穏やかな時を過ごしてほしい。

次は、自分の番だ。長治は横を向き、照子を促した。頷き、照子が子らと板敷に並んで座る。

もろともに消え果つるこそ嬉しけれ　おくれ先立つ習ひなる世に

末子の竹松丸を胸に抱いたまま、照子は澄んだ声で辞世を詠み上げる。

長治と照子の子は、上から五歳の竹姫、四歳の虎姫、そして戦の最中に生まれた三歳の嫡男千松丸と、二歳の竹松丸。

別所家嫡流の血筋を残すため、千松丸、あるいは竹松丸だけでも城から落ち延びさせる方法はないものかと考えたこともある。だが長治は、すぐにその考えを捨てた。この戦の責は、すべて自分にあるのだ。これだけの惨禍を招いておきながら、己の子だけは生かそうなど、虫がよすぎる。

脇差を抜いて上座を下り、照子の前に片膝をついた。

「不甲斐ない夫で、すまぬ」

詫びると、照子は小さく首を振った。

「いいえ。殿のお側にいられたこと、わたくしにとっては、この上なき喜びにございました」

「そなたを妻にできたことが、私の救いであった。来世にても、必ずやそなたを見つけ出そう」

我ながら陳腐な言葉だと内心で苦笑しつつ、妻の痩せた頰に触れた。焚きしめた香の涼やかな匂いが鼻をくすぐる。

「お待ちいたしております」

微笑を浮かべて答えた照子の顔が、わずかに歪んだ。胸を貫く感触が、刃から柄を通して伝わってくる。

「では、来世にて……」

掠れた声で言い、照子は息を引き取った。竹姫、虎姫が母の亡骸に縋りつき、竹松丸は声を上げて泣き出す。

照子の体から脇差を引き抜き、竹松丸を抱き上げた。生まれて間もない、小さくやわらかな命の塊に、血に濡れた刃を突き刺す。泣き声はすぐに途切れた。

地獄の業火に焼かれる思いで、残った子らを次々と刺し殺していく。

赦さずともよい。すべては、この父が犯した罪だ。何の慰めにもならない言葉を唱えながら、我が子をあの世へと送り出した。

静寂が、客殿を包んでいた。長治は荒い息を整え、辞世を詠む。

今はただ恨みもあらじ諸人《もろびと》の　命に代はる我が身と思へば

もはや、誰を恨む心も無かった。過ぎた決断を悔やんだところで、散った命が蘇ることなどない。今の自分にできるのは、三木に残る人々が、二度とこんな地獄を見ないよう祈ることだけだ。

「ご一同。これまで、この愚かな主によう仕えてくれた。小三郎長治、心より礼を言う」

左右に居並ぶ家臣たちに頭を下げた。咽び泣く者もいれば、唇を嚙んで耐える者もいる。

小袖の前をはだけた。治忠が背後に回り、刀を八双に構える。

脇差を握り直し、切っ先を左腹に当てた。

覚えず、体が硬くなる。息を吸い、吐いた。

両手に力を籠め、腹に切っ先を突き入れる。凄まじい激痛に、呻き声が漏れた。さらに力を籠め、刃を押し込む。

たとえ難い痛みが、全身を駆け巡った。喉から出かかる叫び声を、歯を食い縛って耐える。戦で散った兵の、飢えて死んだ民の、照子や子らの苦しみは、こんなものではない。この痛みと苦しみを、逃げることなく受け止める。それが、人の上に立つ者の、最後の務めだ。

噛み締めた奥歯が割れた。震える手で、刃を右へ動かす。喉の奥から、血が止めどなく溢れ出す。遠のきかける意識の中、治忠が刀を振り上げるのを感じた。

「まだだ……！」

脇差を抜き、みぞおちに突き刺した。そのまま臍《へそ》に向かって切り下げる。

気づけば、痛みはまるで感じなくなっていた。代わりに、ひどい寒さに襲われている。もういいだろう。治忠が介錯しやすいよう首をわずかに持ち上げると、そこには、ついい今しがた旅立ったはずの照子がいた。傍らには、四人の子らの姿も見える。

何だ、待っていてくれたのか。案じるな。すぐにまいるゆえ、子らを頼むぞ。

微笑を浮かべて語りかけた刹那、うなじを風が撫でた。

五

赤く染まりはじめた空の下、伊織は客殿を包む炎を無言で見つめていた。

長治、友之、吉親の首を収めた首桶は先刻、検使役の手で運び出され、秀吉の許へ届けられている。客殿の中に残るのは、自害した一族と、長治の首を落とした直後に追い腹を切った、三宅治忠の亡骸だけだ。

別所一族の死に様は、壮絶などという言葉では、まるで語りきれないほどのものだった。腹を切るだけならともかく、妻や年端もいかない我が子の命までも、自らの手で絶つ。武門の習いとはいえ、自分が同じ立場であれば、成し遂げられる自信はない。

客殿の庭では、残された家臣たちが同じように、立ち上る炎と煙を見上げていた。誰もが打ちのめされ、寄る辺無い不安に怯えるように、一言も発しようとはしない。

これからどう生きていけばいいのか。明日の糧は、どうやって得るべきか。そもそも、自分は生きていてもいいのだろうか。いずれの顔も、そんな自問を繰り返しながら、答えを見出せないでいるように見える。

伊織は踵を返し、城外へ向かって歩き出した。

明朝には、羽柴秀吉が入城することになっている。しかし、行く当てなどどこにもない。城下も領内の村々も、ことごとく焼かれている。しばらくは、屋根のある寝場所を探すのも苦労するだろう。

門の先には、荒れ果てた城下が広がっていた。

かつて多くの民家や商家が建ち並んでいたあたりには、生い茂る雑草と焼け焦げた材木が点々と転がっている。方々に見えるみすぼらしい小屋は、昨日城を出た民が建てた物だろう。

昨日行われた炊き出しでは、いきなり腹の中へ物を入れすぎたせいで、倒れる者が続出したらしい。死んだ者も、かなりの数いるという。

目を凝らすと、人の姿も見えた。どこへ行くつもりなのか、ふらふらと覚束ない足取りで歩く者。途方に暮れたように座り込み、ぼんやりと虚空を見つめる者。誰の胸にも、戦が終わった安堵と、これから先への不安が入り乱れている。

途方に暮れているのは、伊織も同じだった。

どこかの大名に仕官するつもりはない。だが、武士を捨てたところでいったい何ができるのか。土を耕すのも、何かを商うのも、向いているとは思えない。結局、俺は人を斬る技以外、何も持ってはいなかった。

妻も子もなく、生きる甲斐もない。ただやり過ごす、死んではいないというだけの日々。何のことはない。ただ、戦がはじまる前に戻るだけだ。

そう思い至った途端、全身が鉛のように重くなった。

懐をまさぐったが、匂い袋は無い。一昨日、城を抜ける時の混乱で失くしたのだと思い出す。言いようのない不安に襲われ、呼吸が荒くなる。

伊織は足を止め、腰に差した刀の柄に手をやった。

もう、疲れた。あの頃に戻るくらいならいっそ、終わらせるのもいいかもしれない。お香と、生まれるはずだった自分の子に会いたい。

衝き動かされるように鯉口を切ると、背後から足音がした。

抜きかけた刀を戻し、振り返る。先刻から姿が見えなくなっていた、加代だ。

「蔭山様」

加代が手にしているのは、笹の葉に載った握り飯だった。

「昨日の酒宴で出たのを取っておいたんです。お一つ、どうぞ」

不意に、空腹が蘇ってきた。そういえば、今日はまだ何も口に入れていない。

「いや、俺は……」

言いかけたが、腹の虫は生き返ったかのように、盛大な鳴き声を上げる。

顔を見合わせ、苦笑した。この体はこんな時でも、生きたい、食い物を寄越せと声を上げて訴える。ままならないものだ。

「まずは、食べましょう。お腹が減っとると、悪いことばかり考えてしまいますから。先のことは、それからです」

加代が微笑んだ。なぜか、あれほど重かった体が軽くなっていくような気がする。泥のように体にまとわりついた不安が、乾いてひび割れ、少しずつ剝がれ落ちていく。

死ぬのは許さない。いつか、加代に言われた言葉が脳裏をよぎった。この女子に救われるのは、これで二度目か。心の中で呟いて、伊織は握り飯に手を伸ばす。

二人並んで、立ったまま頰張った。空っぽだった胃の腑が再び動き出し、わずかだが生の実感が蘇ってくる。

だが、それで何かが解決したわけではなかった。今夜の寝る場所、明日の食い扶持。これからの生き方などよりも先に、考えなければならないことは山ほどある。

「何もかも、無くなったな。別所の家も、城も、村も」

「仕方ないです、敗けたんやから」

伊織の暗い声を断ち切るように、加代はひどくあっけらかんと言う。

「けど、きっとどうにかなります。どうにかせんと、みんなに怒られます」

口元に微笑を湛えてはいるが、その眼差しは真剣そのものだ。

覚悟の違いをまざまざと見せつけられ、伊織は己を恥じた。追い詰められるといつも、逃げるように己の生を投げ出してきた。思えば、そんな自分が今生きているのは、加代がいたからだ。一人ではあまりに苦しく生き辛いこの世界も、二人なら、あるいは……。

「そうだな」

俺も、覚悟を決めるか。束の間、伊織は天を仰ぎ、お香を想った。それから加代に向き直り、腰の刀を鞘ごと抜く。

「この刀は、蔭山家に代々伝わってきた物でな。売れば、それなりの値になるはずだ」

「……はあ」

「家を建て直し、道具を購い、荒れた田畑を耕す。二人、いや、奈津と弥一も入れて四人か。まあ、しばらくは年貢も免除されるというから、切り詰めれば何とか食っていけるだろう。俺は、土の耕し方も知らん。だから加代、お前が教えてくれ」

一息に言うと、加代は目を瞬かせ、言葉の意味を確かめるように視線を伏せる。

やけに長く感じる数瞬の後、加代は穏やかな笑みを浮かべ、「はい」と小さく頷いた。

終　章　光射す丘

普段から往来の多い城下の目抜き通りが、今日は一段と賑わっていた。

加代は空を仰いで一息つき、額の汗を拭った。

数日降り続いた雨は、昨夜のうちにようやくやんでいた。空を覆っていた厚い雲はきれいに消え去り、六月の強い日射しが降り注いでいる。

「わあ、すごい人」

初めて見る城下の人ごみに、咲が声を上げた。菊も、加代の手を握ったまま目を輝かせている。

城下へは月に一度買い物に来るだけだが、今日は市の日とあって、街道は普段よりも多くの人が行き交っている。城下で暮らす町人や周辺の村々からやってきた村人たちだけでなく、賑わいを当て込んで訪れた芸人たちも多い。辻々では猿楽や傀儡《くぐつ》、軽業といった芸が披露され、喝采を浴びている。

二人の娘には、あの戦で命を落とした友人たちの名を付けた。姉の咲は九歳、妹の菊は七歳になる。二人を城下に連れてくるのは初めてで、咲も菊も興奮を抑えきれないといった様子で周囲をきょろきょろと見回している。

「菊、あっちにお猿さんがおるよ。見に行こう！」

猿曳きを見つけた咲が、菊の手を引いて駆け出す。

「こら、迷子になるで！」

加代の制止も聞かず、二人は見物客の中に紛れていった。

まったく、誰に似たのやら。苦笑混じりの嘆息を漏らし、加代はふと、山の頂に建つ城を見上げた。

かつて、城主の館が置かれていた場所には、数年前に築かれた天守がそびえていた。黒々とした壁と屋根瓦に金銀をちりばめた厳めしい天守は、領民たちを威嚇するように城下を睥睨《へいげい》している。

賑わいを取り戻して久しい三木の城下に、あの戦の傷跡はまるで見当たらない。かつての別所領にあった村々もほとんどが再興され、人々はそれぞれの生業に精を出しながら、当たり前の暮らしを営んでいる。別所家の滅亡後に三木へ移住してきた者も多く、この町の住人の半分以上は、あの戦を経験してはいないだろう。別所家の旧臣も散り散りとなり、この地が地獄と化したことを語り継ぐ者は、ずいぶんと減っている。

あれから十二年。胸の裡《うち》に呟いた加代の脳裏に、これまで重ねた歳月が蘇った。

混乱と飢え。三木落城後の人々にあったのは、その二つだけだった。戦場で死に損なった武士、夫を失い途方に暮れる武家の女、親を亡くした子供、子供を亡くした親。誰もが混乱し、飢えに喘いでいた。

あの地獄を生き延びたはいいものの、先の展望など何も無い。織田勢が施粥《せがゆ》を行っていたが、それだけでは食い繋ぐのに到底足りない。着る物、食べる物、雨風を凌ぐ家。すべてがまるで足りず、城を出てからも、飢えや寒さ、あるいは病で斃《たお》れる者、わずかな食糧を奪い合って命を落とす者が後を絶たない。籠城中の振る舞いが原因で恨みを買い、憂さ晴らしのように殺される者もいた。

地獄はまだ、終わってはいない。その圧倒的な事実に、誰もが打ちひしがれ、立ち竦むしかなかった。

だが、いつまでも呆然としているわけにもいかない。加代と伊織、奈津と弥一は三木城下を離れ、小林村へ向かった。

三木城が落ちた時、生き残った小林村の住人は三十名にも満たなかった。そのうちのほとんどが長い籠城で体を蝕《むしば》まれ、野良仕事に耐えられなくなっている。村に戻ることを拒み、どこかへ去っていった者も少なくない。

残った村人たちをまとめ、小林村再興の先頭に立ったのは、伊織だった。

伊織はまず、焼け残った材木を拾い集めて小屋を建て、加代たち四人が暮らせる場所を作った。

そして刀を売った銭で必要な道具を買い、荒れ果てた田畑を再び耕し、種を播《ま》いた。食糧は、川で獲れる魚と野草、森で狩った獣の肉でどうにか凌いだ。

あの籠城を思えば、魚や獣の肉が食べられるだけましだった。とはいえ、暮らしが苦しいことに変わりはない。そして何より、あの戦の傷跡は、いまだ癒えてはいなかった。

弥一はしばしば籠城中の夢を見て夜中に泣き叫び、奈津は滋養の不足から病がちになった。加代も時折、ふとした瞬間に戦場の記憶が蘇り、息が苦しくなって立ち上がれないことがあった。嫌というほど悪夢も見た。加代が斬り殺した織田の兵が襲ってくることもあれば、戦で死んだ女武者組の面々が、無言のままこちらを見ていることもある。なぜ、自分たちが死んで、お前だけがのうのうと生きているのか。そう問われている気がして、目が覚めるといつもいたたまれない気持ちになった。

「絶望に呑まれるな」

そう言って、何度も加代や奈津、弥一を励ましたのは、伊織だった。

「いつか必ず、光は射す。俺たちは、あの地獄を生き抜いてきたんだ。この程度の苦しみは、どうということもない」

伊織も、苦しくないはずがない。必死に強がっているのだとわかってはいても、加代たちはその言葉に縋るしかなかった。

同じ頃、三木城下でも町の復興がはじまっていた。播磨一国の領主となった羽柴筑前守秀吉は、姫路に拠点を置き、三木城下や近隣の村々の租税を免除する一方、城や町屋、寺社を再建するため、織田領内各地から大工を呼び寄せたのだ。

大工が集まれば、それを当て込んだ商人や、遊女の類もやってくる。大工道具を作る金物職人も集まる。瞬く間に町ができ、一面の焼け野原だった三木城下は、見る見るうちに蘇っていく。だがそれは、城下に限った話だった。

村に戻ってからの数年は、ただ生きるため、必死に足掻き続けた記憶しかない。幸い、村は地味が豊かで、溜池のおかげで水が不足することもない。他国から移ってきた百姓が、持ち主のいなくなった田畑を耕すようにもなった。

ようやくこの土地で暮らしていけるという目処が立った頃、織田信長が死んだ。家来の明智光秀という人に寝首を掻かれたらしい。それから間もなく、上方へ駆け戻った秀吉が明智を討ち取り、瞬く間に天下を平定していった。

そんなふうに世の中が目まぐるしく動いた数年間、加代は出産と子育てに忙殺されていた。天下など、誰が獲ろうと興味は無い。

他国ではまだ戦が続いていたが、播磨が戦場になることはなかった。秀吉が大軍を催して戦に出るたび、三木の金物職人たちは武具作りで繁盛し、城下の景気はよくなった。

城下の市には諸国から集まった品々が溢れ、町は年々大きくなっていく。村の若い者が兵に取られることもあったが、どの大名を相手にしても秀吉の軍勢は圧倒的で、死人が出るようなことはほとんどなかった。

天正十八年秋、小田原の北条家が秀吉に滅ぼされ、豊臣《とよとみ》秀吉による天下統一が完成した。

気づけば、戦の臭いは遠ざかり、暮らしぶりもずいぶんと豊かになっていた。決められた年貢を納めるのは楽ではないが、少なくとも明日食べる物を心配する必要はなくなった。加代が産んだ二人の娘は、元気がよすぎるほど丈夫で、しっかりと育っている。

奈津は奉公先の城下の薬種問屋で、一人息子に見初められて嫁に行った。弥一は城下の金物職人に弟子入りし、農具や大工道具を拵える日々だ。師匠からは気に入られていて、いずれは独り立ちする話もあるという。

あとは、娘たちが嫁に行くのを見届けるだけだ。この三木の地に根を張り、新しい命を生み、育む。自らの命で自分たちをあの地獄から救い出してくれた長治や波たちに加代ができる恩返しは、それくらいのものだ。

戦場の悪夢にうなされることは次第に減り、代わって別な夢を見ることが多くなった。

たぶん、三木城の一角だろう。

夢の中で、加代はまだ十六歳の娘だった。あの戦で死んだ咲と菊と三人で、他愛ない話で笑い声を上げている。

少し離れたところでは酒宴が開かれていて、伊織は徳利を手に、櫛田伝蔵と憎まれ口を叩き合っていた。こんな場でも、波は藍を相手に薙刀の稽古に余念がない。その様子を、長治や照子、ゆきたちが見守っている。宴の輪の片隅には、父と母の姿もあった。

村が俄《にわ》かに騒がしくなったのは昨年——天正十九年の暮れのことだった。毛並みのいい馬に乗った、いかにも身分の高そうな侍が、加代の家を訪ねてきたのだ。

「蔭山伊織殿はおられるか」

数人の家来を従えた、三十前後の厳めしい顔つきをした侍は、糟屋助左衛門《すけざえもん》武則と名乗った。話しぶりこそ穏やかだが、顔を斜めに走る刀傷が、相当な修羅場をくぐってきたことを物語っている。

糟屋武則の名は、村人たちの噂話で聞き覚えがあった。秀吉が柴田勝家《しばたかついえ》を破った合戦で功名を立てた、賤《しず》ヶ岳《たけ》七本槍。そのうちの一人は播磨の生まれで、三木城の戦いにも参陣していたという。その後も、糟屋は秀吉の下で武功を重ね、一万五千石を領する大名に出世していた。

糟屋の用向きは、伊織を家臣に欲しいというものだった。糟屋は伊織と旧知で、戦場で剣を交えたこともあるらしい。糟屋の顔の刀傷は、その時に伊織がつけたものだという。

「まだ内々の話だが、太閤殿下は来年早々にも、唐入《からい》りの陣触れをなされる」

秀吉が異国との戦をはじめるという噂は、以前から囁かれていた。朝鮮を経て、明国《みんこく》へ攻め入るのだという。

唐入りがはじまれば、日本中の大名が参陣することになり、膨大な人と物資が必要になる。三木城下の商人たちには、これでまた景気がよくなると歓迎する向きさえあった。

だが、ようやく国内の戦が終わったというのに、わざわざ異国に出向いて戦を仕掛ける理由が、加代にはまったくわからない。

「それがしも、渡海を命じられることとなろう。勝手がわからぬ異国での、難しき戦にござる。ゆえに、腕が立ち、信頼できる将が麾下に欲しい」

そう言って、糟屋は自身の顔の傷を指した。

「この傷を作った男ならば。そう思い、こうして訪ねてまいった次第」

「なるほど。御用の向きは承知いたしました。されどそれがしは、とうに刀を捨てております。ありがたいお話ではありますが、何卒ご容赦のほどを」

頭を下げる伊織に、武則は言葉を重ねる。

「それがしは、貴殿に大きな借りがござる。あの戦の折、貴殿がこの首を獲っておれば、今のそれがしはない。その恩義に報いたいのだ。禄の話を持ち出すのは気が引けるが、もしも当家に仕官していただけるならば、一千石をもって迎えたいと存ずる」

思わず、加代は目を瞠った。一介の牢人には、破格と言っていい待遇だ。手柄次第では、さらなる加増も望めるだろうと、糟屋は言う。

「禄だけではござらぬ。貴殿の顔を一目見て、わかり申した。貴殿の中にはまだ、武人の心根が生きておる。戦場を駆け、命を賭して強者と渡り合う。その高揚を、己がまことに生きていると心から思える一瞬を、貴殿はいまだ、忘れてはおらぬ」

伊織は唇を引き結び、眉根に皺を寄せ、膝に置いた両手を握りしめる。その様は、己の裡にある何かを必死に抑えつけているようにも見えた。

加代は、伊織は刀を、侍として生きる道をとうに捨てたのだと思っていた。だが伊織の中にはまだ、糟屋の言う武人の心根というものが燻《くすぶ》っているのかもしれない。

もしも、伊織が生きるため、加代や娘たちのために己を押し殺し、百姓に染まったふりをしているのだとしたら。侍を捨てたことを、少しでも後悔しているとしたら……。

糟屋が返答を急がせることなく帰っていくと、加代は訊ねた。

「もしかして、侍に戻りたいの？」

伊織は「馬鹿を言え。俺はただの百姓だ。戦に出ても、役になど立たん」と笑って答える。その笑顔はどこか虚ろで、何かから目を背けているように、加代には思えた。

塩や酒、干魚や新しい金物を買い込むと、まだ帰りたくないとせがむ娘たちをなだめすかして帰路についた。村は、城下から南へ十五町ほど歩いたところにある。

幾度となく通った道だ。城下の市に心を浮き立たせ、女武者組の稽古に向かい、あの戦がはじまった日には、織田勢に追われてこの道を城へ向かって逃げた。傷ついた父を看取ったのも、今歩いている小高い丘を下った先だ。

あの日の光景は、今も昨日のことのように鮮明に覚えている。嘘つき。父の今わの際に自分が発した言葉は、今も加代の心の中に、小さな棘のように刺さったままだ。

「おっ母、どないしたん？」

咲と菊が、手を繋いだままこちらを見上げてきた。

「ううん、何でもないよ」

努めて笑顔で答え、丘を登った。空はもう、茜色に染まりかかっている。早く帰って、夕餉の仕度をしなければならない。

「あっ！」

いきなり、咲と菊が声を上げ、丘の頂を指差した。

「おっ父だ！」

「迎えに来てくれたんや！」

二人が揃って駆け出した。その先で夕日を浴びる伊織は、眩しそうに目を細めている。

伊織は結局、糟屋家への仕官話を断っていた。糟屋の来訪以来、伊織はいつにも増して口数が減っていた。そして数日後、娘たちが寝静まったのを確かめ、訥々《とつとつ》と語った。

俺は、この唐入りとやらに、いったいどんな大義があるのか知らん。戦の勝ち敗けも、その先の世がどうなっていくのかも、想像もつかない。しかしあいつが来たことで、戦場の高揚を思い出し、心が揺らいだのは、まぎれもない事実だ。

だが、もう迷いは捨てた。畑に出て働き、女房の作った飯を食い、娘たちの寝顔を見ながら少しの酒を呑む。そんな毎日に比べれば、戦で得られる高揚など、取るに足らない。

戦など、やりたい奴にやらせておけばいい。俺は、ここにいる。これから先も、ずっとだ。

そう言って、伊織は黙って聞いていた加代の手に、掌を重ねた。伊織が本当に侍を捨てたのはたぶん、あの瞬間だったのだろう。

「遅かったな。心配したぞ」

しゃがんだ伊織に、咲と菊が飛びついた。

「聞いて。お猿さんが飛んだり跳ねたりして、すごかったの！」

「きれいな着物とか髪飾りとか、ぎょうさんあった！」

まとわりついて離れない娘たちの止まらないお喋りに、伊織は苦笑しながら耳を傾けている。

その様子を眺めながら、加代は心の中で呼びかけた。

波様。うちはただの百姓の娘やから、大したことはできませんでした。けど、うちが選んだうちらしい道は、しっかりと歩めているような気がします。好いた人に寄り添って、命を繋ぐ。理不尽なことには、声を上げて抗う。そしてこれから先も、この土地で生きていきます。

丘の頂に立ち、麓に広がる小林村を一望した。

炊煙をたなびかせる十数軒の民家に田畑。いくつかの溜池が、空の色を映して茜色に輝いている。そのさらに向こうには、播磨の山々の穏やかな稜線が、ゆったりと横たわっていた。

今この瞬間にも、海の向こうでは戦が行われていて、たくさんの人が血を流し、家を失い、飢えに苛まれ、命を落としているのだろう。そして彼の地の民が見舞われた災厄は、決して他人事ではない。

いつかまた大きな戦が起こって、村が焼かれ、田畑が踏みにじられる日が来るかもしれない。

その時には、咲と菊、そして伊織の手を離さずにいよう。

村が焼かれたなら、作り直せばいい。田畑が荒らされたなら、また耕せばいい。命さえあれば、絶望に呑み込まれさえしなければ、きっと何度でも立ち上がれる。そのことを、加代も伊織も、もう知っている。

「さて、腹も減ったし、帰るとするか」

立ち上がって言った伊織に、加代は頷きを返した。

今日の夕餉は何にしよう。そんなことを考えながら、また歩きはじめる。

主要参考文献

『別所記―研究と資料―』松林靖明／山上登志美編著（和泉書院、一九九六年）
『三木城跡及び付城跡群総合調査報告書』三木城跡及び付城跡群学術調査検討委員会編（三木市教育委員会、二〇一〇年）
『新説・三木合戦』岡田秀雄著（ハリマ産業新聞社、一九八四年）
『別所氏と三木合戦』福本錦嶺著（三木市観光協会、二〇一二年）
『別所一族の興亡「播州太平記」と三木合戦』橘川真一著（のじぎく文庫、二〇〇四年）
『現代語訳　信長公記』太田牛一著／中川太古訳（新人物文庫、二〇一三年）

解説——人間になる

山崎ナオコーラ

読めて良かった。

本を閉じたときに、最初に心に湧いたのは、「良かった。これからはこの本を読んだ後の世界を生きられる」という嬉《うれ》しさだった。

読む前は、身構えていた。兵糧攻めにあって苦しむ村人たちの物語だと聞き、「読むのがしんどいのではないだろうか。私には耐えられないかもしれないな」と考えた。元気なときでないと臨めない、と本のカバーを撫《な》で、逡巡《しゅんじゅん》した。それで比較的調子が良かった朝にページを開いたところ、引き込まれ、一気に最後まで読んだ。

私は普段、戦国時代のことをほとんど考えない。戦いが嫌いだし、勝敗や陣地取りといったものに興味がなく、そもそも怖い話が苦手だ。読書は好きだが、日常が描いてあるような作品をよく手に取ってきた。戦国時代には日常がないような気がしていた。

ところが、『もろびとの空』には日常がある。もちろん、戦の物語だ。三木《みき》城の城主・別所長治《べっしょながはる》が織田信長《おだのぶなが》に反旗を翻したことから、羽柴秀吉《はしばひでよし》が指揮をとって兵糧攻めが行われる。それはのちに「三木の干殺し」と呼ばれる、過酷な戦だった。長治の叔父・別所吉親《よしちか》によってそれは長引くこととなり、農民たちも飢えに苦しんだ。作者の視点は、まず、その農民に沿う。低いところから、戦を見る。物語は、農民たちの暮らしから始まる。強く溌剌《はつらつ》とした少女がいれば、弱くとも清らかな少女もいる。平凡な日常を生きる少女たちが、被害者になったり加害者になったり、食べたり食べられなかったり、生きたり死んだり、……戦で起こることはすべてが日常と地続きだった。戦の中でも、人は食べなければならず、食物が底をついても食欲を募らせ、家族で労《いた》わり合い、友情で行動し、すれ違う人と淡い交流をし、恋なのかどうかわからない儚《はかな》い思いを大事に胸に仕舞い、日常の続きで戦を生きる。交戦に入る前と、終わった後の日々も綴《つづ》られる。

私は戦争も人殺しも嫌いだ。食べたくないものもある。だが、「乱世」に生まれていたら、自分だって加害者になったり、食べたくないものを食べたかもしれない。自分なりの選択をして、歴史を作ることの一助になったに違いない。読後は「戦国時代に生を享《う》けたら、私は……」と、その世界線での自分の暮らしを想像できた。私はこの本を読むまで、「加害者は憎んでいい。人殺しは許せない」という心を持っていたように思う。しかし、本書を読み、わからなくなった。良い意味で混乱し、「世界はもっと難しいのだ」と考えることができた。生きるために、不本意なことをしなくてはならないときがある。私が今そうしないで済んでいるのは、たまたま恵まれた環境にいるからにすぎない。こんなとき、自分だったら、どうするだろう……？

「生きることを投げ出すのは、死んだ人たちへの冒瀆《ぼうとく》だ」というのは、本作のメインヒロインの加代《かよ》の心にある言葉だ。加代の放つ言葉はどれも眩《まぶ》しく力強く、私はあちらこちらに線を引きながら読むことになった。加代は、身近な人の死に接したり、空腹を感じたり、怒りを覚えたりするたびに、考える。そして、強い言葉を紡ぎ出す。生きることにまっすぐ向かうことで、歴史を作っていく。

加代は農民として生きる少女だ。加代という名前は、おそらく『もろびとの空』にしかなくて、史料には記されていないだろう。

いわゆる「歴史上」に名前が残っている人たちのほとんどが、何かに勝利した人、代表者になった人、そして、決まった属性を持つ人だ。特に戦国時代の歴史となると、「男性」という性別や、武士など、何かしらの属性を生まれながらに持っていた人のみが後世に名前を伝えられる。それ以外の属性を持つ人はまるで存在しなかったか、なんの仕事も果たさなかったか、たとえ名前がかろうじて残っていても結婚と出産しかしなかったかのように、後の時代を生きる者からは見える。

しかし、実際の歴史を作ってきたのは、むしろ名が残っていない者たちだ。

加代のように、地道に生きる人たちの気持ちが、歴史を大きく動かした。地を耕し、村を築き、淡い友情に命をかける人たちが、歴史を作ってきた。

また、波《なみ》のように、能力が高く、武家に嫁いでいて身分も高くとも、女性であれば代表者にはなれない。かろうじて名前らしきものや微《かす》かな行動が伝えられたとしても、行った「仕事」が書き残されるようなことはほとんどない。でも、波のような行動で歴史を変えた人物は実際、他にもたくさんいたのではないだろうか。

あるいは、ゆきのように、ある時点で自分の使命に気がついたり、人情というものに急に突き動かされ、大きな仕事を果たし、人知れず消えていく人もいたかも知れない。

もちろん、これまでだって戦国時代の「女性」はさまざまな作品で描かれてきたわけだが、「女性の戦」というのは、夫や父や兄弟といった男性を支えるだとか、男性に示唆に富んだ助言をそれとなく与えるだとか、恋のライバルたちよりも大きな魅力を振り撒《ま》くだとか、人間関係を円滑に築くだとか、そんなふうに表現されてきたのではないか。

だが、『もろびとの空』のヒロインたちは違う。

加代たちヒロインの悩みは、「人として、どうするか」だ。加代も、その親友の咲《さき》も波もゆきも、「人間として、こんなとき、どう生きるべきか」を考え抜き、自身の行動を決定している。「女として」ではない。「人間として」だ。

この時代の、この状況下、選択肢が限りなく少ない中で、何を選ぶか、他の選択肢は本当にないのか、地に足をつけて、前を見つめる。人間として、どう生きるべきかに悩み、自分らしく生きるために努力する。

『もろびとの空』に登場する男性キャラクターたちが、加代や波や咲に惚《ほ》れる理由は、自分たち男性を支えてくれるからでも、笑顔で癒してくれるからでも、美しいからでもない。相手が、「人として」かっこいいからだ。

そう。加代は、かっこいい。ついでに強い。

読んでいて、加代は決して「現代だから描くことができたという想像上のヒロイン」ではないと感じた。きっと、かっこいい女子がこの時代に本当にいた。いつの時代にも、かっこいい女子はいる。名前が残っていないだけだ。名前が残っていないのに、天野純希さんが見つけたんだ。

私が天野さんの小説に出会ったのは、数年前に「クロワッサン」という雑誌で行われた「これまでに読んだことのないジャンルの小説を読んでみよう」という趣旨の企画でのことだった。他の数人の小説家もそれぞれ別のジャンルに挑戦していて、私はそれまで「戦国武将小説」のジャンルの本を手にしたことがなかったため、そこにトライすることになった。

それまで私は「戦国武将小説」に偏見を持っていた。

人殺しをヒーロー視して、まるでビジネスの参考になるかのように取り上げる人もいて、おかしい。普段は戦争に反対している人たちまでもが、なぜか戦国武将のことは悪く言わず、昔の戦争だったら肯定するかのような空気を漂わせるのも変で、ダブルスタンダードだ。その元凶が「戦国武将小説」にある……というふうに考えていた。

だが、そのときに紹介してもらった私にとっての初めての「戦国武将小説」、天野純希さん著『破天《はてん》の剣《つるぎ》』はことのほか面白かった。『破天の剣』は決して人殺しを肯定していなかった。武士である島津家久《しまづいえひさ》が戦の才能を持ちながらも戦嫌いで懊悩《おうのう》する物語で、そうだよな、武士だって、戦なんてしたくなかった人もいたはずで、それでもその時代に生まれ、家族や人間関係の渦に巻き込まれて、必死で生き抜いたのだろう……、と家久のことを人間としてありありと想像することができた。その旨を伝えたので、失礼な記事にはならなかった、……とは思うのだが、私が「人殺しをヒーローにするのは嫌だ」などとぺらぺら喋《しゃべ》ってしまっており、「戦国武将小説」を書いている作家たちに怒られるんじゃないか、傷つけたんじゃないか、と恐れてもいた。

けれども、今、このように解説のご依頼をいただけて、きっと天野さんは許してくださったのだろう、と勝手に安堵《あんど》している。とても嬉しい。また、もうひとつ勝手な想像をさせていただくと、ジャンルの垣根を超えていくことを、天野さんや、他の「戦国武将小説」の作家の方々も、もしかしたら望んでいらっしゃるのではないだろうか。

正直なところ、人殺しや戦争のことだけでなく、自分が不勉強で、歴史に関して浅い